D0792512

LA VIDA DOBLE

colección andanzas

ARTURO FONTAINE
LA VIDA DOBLE

TUSQUETS
EDITORES

1.ª edición: junio de 2010

Diseño de la colección: Guillemot-Navares
Reservados todos los derechos de esta edición para
Tusquets Editores, S.A. - Cesare Cantù, 8 - 08023 Barcelona
www.tusquetseditores.com
ISBN: 978-84-8383-243-1
Depósito legal: B. 22.714-2010
Fotocomposición: Anglofort, S.A.
Impresión: Liberdúplex, S.L.
Encuadernación: Reinbook
Impreso en España

La vida doble

And I am dumb to tell the hanging man
How of my clay is made the hangman's lime.

[Y me quedo mudo al ir a decirle al ahorcado
cómo de mi arcilla se hace la cal del verdugo.]

Dylan Thomas

Lo que hace un hombre es como si lo hicieran todos los hombres.

Jorge Luis Borges

L'examen de conscience est un jeu crépusculaire où
le scrupuleux perd à tous les coups.

[El examen de conciencia es un juego cre-
puscular donde el escrupuloso pierde todas las
veces.]

Régis Debray

1

¿Podría yo decirte la verdad? Ésa es una pregunta para ti. ¿Me vas a creer o no? A eso sólo respondes tú. Lo que yo sí puedo hacer es hablar. Y allá tú si me crees.

Yo salía de la casa de cambio y llevaba todo el dinero encima. Treinta mil dólares en billetes y algo más de cuatro millones en pesos. Canelo estaba a mi lado, Cabro Díaz o Cabro del Día, como le decíamos, un poco más atrás. ¡Corre, Irene!, me gritó Canelo. ¡Corre! Y doblándose tal como nos habían enseñado, en cuclillas y de costado para minimizar la exposición al enemigo, cubrió mi retirada con su revólver Smith & Wesson .44 Magnum y empezó a meterles candela. Pero yo no. Yo corrí un trecho y luego caminé unos metros y viendo que nadie se fijaba en mí y la gente escapaba aterrada escuchando los tiros, presa del pánico me eché al suelo y me escondí debajo de un camión estacionado. Inexplicable en una combatiente entrenada como yo. Me dije: dejemos que cesen las balas y podré salir y caminar con naturalidad. La verdad es que el día de la prueba reculé. Y tenía el dinero en mi cuerpo. Ése es el hecho. Un instante antes todo era posible; un instante después, me entrampaba el destino, el puente se había cortado, ya no podía retroceder. Nunca más. Da vértigo pensarlo. Pero existió ese instante, ese campo abierto y libre fue real y una décima de segundo después había desaparecido para siempre: yo estaba presa.

Disolvió mi ánimo el ácido del miedo. Quise sobrevivir. Quise una prórroga. Me dio pánico vivir la duración de mi matanza. El temor a las llagas del aniquilamiento, la cercanía angustiosa e inexorable de la nada y mientras tanto el suplicio del desangramiento que va transformando al vivo en muerto. Pienso en Canelo: hubo, claro, un instante en el que pudo escapar y sobrevivir como yo. Y sin embargo no lo hizo. ¿Habrá creído que podía presentar batalla y salir con vida? ¿Se lo habrá preguntado o cumplió con su deber por instinto?

Mientras miro por la ventana al mar Báltico van entrando al puerto grandes barcos. Y la imagino a Ana, mi hija, al atardecer en un solitario botecito de pescador vaciando el ánfora con mis cenizas al mar, frente a la playa de El Quisco. Desde aquí, en Estocolmo, para mí Chile es una leve cornisa suspendida entre los Andes y el mar. Lo que te cuento ocurrió allá y hace tanto. Tengo buena memoria. No tan buena como la del Gato, claro. Nadie más memorioso que él. ¿Sabes que podía recordar trozos completos de lo dicho por un interrogado y repetírselo tal cual al día siguiente para demostrar una contradicción?

Oye, háblame un poco más fuerte. Levanta la voz, ¿bueno? Me he ido poniendo bastante sorda, te diré. Yo pensaba que la sordera era un silencio, una oscuridad, una ausencia como la ceguera. Pero no. La sordera es un ruido constante, un zumbido interior que detiene las voces y sonidos que te llegan obligándote a oír siempre lo que viene de adentro tuyo. La sordera, más que la ceguera, creo, te deja a solas sin otra compañía que la de tu propio e incansable zumbido.

Y entonces yo, sin soltar mi cartera de cuero hinchada de billetes, me arrastré metiéndome debajo de ese puto camión. Algunos pasaban corriendo, pero ya no se oían balazos. Me asomé desde abajo y estaba encañonada. Fue un alivio. La misión había terminado. El tipo que me encañonaba era un cabro joven, flacucho, no muy alto, jeans azules, polera verde. ¿Acezaba de susto? Nadie habría pensado que era un agente. No supe cómo se llamaba. Después lo vine a encontrar en la discoteca de esa casa de Malloco. Pero no te quiero contar eso todavía, quiero ir en orden, aunque no es fácil, no es así como funciona la memoria.

Dejé caer la cartera con movimientos calmados para no alar-

marlo y que me disparara. Repetía la orden como un enloque-
cido. Yo no sentía culpa ninguna. Tiritaba, pero por dentro me
iba ganando una paz deliciosa. Ya no tenía nada que elegir.
Todo estaba consumado. Pero no era así, claro. Llegó otro muy
alto y agitado, de bigote delgado y pelo entrecano. Otro que no
vi, por detrás, me torció con brusquedad la mano derecha tras
la espalda y me dolió, y me ordenaron poner la mano izquierda en la nuca. Sentí una esposa cerrándose en esa mano izquierda, un tirón doloroso en la derecha y quedé con las manos
inmovilizadas detrás de la espalda. En el tipo vi ojos violentos
y sentí un grito. Me pasaba los billetes por la cara y yo decía
que sí, que eran míos. Nunca supe quién fue ese alto de pelo
entrecano. Lo han de haber destinado poco después a otra unidad. Y el cabro de la polera verde me puso mi propia Beretta en
la sien.

Un momento después llegó el Macha. Lo llamaron y me volví hacia él. Pensé al reconocerlo: mataron al Canelo. Eso fue lo
que pensaba cuando me encontré de repente con sus ojos y me
quedé petrificada. Había matado, había matado recién. No tuve
ninguna duda. Venía de matar a Canelo. Yo no sabía que una
mirada podía ser tan intensa y directa y simple. No me atrevía a
bajar los ojos por miedo a que en ese momento me matara a mí.
Pero sostenerle la mirada también era una insolencia y podía
matarme por eso, así es que bajé muy lentamente las pestañas.
Por supuesto, nos habían hablado de él y yo había visto incluso una foto que le habían conseguido tomar a distancia, pero estaba movida y no se lo distinguía bien. Le habían metido un
balazo en una pierna. Por eso cojeaba algo. Fue en un allanamiento. No quedó claro quién le disparó. Puede haber sido fuego amigo. Es lo más probable. Se decía que estaba a cargo nuestro, que era el jefe operativo encargado de aniquilarnos. Eso lo
sabíamos. Y él sabía que lo sabíamos. No creo que haya descubierto jamás cuál era nuestra fuente. Tiene que haber sospe-
chado que era alguien cercano a él. Una vez logramos dejarle
un mensaje de advertencia en el parabrisa de su auto blanco, un

punto ocho, Corona, que estaba en el estacionamiento del edificio vigilado donde vivía. Cambió de departamento y su auto por una Toyota 4×4, roja. Pues en menos de un mes encontró en el parabrisa otro mensaje de advertencia igual. Yo no participé en esas misiones. No supe cómo se hicieron. Pero ahora creo saber quién era nuestro contacto adentro de la Central. Sí. Tal vez.

Y un día lo amenazamos colocando una falsa bomba en la sala del Kinder donde estaba su hijo. Cuatro años habrá tenido entonces el niño. A mí me tocó hacer un «punto» y entregar a un combatiente de otra célula la bomba vietnamita que se utilizó. Un cono fabricado con una simple olla de cocinar llena de tornillos y clavos. Pero se le avisó. Jamás pensamos detonarla. No tenía iniciador siquiera. Llegó él mismo al jardín infantil con tres autos llenos de cenachos, entraron a la carrera y desarticularon el aparato. Él salió corriendo como una exhalación llevándose a su niñito en brazos. Lo cambió de Jardín y lo matriculó con nombre falso. Fue la tercera advertencia. Para que se hiciera a un lado, para que la cortara con nosotros.

En otra oportunidad se montó un operativo para ajusticiarlo a la salida de la casa de su amante. Pero el que salió en la madrugada de esa casa y cayó acribillado por nuestro AK-47 no fue él sino otro agente. Una operación fallida.

Cuando levanté de nuevo la vista, el Macha le decía algo rápido y cortante al alto de bigotes. Miró la hora en un Rolex de pulsera metálica. Se puso unos Ray-Ban de marco metálico. Su espalda era ancha y derecha, recta como si de hombro a hombro la atravesara un hierro recto. Al guardar la funda de los lentes se le abrió la chaqueta del traje oscuro. Divisé la cacha de su arma metida en la sobaquera. Sentí un movimiento, un leve rumor detrás de mí antes de que una venda me tapara los ojos. Al ver todo negro moría sin saberlo todavía. No, por supuesto, como Canelo, que quedó fijo e inmóvil en la eternidad de los héroes. Pero yo sabía que también la hermana Irene había caído ese día en la calle Moneda y quien la había matado había sido yo.

2

Los días no se distinguen de las noches y todo transcurre en una atmósfera gaseosa atravesada de pavores. Si hubiera cómo contar lo que te ocurre ahí adentro. ¿Qué eres?, ¿un animal enajenado por el horror?, ¿dónde estás?, ¿qué esperas? Desde que te ponen la venda sales de ti y entras a una pesadilla sin formas definidas, en la que la estupefacción del miedo, los golpes repentinos y los sobresaltos del dolor te van pasmando y desmoronando. *Un grito para recoger todo eso y una lengua para ahorcarme.* Entonces te dices: ésta fue siempre la verdad, me la enseñaron mis profesores, en los patios de la universidad no se hablaba de otra cosa; somos este flujo sin consistencia, nunca creí en las sustancias incorpóreas, en las identidades imperturbables, en las esencias intemporales. Entonces me acuerdo y me repito mis lecciones de la universidad: soy esclava porque preferí conservar la vida a cambio de perder mi libertad, etcétera, etcétera. Pero hubo hermanos que no se dejaron capturar y sacrificaron la vida. Yo no. Se desprendieron, volaron y permanecieron libres, suspendidos por encima de la vida y de la muerte. Son nuestros héroes. Ellos, los agentes que nos martirizan, los admiran. Si nos respetan, es por ellos. Si nos temen, es por ellos. A mí se me preparó para hacerlo y no lo hice. Canelo sí.

Entonces el amo dominará a la hermana Irene y yo me iré desgastando y llegaré a ser una cosa para él, su esclava. No Canelo, que se libró. Puso su dignidad y su libertad por encima de su vida. ¿Palabras demasiado grandes? *Lo suyo no era contestar / Lo suyo no era preguntar /Lo suyo era sólo cumplir y morir.* Yo no. El amo logrará ir doblegándome como si llegase a ser un animalito suyo. El rostro que no puedes ver empieza a ser un todopoderoso, mi aterrador *deus absconditus*, mi dios escondido. Eso fue lo que me fue pasando a mí. Me estoy adelantando en la historia. Ese momento de rendición se va preparando en mí sin que yo lo sepa. *Nadie se suicida solo.* Estoy cada vez más exhausta, eso sé. A nosotros nos adiestraron para resistir esto. Pero nunca imaginé cómo te va minando por dentro el mero cansancio físico. Uno se puede morir ahí adentro de puro agotamiento, de puro desaliento, de pura soledad. Es una vida moribunda la que vivo. No hace falta que te maten. Tú te vas alejando hasta dejarte a ti misma, y eso es morir. Hay una entrega imperceptible, es este cansancio que te pesa y te curva lo que te va haciendo capitular.

El dolor me va forjando aunque todavía no lo sé. Siempre lo hace. La llama que ablanda y moldea los metales. Es cuestión de alcanzar la temperatura apropiada a cada uno. Y ellos querían más de mí, siempre más. Tú no imaginas lo que es eso. No puedes. Eres una cucaracha a la que cualquiera tiene derecho a reventar de un pisotón. Te lo advierten. Sabes que es verdad. Puedes desaparecer para siempre en cualquier momento. Existes de prestado, existes mientras ellos lo quieran.

Un cenacho me escupió porque sí. «El Rata», le decían, el Rata Osorio, un ser insignificante, bajo, menudo, de pelo colorín apegado al cráneo, casposo y orejas alargadas. Lo llamaban para que manejara la manivela. Me puse a llorar. El Rata se enfureció, me trató de histérica y me plantó una cachetada a mano abierta. Me botó al suelo. Eso fue todo, pero no fue todo. Hueona histérica, me dijo el Rata mirándome con una sonrisa burlona. Hueona, repitió lentamente. Adiós, hueona, y cuando ya se iba, se volvió y con la misma sonrisita burlona, me lo dijo de nuevo, porque sí. ¿Me explico? Eso fue atroz. Peor que muchas cosas.

La muerte empezará a parecerte hermana y buena. La muerte ya es la única esperanza. *En aquellos días, buscarán los hombres la muerte y no la encontrarán; desearán morir y la muerte huirá de ellos*. Porque, ¿sabes? Siempre hay una esperanza. Siempre estamos esperando a Godot. Sólo que en un momento dado Godot pasa a ser la muerte y ya no te espanta. Con tal de que no sea doloroso el trance. Lo que te asusta es sólo el dolor físico que hay que soportar para abrir su puerta. Ese futuro mínimo que es la espera de la nada deja también un espacio mínimo a tu pasado. Eso no lo sabía: que el pasado es tuyo sólo si hay algo por delante, que la memoria sólo surge y tiene sentido si hay futuro. De lo contrario tu memoria deja de trabajar, se atasca, y te desaloja. Eso es lo que te mata. Se te acaba el tiempo y eres ya casi nada, casi cosa y en todo caso, no tú. Te han vaciado. Y, sin embargo, sobrevives con la tenacidad inútil del insecto aplastado que sigue moviendo sus patitas.

El placer del interrogador cesa en la medida en que me reduce a ser meramente su cosa. Él se construye como mi vencedor mientras va suprimiendo mi libertad. Debo estar siendo sometida y esclavizada, no transformarme en una máquina descompuesta. Por eso le gusta que grite, que niegue, que me resista.

Me repito a mí misma las lecciones que aprendí en la universidad: reconoce su dominio a través de mis estremecimientos, mis aullidos descontrolados, mis humillantes súplicas, mis servidumbres incondicionadas, mi miedo, mi miedo que penetra en mi cuerpo como un tatuaje. Pero la verdad es que nada de eso me sirve, estas reflexiones no me salvan y yo lo único que quiero es que el miedo cese.

Nada de lo que aprendí suena real. Incluso pensar como lo estoy haciendo ahora, a la distancia y después de tantos años, es una forma de fuga. Pienso porque no pude romper mis cadenas. Pienso y repienso por qué les permití que me encerraran. Porque cuando Canelo me gritó: ¡Corre! Y yo le oí y lo vi ponerse en posición de tiro defensivo: ¡Corre! Y yo corrí, corrí zigzagueando entre la gente, tal como nos habían enseñado, corrí unos cincuenta metros hasta la calle Moneda, me tiré a atravesar la calle, como nos habían enseñado, pero al ver ese camión estacionado me eché al suelo. Quiero que lo imagines con nitidez. El cielo estaba gris esa mañana de otoño en Santiago, pero todo estaba claro. Había luz en la calle, había tonos y contornos precisos. Y hubo un segundo que existió, hubo una décima precisa, una centésima de segundo exacta en la que yo en vez de seguir me tiré al suelo y me deslicé debajo del camión. Y ese instante de mínima duración congeló mi biografía.

Elegí sobrevivir. ¿Elegí? ¿Se puede? Algo quizás eligió por mí, mi miedo, mi instinto de supervivencia, qué sé yo. No me engañaba: sabía que me encontrarían, que me estaba entregando a ellos. Aunque no me lo dije así. No. Me dije que era un truco astuto por lo ingenuo, algo que podría hacer una transeúnte cualquiera de puro susto. El ruido de las balas, su velocidad, y sus pausas, las carreras y los gritos, y esos silencios largos y temibles. Primero fue el Smith & Wesson .44 y luego las Cezetas que usaban ellos. Porque tal como nos habían enseñado ellos desenfundaron esas CZ 75 de 9 mm Parabellum fabricadas en la Checoslovaquia socialista y vendidas a una dictadura que mataría con ellas a los socialistas. Y se sentían más y más tiros, y seguro que los otros tres hermanos también combatían. Lo raro era que nuestro AK estaba mudo. Yo era capaz de armarlos y desarmarlos con la vista vendada. A pesar de que son armas que siguen disparando sucias y embarradas teníamos que mantenerlas como nuevas. Yo sabía que nuestro AK estaba mudo.

Nada que pueda pensar me saca de aquí. Esta obstinación es una manera de subsistir, de seguir siendo yo gracias a mi culpa que es mi pasado, lo poco de él que todavía está vivo. Mis esperanzas ese día se vaciaron y convirtieron en lamentos.

Y la quemadura no cesa de arder. ¿Pudieron las cosas ocurrir de otra manera? ¿Fue un azar? ¿Pero no es el azar el nombre que damos a la causa que desconocemos? ¿Hubo, entonces, razones objetivas? Vuelvo, entonces, al cómo sucedieron los hechos, vuelvo, entonces, al dolor que transcurre en un tiempo que se dilata y demora, no escurre, y no permite que olvide ni un solo minuto la densidad de su presencia. El dolor es celoso como nadie.

Una vez que ha cesado cuesta entender qué ocurrió. Es un vértigo que no puedes reconstituir. Hay un abismo infranqueable entre quién eres bajo ese dolor y quién eres un segundo después. No hay puente que una esos dos puntos. Te preguntas por qué te hacen esto. Pasan imágenes, se prenden y se apagan y tratas de ordenarlas: las yemas de mis dedos recubiertas con capas de cola fría, la sensación de Canelo a mi espalda, la señora de anteojos y lápiz Bic negro que me pasa en la caja el recibo –ella está «arreglada», nos habían informado, ella va a colaborar–, el croquis que hice yo extendido en la mesa del comedor de la casa de seguridad –es la noche antes, estamos repasando en detalle la planificación–, mi esbozo de las rejas que protegen las cajas, el mentiroso silencio que sigue a la orden que gritó Canelo, el sonido de los relojes de la puerta de la caja Bash, los billetes usados con elástico, mi amplia cartera de cuero negro abierta, el ruido del broche de mi cartera cerrándose. Todo está claro y tiene sentido. Sabías que iba a ser así.

Ésta es una lucha por la información. Estás en un proceso de *producción de la verdad,* tu cuerpo será la verdad viva. Por eso te piden «el punto», larga «el punto», hueona maraca, y te dejamos tranquila, mierda. Medio minuto después vuelven y esa explicación no sirve de nada. De nuevo, todo es incomprensible. Y vuelven los espasmos, saltas, te revuelcas sin control, eres una muñeca enloquecida, que se daña a sí misma. Es una explosión inaguantable que viene desde adentro y que tu propio organismo retiene convulsionado, un choque de olas contrapuestas en las que tu cuerpo ya no es más tuyo, se te escapa desgajándose, y sin embargo sigues sufriendo tú con intensidad inacabable. Quisieras entregarlo, dejarlo ir y conservar tu alma. Porque es tu alma la que no da más de dolor y espanto y quisiera huir. No puede, claro. Como sentir el ritmo de la música sin el cuerpo. Trato de viajar por mis recuerdos. Es lo que nos han enseñado. Pero yo no puedo pensar en nada, y me quejo, grito que paren, pero el tapón de trapo se chupa mi grito y oigo un gruñido saliendo de mis tripas. Las torsiones impotentes martillan tu impotencia en el cerebro. La contrapartida: la potencia de esa voz pérfida que te da y quita el dolor que te astilla. Para que esto cese tienes que levantar un dedo. Si lo haces es para confesar, para delatar. Es tu palabra que niegas lo único que queda de ti. Si no viene, te castigan. El dolor se mueve. Tu propio dolor te enloquece dislocándote. Mi dolor que es mi dolor. Nadie puede entrar adentro de él.

3

Todo esto te lo digo ahora. En esos momentos... Esa experiencia mía, sólo mía en aquel aquí y ahora, lo es todo y lo borra todo. Nadie existe. Ésa era la cosa, creo. Nadie más que yo atada y desparramada y estremecida, yo invadida y traspasada por este flujo maligno que me dispara y disgrega. Yo y ellos, los que tienen el poder de detener eso. El dolor cesa y, ¿cómo explicarlo?, te sigue asustando lo que acaba de pasar. Eso es lo que te jode. Estamos en otra pausa. ¿Cuándo? Puede empezar otra vez, ya mismo. Todo esto lo recuerdo de manera confusa. Ordeno este material de horror onírico y borroso para ti, para mí. Llevo años y años con esto guardado y trabajándome por dentro. No quería hablar de esto. No quería la obscenidad de la descripción detallada que todo lo rebaja. No quería. Yo soy la que hace lo que no quiero. Ésa soy yo.

Desde niña fui así. Obediente y escrupulosa. Desde el colegio de monjas que me inspiraban temor reverencial y cuya autoridad yo acataba ciegamente, desde que, después, mi mamá me hizo depilarme, desde que me arranqué el primer pelo que me nació en un pezón –lo hice para que no lo viera Rodrigo–, porque, sí, me salen a veces unos pelos largos en los pezones, los hombres creen que a las mujeres eso no nos pasa, pero a mí sí, y son los mismos pezones que ahora muerden dos pequeñas tenazas, dos perritos metálicos que me martirizan. No estoy segura de lo que parezco segura. Ahí adentro el tiempo se estira como un chicle y pierde su forma. Flotas atrapada en escenas confusas de material esponjoso. Pegoteo manchas, eso es lo que hago al contarte. Sé que debiera construir una metáfora. Una metáfora del absurdo, por ejemplo. Pero, ¿sabes? En el absurdo no hay culpables. Aquí sí.

El sonido del agua en una manguera. Una voz vieja te dice como hablándole a un bebé: Levante, mijita. Déjeme echarle agüita. Una vieja que hace aquí el aseo. Siento los pasos de sus botas de goma. Me llega el olor y es un olor espantosamente mío. Obedezco avergonzada y me levanto cuanto puedo y me exhibo. Es ultrajante, lo sé. ¿Y? El chorro de agua fría. Ahora me acuerdo de que cuando me hicieron desnudarme y me ataron al somier, una mujer me afeitó. Soy un bebé, entonces. Estoy cansada. Se me va la vergüenza. Mi cuerpo les pertenece y lo dejo. *He aquí la esclava del Señor; hágase en mí según su palabra.* Mi carne asfixia mi conciencia. Pero mi libertad de negar sobrevive. Quieren adueñarse de ella cuando trabajan mi cuerpo. Que me echen agüita ahí estos carajos, entonces. Que se demoren. Gano tiempo. Tengo que aguantar cinco horas. Ellos se lo toman con calma aunque son diligentes. Saben que trabajan contra el tiempo. Si yo largo «el punto alternativo» a tiempo pueden agarrar al resto de mi célula. Si no, se borrarán y perderán la pista.

Viene y es todavía más fuerte el guascazo. El primer momento es siempre el peor. Sales disparada, y es como si los brazos, las piernas, la cabeza se fueran a desprender de ti. Sientes que te están desarmando, que te van a despedazar. El dolor y la zozobra insoportables. Las amarras te sujetan. Porque volarías por los aires. La presión de fuerzas contrapuestas te tritura. Soy un cuerpo que se escapa de su cuerpo, un yo que se zafa de su yo. Es una huida imposible. Es sofocante. Es desesperante. Levanto un dedo tembloroso. No aguanto más. Tengo que darles algo.

El punto, digo. Voy a darles el punto. Que... que...damos... Estoy acezando y tengo la lengua torpe e hinchada. Quedaaamos... de eeee...encontrarnos en el Caaaa... en el Caa...fé Haití, el de la calle Ahuuu...mada.

Silencio. Es la mentira que Canelo, precavido, había preparado para mí. Me protegía Canelo. Me viene una pena terrible por él, por mí. Pienso en él y a la vez me animo, quiero serle fiel, quiero serle fiel como puede querer y necesitar serlo una viuda resuelta a permanecer fiel hasta la muerte. ¿Por qué no le pregunté más de la guerra en el desierto de Ogadén? No le gustaba hablar de eso. Alguna vez me comentó cómo temblaba esa árida tierra africana bajo las orugas de los tanques soviéticos T-55 avanzando hacia el enemigo. Y otra vez me contó que esa noche, la noche del ataque decisivo, justo antes de que su columna iniciara la marcha secreta para ubicarse detrás de las líneas enemigas, llegó el general Ochoa en persona a saludarlos y arengarlos. No recordaba casi nada de lo que les había dicho el mulato, salvo: «Si alguien cae prisionero, muere callado. Los machos no hablan». Eso sí recordaba Canelo. Y también: «La verdad se inventó para no decirse».

Pido un poco de agua. No, me dice con calma esa voz pituda del interrogador jefe o del que yo presumo es el jefe. Y la palabra «no» de inmediato hace lo que dice. Mi conducta se plasma desde esa suave voz de mando. Quiero aguantar. Pienso en nuestros guitarreos junto al fuego en la montaña, pienso en esas largas noches conversando a la espera de una misión en alguna casa de seguridad. No puedo romper la lealtad que me une a mis hermanos, no puedo yo ponerlos en peligro, la cadena de delaciones debo interrumpirla yo antes de que un eslabón se engarce con el otro y ése con otro y así. No es por lo que se vaya a decir de mí. Es mi fama ante mí misma lo que importa. Me siento unida a mis hermanos, tenemos un sueño común, y yo siento que no sería yo si lo abandonara. Algo así –aunque no así porque no hay tiempo para palabras en mi mente– es lo que me sostiene.

¿Qué más?, me dice. Le digo: Ahí un hoo...mbre, ahí encontraríamos a un... a... un hombre de traje griiis, me dijeron, tomándose un café y leeeeyendo el diario... Laaas... Laas... Úuultiiiimas Nooo...Nooooti... El tipo de la voz ronca me grita. No le entiendo y me quedo callada. Te preguntan por el diario, qué diario es, interviene el otro. La boca se me llena de espuma. Ya... ya se los di...je: Laaas Uuu...Úuultimas Noooticias. Me gritan, me gritan no sé qué. Alguien salió de la sala y cerró la puerta. ¿Y cuál era el siguiente «punto» tuyo, el «punto de rescate»? Contesto rápido animada por mi propia mentira: Eso me lo teeee...nía que coo...municar Caaa...nelo.

Un tremendo puñetazo resuena en la mesa de metal. ¡No nos sirve! No nos dis basura, hueona. Tú sabís que nos tenís que entregar información comprobable. ¿Está claro? Es el de vozarrón bajo. Danos un dato verdadero. Y no te demorís más, chuchaetumare. Al final, tú lo sabís, todos cantan. No te vengái a hacer la héroe, esas pendejadas aquí no resultan. Naiden aguanta esta vaina. Naiden. Canta si no querí que te caguemos, conchaetumare.

Yo le reee...espondí su pre... su preee... su pregunta, se...ñor. Yo no podía sino atenerme a mi mentira. Y él, insidioso: ¿Vos? ¿Me respondiste mi pregunta? Y a otro: ¡Dale! Dale, no más. Y a mí: A ver si ahora entendís mis preguntas, putaemierda. Les suplico que no. Les ruego, pido piedad, lloro. La humillación de eso, de no ser capaz de controlarme. Lanzo un vagido mientras me atan ese trapo en la boca.

Basta, ¿no? Dejemos esto aquí. No quiero seguir. Es demasiado. No me gusta tu mirada curiosa, las comisuras de tu boca no me gustan, un dejo obsceno. Siento que me humillo y ensucio mientras te cuento. Y es inútil. No entiendes nada. Nunca podrías. Las palabras me manosean. Son ajenas como las manos de los que me manosean y me atan. No se puede llegar a lo que viví así, hablando, ¿me entiendes? Lo que no se puede imaginar es mejor no tratar de imaginarlo. Porque no puedes actuar sino a través de ese cuerpo que te usurpan. No puedes, entonces. Sólo hay posibilidades detenidas. Tu cuerpo conectado al cerebro del enemigo para rebelarlo contra ti. De tanto restregarse la piel de la espalda contra ese asqueroso somier de metal, escuece y arde. Y vuelve violenta la quebrantadora y tú te tuerces y retuerces despatarrada ahí sobre el somier nauseabundo.

Paran: ¿Y vái a hablar, hueona conchaetumare? No reacciono; quiero decir algo pero estoy medio aturdida. ¿Querís con ella? Ya, métele tu salchichón por el culo. ¿Tai hueón? Es tan mala esta gila que yo no me la tiraría ni aunque me la chupara y me lo rogara de rodillas la muy puta. El toqueteo, los dedos, la burla, el lenguaje soez, mira la palabra ridícula que uso «soez», no sé por qué me humilla tanto. Ya te lo he dicho. El desprecio del simple insulto, del grito. ¿No estái segura? Muy bien. Te la ganaste, ramera. ¡No te quejís!... De un tirón soy arrancada de mí. La vibración me taladra y se irradia por todos mis tejidos. La musculatura se ha desatado en una danza frenética que me descoyunta. Grito. Lo que oigo es una voz ajena. Es casi igual que en las pesadillas: no me sale la voz. Voy perdiendo el sentido y no ceja la mortificación trepidante. Penetra en cada molécula del cuerpo. Si esto dura más puedo enloquecer. Yo tengo miedo de eso. Estoy por cruzar ese umbral. Grito, sigo gritando y contorsionándome adentro de un embudo de horror. Distingo apenas el murmullo de esa voz alta. Para. Ya se comió... Estoy exhausta. Me dicen que me siente. Trato y me desmorono. Me ayuda una mujer. Debe de ser la misma vieja que me afeitó y me limpió. Me sienta en una silla. Estoy temblando entera. Le pido agua y la voz ronca dice que no.

Más preguntas. Que dónde fue el «punto de arriba». ¿Llegué al momento de verdad? ¿Cuánto tiempo ha pasado? Menos de cinco horas, seguro. Me demoro en hablar. Es la lengua torpe, entumecida. Me duelen los hombros, las caderas, las rodillas, las muñecas, los tobillos. Trato de calmarme. El punto de arriba, me piden. Estoy aterrada. Esto fue todavía peor. Parece que siempre hubiera algo peor. Fue el agua, pienso. El agua hizo que agarrara más fuerza. Sé lo que debo hacer: entregarles algo para que me dejen en paz. El pun...to, digo tiritando y sin poder evitarlo, ...el punto fue en la eeeestaaaación de metro Looos Héro... Héroes, en el andén del tren que va al Poooniente. Ahí me estaba es...perando Caaanelo. Otro puñetazo en la mesa. ¿Y quién le dio la orden a Canelo? Su pregunta me mantiene en peligro. Su libre albedrío en mi cuerpo, la imaginación del miedo que fue y que viene me atenaza, si pudiera cerrar mi imaginación, ponerle candado. Le explico tartamudeando, le explico con sílabas despegadas y palabras rotas que... no sé, que yo nooo... tenía pp...or qué saaaa...ber...

Se abre y cierra la puerta. Se abre de nuevo y el grito me hace dar un brinco. El de la voz ronca me dice que han ubicado a dos meseras del Café Haití, que estaban ahí esta mañana. Las dos aseguran, me grita y le falla la voz de rabia, las dos minas aseguran que ni a la hora en que nosotros salíamos de la casa de cambio con el dinero ni después hubo un señor de terno gris leyendo *Las Últimas Noticias* y tomando café. Has mentido, gila maraca. La voz baja, las cuerdas gastadas. ¿Qué te imaginái? ¿Quién creís vos que sois? Nos faltái el respeto, ¿sabís tú? Me apena eso a mí. Y de la pena me paso a la rabia y me dan ganas de fundirte en el metal de ese somié... Es tu insolencia, pu... Somo agentes de inteligencia, somo profesionales, ¿sabís tú? ¿O con quién pensái que estái, vos aquí? ¿Vos, vos creí que porque tenís buenas tetas no nos hemos dado cuenta de que hay sido entrená pa aguantar esta vaina? ¿Ah? Claro, se hace la mosquita muerta, la hija e puta. ¿Se te pasa por la caeza que te vamos a permitir que nos tomís el pelo? Asaltaste una casa de cambio, robaste hoy treinta mil dólares y además cuatro millones y tanto en pesos chilenos, y había contigo hombres armados. ¿Qué es esto, maraca? ¿Un jueguito? ¡Pínchala, hay que pincharla no más! Ahora, ¡jódete!

Una pausa. Ajetreo. Olor a alcohol, un apretón en el brazo derecho, un elástico, el pinchazo, el dolor del líquido espeso penetrando. Yo sé qué es, qué debiera ser, qué nos han enseñado que debiera ser: Pentotal. Me dejo ir. Sobreviene una calma. Me siento mareada, me estoy yendo, quizás me esté muriendo y es mejor.

Me despiertan los gritos, las preguntas, golpes con un laque de goma en los muslos, en los brazos, en el estómago, más gritos. ¡Dale, Rata, dale vuelta, mierda! Todavía no ha entendido ná esta chupapico reculiá... Su vozarrón me traspasa y llena como si yo fuera un globo vacío. No tiene rostro ni cuerpo, sólo ese vozarrón conectado a los instrumentos conectados a su vez a mi cuerpo doloroso. Viene feroz el nuevo ramalazo. Soy una bolsa que adopta la forma de su mandamiento. Soy un guante que hace su mano, mera feminidad a la espera del vector estructurante, de la viga verga. El somier metálico que hiere mi espalda restregada, la mordaza que se roba mis quejidos de animal, de chancha, porque en eso me transforman, en una chancha que chilla con el hocico amarrado mientras la van matando. El chicotazo de nuevo me hace aullar bajo el paño y pegar un salto, luego es el ataque, la mierda, las convulsiones.

Entro en un estado pétreo, distante de mí. Me veo de niña a la orilla del mar, en El Quisco, siento el olor de la sal en la brisa, veo los reflejos de la luz sobre el agua que avanza por la arena, oigo el susurro suave de la espuma cerca de mis pies... Todo esto pasa rápido, rapidísimo, y está como colgado fuera de mí. Como si se estuvieran desprendiendo partes de mí, de mi memoria y eso que fui pudiera mirarme. Porque me estoy yendo, eso me digo, es así como se muere, me digo, y vago despegada de mi cuerpo y es un alivio morir... Un baldazo de agua helada me despierta espantada y me reencarna. No me permiten morir.

Habla el otro, el sereno, el de voz en falsete. Me apacigua. Me pregunto si la «droga de la verdad» me ha reblandecido o hecho algún daño cerebral. Tengo el corazón agitado. Me cuesta respirar. Eso me da miedo. Quiere saber si conozco al Hueso. Le contesto que no. Estoy exhausta y me siento mejor diciendo la verdad. La sed es desesperante. Me pregunta si Canelo conocía al Hueso. Le digo que no estoy segura, que se me ocurre que sí, pero que nunca me habló de él. El otro, el de voz ronca, lanza una carcajada. Cagó esta ramera. Me aburrí, Gato. Y así supe que le decían el Gato. El punto de arriba es Canelo, muerto; el punto de abajo, un señor leyendo *Las Últimas Noticias* en el Café Haití que nunca estuvo en el puto Café Haití. Ésta está entrená, hueón, ¿no te dái cuenta? Es una terrorista entrená... La agarramos portando una Beretta, después de un asalto y tiroteo en el que mueren tres hombres, lleva treinta mil dólares robados y no sabe ná... Esta maraca reculiá nos está tocando las huevas, pu... hombre. Y está bien que te las toquen, pero no que esta mina má encima, venga a contarme las arrugas, pu... Risas, varias risas masculinas. Quiero complacer y pienso: ¿Cómo? Y él: Me aburrí. Te la dejo, Gato. Ya sabís adónde voy. Chao.

Un portazo.

Entonces el de voz calma se puso nervioso y me dijo que el Ronco, y así supe que lo llamaban «Ronco», era medio loco, capaz de hacer cualquier cosa, ¿sabís tú?; que el Ronco era un tipo de cuidado, oye, que estaba fuera de sí; que yo debía ser responsable; que me iba a arrepentir después; que todo este esfuerzo y sufrimiento, oye, es para nada, para nada...

De nuevo me hacen sentar. Me ayuda la misma mujer. Entonces el Gato, con su voz calma y falsificada, me pregunta por qué en nuestro boletín nunca hay una foto del Hueso y tantas y casi iguales del comandante Joel. El Gato no me insulta. Es una pregunta que no esperaba. No sé qué contestar. ¿Nunca Canelo te contó cómo era el comandante Joel Ulloa? Y querís que pensemos que no nos estái mintiendo. ¿Y nunca te describió cómo era el Hueso? ¿Por qué no hablái, mejor?, me insiste con su vocecita blanda. ¿Por qué no? ¿Qué más da? Estamos todos en lo mismo, ¿no creís? A mí se me escapa un ¡No! ¡No es así! Ustedes no tienen ideales, digo. Nosotros luchamos por un mundo... nuevo. Ustedes luchan sólo para que no ganemos nosotros. Silencio. Me da miedo este silencio. A distancia, como si la oyera debajo del agua, parece que se abre la puerta. Estoy sentada, desnuda en una silla dura. Debo de estar a unos tres pasos del somier. Repite: ¿Canelo conoció alguna vez al comandante Joel? No sé. Supongo que sí. Ésa era la pura y santa verdad. Pero tú, ¿no? No. Le costaba creerlo. Que lo estaba engañando, me decía. ¿Cómo se mantiene la mística, la unidad de un movimiento que nunca se reúne con sus jefes máximos? Los miembros de una célula son contactados por el jefe y, a veces, sólo se conocen para ensayar un operativo y, luego, durante el operativo. Bien. Eso se sabe. Pero los dirigentes, ¿cómo pueden liderar si nadie o casi nadie los ve ni los conoce en persona? Ustedes podrían ser un movimiento pantalla, creado por agentes de la Central... Se ríe.

4

Un golpazo en los oídos. Me come el asombro. No. Han sido dos puñetazos simultáneos, espantosos, uno en cada oreja. Doy un paso. Los tímpanos zumban espantosamente y se me va el equilibrio. Estoy sorda y ciega. La pieza se descuadra y gira y se me va. No puedo encontrar la silla. Algo... algo súbito y horrible.

Estoy pasmada. Para qué me paré. Se me acercó alguien por detrás y no lo sentí. Estoy confusa. Voy a caerme. Siento náuseas. Si pudiera sentarme. ¿Dónde? Estoy perdida. No. Ahora me vienen arcadas. No les sirvo más. Estarán observando mi carne expuesta, sucia, maloliente, desahuciada. ¿Por qué esta mujer me trata de poner el buzo? Esos hombres han visto mis pechos que me gustaban y que a algunos hombres, como a Rodrigo, maravillaron, y mi ombligo hondo, y mis piernas largas que tenían la piel suave y yo cuidaba con crema, y mi traste, mi buen culo que se mantenía levantado y era duro. Pero ya no me dan ganas de cubrirme con nada. Porque no soy otra que mi cuerpo, pero han sometido mi cuerpo y lo han sublevado contra mí. Al vestirme, me humillan una vez más porque me han tenido desnuda.

Pienso mientras me calzan las zapatillas. Pienso encapuchada tratando de pensar. O tal vez no pienso. Pero creo que estoy pensando en algo o sintiendo algo. Por eso me digo: todavía estoy viva. Seguramente pienso: ¿qué va a pasar ahora? Me van sacando de aquí. Hay un cambio brusco de temperatura. Hace frío. ¿Estaremos afuera? No me responden las piernas. Me sujetan. Me cargan.

No oigo ruido de autos. Ha de ser noche cerrada. Oigo una baliza. Creo que es del auto de adelante. Voy tirada en el piso de un furgón. No me hago esperanzas. Es decir, me hago. Un cambio. Eso ya es algo. Tengo una sed espantosa. Debiera contar para calcular adónde me llevan. Es lo que nos han enseñado. Uno, dos, tres... veinticuatro, veinticinco... En algún momento me distraigo y pierdo la cuenta. Creo que llegué al setenta y ocho. Creo. Ya es inútil. Todo es inútil. Tengo una sed espantosa. Vamos subiendo y el auto apenas disminuye la velocidad en las que, supongo, han de ser esquinas. El silencio. Nos detenemos. Una luz roja, me digo. Las esposas me molestan. Trato de refregar la cabeza por si se me suelta la venda, pero no. De pronto un golpe seco y entramos a un camino de tierra. Subimos una cuesta empinada. El furgón detiene su marcha, pero nadie se baja. Ahora avanzamos más lentamente; el camino está lleno de hoyos y el furgón se remece como coctelera. Me vuelven las náuseas. Llegamos, parece. Oigo voces afuera. El furgón está detenido con el motor andando. Ellos siguen hablando. Debiera tener miedo. Tengo mucha sed. ¿Estarán decidiendo? No puede ser. Esto se definió antes de que me sacaran. ¿Qué pueden estar discutiendo? ¿Qué hacer con mi cuerpo? Pero eso también tiene que estar resuelto de antemano.

Mi corazón da un brinco cuando abren las puertas traseras. Ven, me dicen. Ven pa cá, puú... Yo sé que esa voz desconocida y ordinaria es la voz de la muerte. Es un alivio. Terminó. Me sacan porque aunque trato no puedo moverme. Me toman ellos, me llevan casi levantada, me cargan otra vez. La gente muere, eso es todo, se la mata, y qué. Así ha sido siempre, así seguirá siendo siempre. *La violencia es la partera de la historia...* ¿Y qué irá a pasar con Anita? Me digo: debiera implorar piedad. Pero estoy alelada. Es el horror. También el llamado de la muerte que me abraza. Quiero su paz. Uno de ellos al acezar huele a cebollas. Ya; sujétate aquí, puu. Un tronco, un tronco de árbol. Pienso en la cruz, en el madero de la cruz. Soy una Cristo, pienso. ¿Lo habré pensado entonces o después? Estoy pisando una raíz. Oigo que hablan. ¿Querís decir algo? Porque hasta aquí no más llegaste, puú huona. ¿Cachái? Te vamos a fusilar. Por eso te igo yo: hasta aquí no más llegaste, huona. Tú sabís, tú misma te la buscaste. ¿O no? Una orden de mando. Por última vez, ¿querís decir algo? La lengua me responde y digo: Sí. Siento el tufo a cebolla muy cerca: A ver... Digo: Quiero, por favor, un vaso de agua. El tipo se larga a reír. Quiere un vaso de agua, la perla.

Lo siento alejarse. Oigo el murmullo de los otros. No pienso en la muerte. Pienso: ¿me habrá ido a buscar agua? Deben tener alguna cantimplora con agua tibia y gusto a metal, pero agua al fin. Toma, me dice: Échate un trago, mierda. Como por un reflejo muevo las manos y me duelen las esposas que se aprietan. Él me pone la botella en la boca y huelo el pisco. No. No quiero pisco, protesto. Quiero agua. Me dice: Te jodiste porque no hay ná agua; hay este conchito e pisco. Y si no te lo tomái tú, huona, me lo tomo yo. Así que apúrate. Me sujeta la cabeza con suavidad y me empuja la botella en los labios. Un sorbo que arde, otro. Cierro la boca. Siento el pisco resbalando por las comisuras de los labios. Tengo más sed. ¿Otro poquito? Y de nuevo me acerca la botella. Bebo. Bebo aunque no me gusta. Pero bebo con ganas. ¡Ya! Basta. No te lo vái a tomar todito, puú huona...

Se aleja llevándose la botella. Oigo sus pasos aplastando hojas secas. Tengo sed, pienso. El pisco me dio más sed. Oigo otra orden de mando. El pelotón, pienso, éste es mi pelotón de fusilamiento, el que me tocó a mí. ¿Cuántos serán? ¿Dos, tres? Una pausa. Mi corazón sigue bombeando y yo lo oigo bombear. Sus últimos estirones. Estamos en la precordillera, parece. Todo tranquilo. El silencio de la noche en el campo. Deben de verse las estrellas. Me gustaría que me levantaran la venda sólo para ver por última vez las estrellas. Pienso en Canelo, él supo pararse ante la muerte. Pienso: debo gritar ¡Viva el comandante Jo...! Grito y ahora sí, la ráfaga hace pedazos la paz de la montaña. Qué violenta, larga y ruidosa es una ráfaga, pienso. No me duele todavía, alcanzo a pensar.

Volví en mí y seguía viva. Fue terrible. Estaba desparramada en el suelo y me dolía una cadera. Estoy muy mal herida, pensé. Van a rematarme. Me molesta esa raíz del árbol en la cadera. Pienso: ¿Por qué se demoran? La cabeza me da vueltas y vuelven las náuseas. ¿Qué es esto? Oigo unas carcajadas acercándose. Ahora me rematan. Por qué se ríen, estas mierdas. Siento el frío del cañón en mi cabeza. ¿Por qué se siguen riendo?

5

Leve claridad arriba, en el ventanuco con barrotes. Volvía y estaba en la misma celda estrecha y húmeda de paredes de concreto sin pintar. No tenía venda. Me dolían las muñecas. Pero podía moverlas, tenía las manos libres. Me fui mirando y tocando como pude. Me duele una cadera, me escuece la piel en la espalda. No me mataron, pensé. Nostalgia de la muerte. Algo quedó inconcluso. Y de golpe me sentí feliz, inexplicable y absolutamente feliz. Tenía una sed espantosa, pero había sobrevivido. Carajos, pensé. Nada ha terminado, entonces. ¿Y Anita? Un escalofrío pasó por mi espalda como un gato a la carrera. Y anoche morir era un alivio, pero ahora estoy feliz de estar viva. La sed. Y cumplí. Aguanté, mierdas. Estar sin venda, ver ese reflejo de luz en la pared, mover las muñecas machucadas de mis manos, sentirlas libres, eso es ser feliz. Mi célula se congeló. Se jodieron. Yo me los jodí. ¿Y por qué no me mataron si ellos sabían que ya no les serviría? No me quebraron, mierdas. Si me dieran un vasito de agua... Estoy tiritando.

«Tomasa», me dice ella que se llama. Tomasa me abraza y yo todavía no sé bien quién es, y ella me besa y me abraza y me presta su manta. Me repite en el oído: Soy Tomasa, soy de Hacha Roja.

Y cruza como una nube oscura y rápida la memoria del piso de baldosas, del agua fría, la locura que borra el mundo... Estoy temblando. Tengo sed, tengo sed. Imagino la transparencia del agua en un vaso de vidrio. Veo el agua saliendo a chorros en el lavatorio. Veo el mar de El Quisco, su azul, su oleaje infinito. Veo mi piel dorada en el espejo de cuerpo entero de la pieza de mi padre. Estoy en bikini y me siento regia. Trago saliva y la garganta me raspa. Me acurruco en la colchoneta mugrienta que hay y me tapo con mi frazada y la que me presta Tomasa. La nube oscura del somier, la sensación fría de las baldosas, la inyección de Pentotal, la orden ronca del Ronco. Pienso en ese lugar. Es como si hubiera un orificio, y el piso se inclinara y todas las cosas del mundo se escurrieran hacia él como un montón de muebles desvencijados, como una ola de viento llena de los destrozos que se tragara el imán de un vaciadero gigantesco. Quedan sólo el Ronco y el Gato, hablando en ese subterráneo vacío, que simula un baño y no lo es, pero en un dos por tres volvería a serlo si algún juez diligente se atreviera a venir a inspeccionarlo. Ahí su palabra crea cuanto hay, incluso este despojo que soy. Qué será mi cuerpo desnudado y afeitado y descoyuntado para ellos. Su palabra es un espejo que no veo.

Alguien me cargó y me dejó tirada en el cemento áspero de esta celda fría. Me acurruco apretada a Tomasa: ahora soy feliz. Si me dieran un vaso de agua sería completamente feliz. Pienso en Anita y mi corazón da un salto. ¿Se estará levantando para ir al colegio? La mesa con su mantel floreado, la taza de Milo con leche, el olor de las tostadas recién hechas por mi mamá, mermelada de naranjas, un jarro transparente lleno de agua. Mi mamá, pienso. Si no fuera por ella, ¿qué sería de Anita? Siento el olor del pan de Pascua que hace mi mamá. Pero no estamos cerca de Navidad. No puedo describir ese olor del pan de Pascua, pero lo huelo. Después de todo, mi mamá es mi mamá, pienso.

El ruido de una llave y estoy temblando. Una mujer gordota, de jeans y cinturón con cartuchera y luma, me ordena levantarme. Es chica y huele a sudor viejo. Me esposa con las manos por delante y me venda la vista. Me toma de las esposas y camino detrás de ella, ciega y torpe. A mi espalda, los pasos de un centinela. Olor a enfermería. Me sientan, como cuando entré, al borde de una camilla. Alguien, un hombre de dedos gordos, me toma el pulso y la presión. Me pesan. Me controlan la temperatura. Es agradable el frescor del termómetro bajo el brazo. Pienso en mi padre tomándome la mano, sentado a la orilla de mi cama cuando de niña tuve un tifus y me volaba de fiebre. Todavía vivía en la casa entonces. Mi madre cuando me enfermaba ponía su cara seria –su cara de tecnóloga médica–, controlaba mi fiebre, me recetaba una limonada y esperaba «nuevos síntomas». Examen con el estetoscopio, examen de oídos, de garganta, me dan vuelta los párpados. Diga: AAA... Duele: El martillo en las rodillas, los reflejos. Me palpan las coyunturas. Todo esto me sosiega, sentirme cuidada. Muevo los brazos, las piernas, los tobillos. Me palpan los pechos, el estómago, las costillas, la columna. Sonido de goma, un guante, me relajo, revisa por dentro. Estoy feliz. Después de esto me sueltan. Pido un vaso de agua.

El médico no me contesta. Está en buenas condiciones, me dice. Un consejo: si no quiere que la dañen, lárguelo todo de una vez. Créame, lo demás es estéril, es autodestructivo. Depende de usted salir de aquí.

Se me cae el ánimo. Es, obviamente, uno de ellos.

De vuelta en la celda, la misma centinela me trae un vaso de plástico verde. Tiene agua hasta la mitad. Tomasa me aconseja que tome sólo un sorbo y la haga durar. Algunas horas después la guatona me trae un vaso lleno. Me duermo. Despierto. Nos trae una bandeja con un caldito de pollo tibio y muy aguado, de esos que vienen de una caluga Maggi. No sabía que tenía tanta hambre. La sed me tapaba el hambre. Me quedo dormida. Despierto y me paseo hasta que no doy más y entonces dormito y duermo, quizás, y me paseo. Tengo sed. Tengo hambre. Tengo frío. Tomasa me arropa, me dice que trate de caminar. Busco la claridad del ventanuco con barrotes. Cuando oigo la llave, el corazón me da un brinco: ahora sí que me sueltan. No. Es sólo un vaso de agua. Tenemos hambre. Después, duermo.

Hasta que ocurre. Me vendan la vista, me esposan, me sacan por el pasillo, me hacen bajar unas escaleras y, ¡maldición!, llego a una sala de piso de baldosas que conozco. Me preguntan lo mismo y repito lo mismo. Puro miedo. No quiero que me castiguen por haber mentido, por no haberles dicho más antes.

Un momento después estoy desparramada sobre el somier, atada, gimiendo con un paño en la boca y sometida a la misma tecnología del dolor. De repente, oigo que el Ronco grita y grita, pero es un grito que se me hace remoto y después se acerca y se aleja de nuevo.

Y vuelve la voz que finge el Gato. Que nadie sabrá nunca lo que aquí pasó, me dice; que todo da igual, me dice. Lo dejo hablar. Lo oigo desde tan lejos, desde mi yo desmoronado. Me pregunta qué pienso hacer. Le digo que estoy demasiado agotada para pensar.

6

C'est tout, es todo. Te cuento porque vas a hacer una novela, no un reportaje, ¿no es cierto? ¿Cómo supiste tú de mí? Me lo dijiste, ahora me acuerdo. Claro, los rumores, esas migajas que alimentan el hambre de los curiosos. ¿Por qué a un escritor como tú podría interesarle mi pobre historia? Has tenido suerte. Si hubieras llegado a verme tiempo atrás te habría contestado lo mismo que a los otros: de eso, ni media palabra. Y sanseacabó.

Llámame Lorena. No Irene. Yo quiero ser tu Lorena. Nunca sabrás mi nombre real. Vivo aquí en Estocolmo con un nombre ficticio y documentación ficticia. Estoy enferma de cáncer, estoy, como dicen, «en las últimas».

Morirse es ir siendo dominada por las minucias, la indignidad, las pequeñeces. La muerte no es de Dios. La enfermedad aceleró mi vejez. Se revela ahora la mugre, la fatiga de materiales, lo suciamente orgánica que soy, y rebrotan las fragilidades de los primeros años de vida. Es la segunda niñez y el mero olvido. *Sans teeth, sans eyes, sans taste, sans everything:* Sin dientes, sin ojos, sin gusto, sin nada. No puedo vestirme sola: necesito alguien que me ayude a ponerme el sostén, a ponerme las medias. Toma tiempo, no sabes cuánto. No puedo ir al baño sola, no puedo caminar sola. Eso, no otra cosa, es estar muriéndose. Me duele aquí atrás. De tanto estar en cama se me ha pelado la piel. Es la posición. Me ponen una cremita. Surgen dolores nuevos, tontos, inesperados. Paso a veces algunas horas con este tubo en la vena de la muñeca para que me inyecten el suero o lo que se les antoje. Vivo abierta y sostenida por esas inoculaciones. El oxígeno me seca la garganta. Vivo con el balón al lado de mi cama y hay días en los que mis pulmones dependen de él como de la silla de ruedas, como del brazo de la enfermera que me ayuda en el baño. El pudor se va muriendo con uno. Los muertos son impúdicos. A veces ella me castiga con un odio retorcido. Toco el timbre y no viene o deja lejos la silla de ruedas. La llamo muy a menudo, me dice. Es posible. Es muy pedestre esto de morir. Y se demora, se demora una eternidad. Ella presiona y negocia momentos de autonomía. Es una lucha sorda y cruel, la última guerra. Si mi amiga Agda estuviera viva, vendría a verme, se ocuparía de mí. Es un pensamiento que me reconforta.

Y a medida que la enfermedad avanza, la enfermera me sirve más y me esclaviza más. Me voy inmovilizando. Si supieras lo que me demoro en ponerme las zapatillas. Y eso a pesar de la ayuda de mi ama. Pero no se agacha, no me las pone con las manos. Empuja mis zapatillas con sus pies, las patea, y si encajan, bien, si no, otro chute. Le carga cortarme las porfiadas uñas curvas y amarillas que crecen ahora en mis pies. Posterga y posterga esa tarea mi ama. Cuando finalmente lo hace, se equivoca y no es raro que me clave de casualidad las tijeras.

Y me chorreo. A cada rato me chorreo cuando como. Muevo con torpeza la cuchara, el tenedor. Eso me carga. Me traiciona el pulso. Y si no, me atoro. Hasta tomando agua me atoro. No vivo una experiencia metafísica, como ves. Cuando, debido a la quimioterapia, me vi en el espejo por primera vez sin pelo, creí estar viendo mi propia calavera. Un lugar común. La muerte es el mayor de los lugares comunes. Vivo a la espera del *rigor mortis*. Pero no me estaré viendo cuando llegue. Uno no vive su propia muerte. La de los demás, sí, desde el otro lado del umbral, claro. Los muertos no viven. Lo que yo vivo es esta pérdida progresiva de la aptitud para estar viva. Estar muriéndose. En eso consiste, para mí, vivir ahora. Y cuando llegue el momento dispondrán de mí, me mandarán a ese basural que llaman de otro modo antes de que mi fetidez los espante y mi cara y mis manos demasiado blancas y pronto con manchas violáceas les repugnen. Antes, sobre todo, de que comience ese olor que los ramos de flores no lograrían ocultar. De eso se trata, entonces, de morirse, de quedar expuesta sin recato, carne que nadie compró en la carnicería y se echó a perder. Entonces te visten de madera y te tapan con tierra para no verte nunca más, les das asco, y lloran aquellos a los que les das asco, pobrecitos.

Nadie irá contigo. Desde luego. Nada que hayas hecho antes te sirve de algo. Y por delante, ningún proyecto, ninguna tarea, ni la más modesta que pudiera seguir a tu lado. Para este viaje no llevas maleta. Siento mi miedo. Ver la muerte a un paso, esperándote como un abismo a metro y medio de distancia, y ser tú la que va a caerse, es atroz, te digo, es simplemente espantoso. No quise morir cuando Canelo cayó combatiendo. Tampoco ahora, fíjate tú, tampoco ahora. A pesar de que cuando estaba sana, sí. Y me están quitando la vida a mordiscos.

No te vayas suavemente a esa buena noche. / La vejez debiera arder y enfurecerse al final del día; / rabia, rabia contra la muerte de la luz. Dylan Thomas. Todavía me queda memoria, ¿qué te crees?

Por eso has venido hasta Ersta, Estocolmo, a escucharme. No me engaño. Antes de que sea demasiado tarde... Eres un cuervo con pico de oreja. Nadie puede comprender esta historia. Y nadie lo querría. Es inútil. Quedará la fábula edificante con su moraleja, quedará la cáscara de los hechos, la pornografía del horror. Eso ya se sabe. Pero lo que les dio un sentido, lo que los hizo humanos, muere con nosotros. No sé cómo usarás lo que te cuento. Me pica la curiosidad. No sé si te servirá de algo. No creo que una novela deba repetir la realidad. Tal vez debieras imaginarme tú solo. Tú quieres que te hable de huellas dactilares, llaves ganzúas, seguimientos, autos-bomba, persecuciones, tiroteos y torturas. Pero al final buscas una aventura moral. Es lo que te conseguirá una casa editorial. La gente ama la historia que confirma el prejuicio. Reconocer lo que ya les mostró la tele: eso gusta. La verdad es demasiado inquietante, espinuda, contradictoria y espantosa. La verdad es inmoral. No debe imprimirse. Tú no escribirás lo que te cuente. Lo que vas a oír no te va a gustar nada. Lo leo en tus ojos. *Hypocrite lecteur, mon semblable, mon frère:* ¡Hipócrita lector, mi semejante, mi hermano!

Ah, ah. ¿Por qué me das risa? Me decías que querías mi versión. No me pidas que te dé la tuya, entonces. Tienes que escuchar mi historia. A eso viniste a Ersta. Nadie te obligó a entrar aquí. ¿Sabes? Huelo tu desprecio de alma bella.

Fíjate que cuando Dante llega al fondo del Infierno encuentra al Demonio llorando. No por eso deja de ser el Demonio, no por eso se arrepiente. Si lo hubiera hecho, estaría en el Purgatorio, tendría esperanza. El Demonio no se arrepiente y sin embargo llora, llora sin esperanza. Hay algo indigno en el arrepentimiento y el deseo de perdón, algo cristianoide que me molesta. El Demonio, incluso en la derrota, sigue siendo fiel a sí mismo y a su propia contradicción. Castiga a los que inspiró y han seguido sus pasos, los castiga día y noche mientras es castigado. Es el traidor insuperable.

7

Es humano el odio. No hay nada que yo no odie. Tomasa los odia sólo a ellos. No a nuestros hermanos, no a los que pusieron la bomba y volaron el puente, no a los que ella ocultó y se fugaron, me dice, dejándola a merced de estos perros hidrófobos. No sé en qué célula está. Tratamos de mantener la compartimentación. Pero sé que la han careado con el Chico Escobar y con Vladimir Briceño. Me lo ha dicho al oído. Tiene que haber micrófonos. Quieren saber de la aguita, me dice.

Yo me topé con Briceño en el pasillo. Seguro que lo hicieron a propósito. Iba con la nariz rota, la camisa del buzo empapada en sangre. Hicimos lo que nos habían enseñado: mirarnos como desconocidos. No es fácil. ¿Cómo se miran dos desconocidos en un lugar así? Te puede delatar la sorpresa, la inesperada alegría de reconocer a un amigo aunque esté en las mismas, o una indiferencia demasiado estudiada... Ellos están muy atentos a esos signos.

Si me permitieran trabajar, me dice Tomasa. Si me permitieran usar mi cuerpo para algo. Si pudiera ser puta, yo haría algo y sería al menos eso, una puta. Entonces quiero putear, me dice. Esto tú no lo puedes comprender. Ni yo misma lo comprendo desde aquí y antes sí. ¿Quién sería yo en ese entonces?

Que me dejen ducharme. Eso pido. Con el correr de los días tú no puedes imaginar lo que esto me importa. No me soporto. Que me dejen cambiarme esta ropa hedionda. Quién sabe cuántos la usaron antes. Nos mantienen en este subterráneo con los buzos grises y malolientes que nos pasan y debajo, nada. Quiero simplemente usar calzones, quiero ponerme sostenes, eso quiero. Nunca me interesaron mucho los trapos. Pero ahora... Si me permitieran salir al patio un ratito para sentir el calor del sol en la cara.

A Tomasa le han dicho: ¡Muéstrame las tetas, chuchaetumare! Y ella se ha levantado la polera del buzo y ha hecho lo que le pedían. Tienes el pituto del pezón muy largo, le dijeron. Tienes los chupetes flacos y feos, le dijeron. Y esa vez no la violaron. Yo tengo los pezones rebonitos. Tomasa gritaba y me obligaron a escucharla. Empezó a chillar desde que la amarraron. Trato de acostumbrarme. No se puede. Grita como un varraco. Según ella, eso la protegió, según ella, eso los dejó satisfechos y le dieron menos duro. Le he dicho lo de los calzones, lo que daría por tener un par de sostenes Triumph. A ella eso no le importa nada. Con tal de que no la violen de nuevo, nada le importa. Quiero un sostén. Me siento tan flacuchenta... ¿Quién podría comprarme sostenes? No importa que se acuesten contigo, me dice Tomasa; la cosa es que no te hagan daño ahí adentro. El Gato premia al Rata o al Ronco, me dice, él les da ese derecho, si es que se le antoja. Tomasa me prestó un espejito, el otro día. Ella se consigue esas cosas. Ahí me vi las ojeras, la cara chupada, las orejas alargadas asomándose a través del pelo pegajoso. Nunca tuve orejas que se asomaran así. Pero aquí sí. Tengo las pechugas más chicas y sueltas. ¿O será idea mía? Seguramente por eso no les intereso; ni siquiera quieren que se las muestre. Siento su no deseo. Dicen que a algunas las obligan a bailar y terminan desnudas como vedetas, bailando y llorando, desnudas como simulacros de vedetas. Así y todo, con Tomasa nos reímos. No me acuerdo bien de qué. Pero hay cosas que comentamos bajito y nos hacen largar la carcajada.

Me concentro en tratar de averiguar la hora, en seguir el sol entre los barrotes del ventanuco de nuestra celda y medir las sombras sobre los muros húmedos. Esa tarea me ocupa. Tomasa se consiguió un juego de naipes. Eso nos ocupa. Sabe hacer algunos trucos que me asombran. Tomasa me dice que ella se imagina cosas, se cuenta cuentos, sueña que está libre, que está en casa de su mamá y su papá, que está en un asado con amigas del liceo, que está encaramada en una torre de alta tensión colocando una carga o en el pilar de un puente, sueña que está metiéndole candela al enemigo. Así mata las horas. Yo trato de hacer lo mismo, trato de imaginarme que voy mojada hasta los tuétanos por las cordilleras de Nahuelbuta arrastrándome punta y codo, o con mi pesada mochila al hombro enmontañándome y luego borrando mis huellas, o haciendo con mi célula un desplazamiento vietnamita, o dejando un fusil FAL –uno de esos que patean el hombro como mula– bien aceitado con su parque en un barretín bajo el piso de una casa, o me veo cavando un tatú bajo la nieve. No consigo sostener esas imágenes en mi mente. Y después, cuando la sacan a Tomasa para otro interrogatorio, sus berrinchos asustan. Ya les ha dicho todo, seguro. ¿Por qué siguen dándole? Y yo debo escucharla. Y cuando llega mi turno, repiten la instrucción: levanta la mano si quieres hablar.

Pasan días que son noches y se unen a noches que son noches. Soy un animal que declina aceleradamente reducido a deseos mínimos: que no me castiguen con un golpe o un insulto más, o quitándome el plato de sopa, la almohada o la colchoneta, que retiren el tarro que hace de cantora en nuestra celda. Me ha pasado. Son castigos suaves, ésos. Me pasó por mentir: cuatro días con la misma cantora, si es que calculé bien. Oigo un campanario y eso nos da una medida del tiempo. Me molesta reconocerlo, pero es así. Lo único que queda de este tiempo desvitalizado es el campanario de una iglesia que reparte opio al pueblo. Es como estar encerrada en un sótano medieval. Aunque en esta coyuntura los curas nos ayuden, no por eso, me repito, dejan de repartir el consuelo de la resignación. Así y todo, espero esas campanadas sin las cuales este tiempo mío que languidece rozaría la nada. Es un presente anémico que se evapora y me deja. Las campanadas son lo único humano que nos queda.

De pronto, me condujeron a un camarín y me entregaron una bolsa plástica corchetada. Ahí estaba la ropa que llevaba el día en que me detuvieron. También mi cartera, mi billetera con los ocho mil setecientos pesos que tenía ese día y mi carné de identidad falso, todo menos los treinta mil dólares y los cuatro millones y tanto en pesos que habíamos sacado de la caja Bash de la casa de cambio. Me entregaron un documento firmado por un juez militar al que nunca vi: libertad provisional. Ellos, dijeron, habían cancelado la fianza con el dinero encontrado en mi cartera. Me entregaron un documento firmado por un juez militar al que nunca vi: libertad provisional. Ellos, rieron, habían cancelado la fianza con el dinero encontrado en mi cartera. Me puse mi ropa y me liberaron en el paradero 21 de Gran Avenida. No hubo explicaciones.

8

Me liberaron por la tarde. Hice lo que enseñaban nuestros manuales para eludir el gardeo, como decíamos nosotros. El seguimiento, decían ellos en la Central. Pero me cuesta caminar en línea recta. Me duele la luz. Me asusta la amplitud, el espacio abierto de la calle. Mi primera tarea es perder a mi supuesta cola. Inútil, pensé. Pero debía hacerlo y lo hice. Me subí y bajé de dos buses de recorrido, anduve y desanduve camino, me di unas vueltas por la Estación Central, salí y tomé un tercer bus. Concluí que no me estaban gardeando. En fin, como a las cuatro horas llegué a casa de mi madre. Qué sorpresa. Lloraba mi mamá, la cocinera de la casa, todos salvo Anita, que me miraba sin entender. Cinco años tenía ella.

Me di una ducha larga, demorada, calentita y me metí a la cama. Dije que estaba cansada, que necesitaba dormir. Pero me quedé recostada, vuelta a la pared. No podía levantarme. Quería estar sola, pensando en nada. Mi mamá me dio unas pastillas para dormir y así pude cabecear unas horas. Desde ese día nunca más he podido quedarme dormida sin pastillas. Nunca más he podido dormir con la luz apagada. Necesito un poquito de luz, si no me empiezo a dar vueltas en la cama y no me duermo más. Desperté sobresaltada y transpirando. Seguía en mi pieza de niña.

Cuando me fui a vivir sola yo no me quise llevar nada y mi mamá dejó las cosas tal cual. Es como si hubiera salido de aquí ayer. En mi equipo de música, una vieja casete de Silvio Rodríguez. Han de haber sido las últimas canciones que oí en este lugar. Todo igual. Hasta unas viejas muñecas de pelos descoloridos que nunca regalé y me miran desde la repisa, con ojos fijos, abiertos y vacíos, como si estuvieran muertas. Miro las cortinas de niñita que mi mamá nunca cambió: son celestes con globos rojos, verdes, amarillos. Detrás de ellas las flores del damasco se aplastan contra el vidrio. Miro mi reloj. El tiempo no pasa.

Entra mi madre y es como si me hubiera despertado en medio de la noche. Me desconcierta verla, ha engordado, me molesta que esté aquí, que me interrumpa cuando necesito estar sola. Me abre la ventana para que entre el aroma, pero estornudo y estornudo, salvas de estornudos: el polen me da alergia. Si estuviéramos comenzando el verano podría, con un poco de suerte, estirar el brazo y coger algún damasco. Eso si es que no se me hubieran adelantado los gorriones o las malditas hormigas. Me quedo en la cama postrada sin pensar en nada. Esas flores del damasco me encantaban. Trato de sentirlas como antes y no puedo. Cierro la cortina. No tengo hambre, le digo a mi mamá. Le ladro, más bien: No tengo hambre. No me molesten, por favor... Me encojo y acurruco. Quiero estar sola y a oscuras. No he querido molestarte, dice mi madre. Muy por el contrario... Me mira. Debiera pedirle perdón. Me demoro. Voy a decir, por fin, la palabra cuando se da media vuelta y sale cerrando suavemente la puerta. Debo llamarla y darle un abrazo. Me congelo.

Mi mente va dando saltos: la barba afeitada y dura de mi papá en mi cara, Rodrigo de espaldas jugando paletas, el grito del Ronco, las mejillas de arrugas profundas de mi abuela. Y el olor rancio de las monjas del colegio, la voz sibilina del Gato, el dolor en las muñecas, el dolor en la espalda por el somier, la sensación del pelo corto de Canelo en mi mano, el ruido seco de mi cartera de cuero cerrándose con los billetes adentro... Mi memoria rebota en un cristal duro.

Estoy vacía, debo nacer y no puedo. Se me escapan suspiros. Y mis suspiros son aullidos de animal que perdió las cuerdas vocales. Incluso estirarse en la cama es un esfuerzo. Dormito acurrucada. Nada me saca de esa posición. Salvo la angustia que me estruja las tripas y entonces me estiro como tratando de arrancar de mí. ¿Hasta cuándo? ¿Qué me puede calmar? Me cuesta respirar. Me desespero. El piso se me hunde. Esto lo debo terminar yo. Debo hacer ahora lo que debí hacer con mi Beretta en la calle Moneda. Estoy resuelta. Ahora sí. No hay histeria. Estoy razonando fríamente. Esta angustia no la puede tolerar nadie. Es la única salida. No será ahora. Apenas tenga algo de fuerza. Ir al baño de mi mamá y tomarme toda la caja de pastillas para dormir. Es la solución. Esto no puede aguantarse, no es humano. La decisión me apacigua.

Hasta que entra Anita y se me sube a la cama. Me hace reír. No me acordaba de su risa y al verla brotar de su boca me da risa. Cuando sale de mi pieza, vuelvo al abismo que se abre y da a otro abismo que también se abre y me hace caer a otro abismo más.

Se me viene a la mente el rostro de Liv Ullmann en el blanco y negro de *Persona,* la película de Bergman. La escena es así: Liv está en cama con su camisón blanco, fumando estática mientras oye con una atención tremenda lo que le va contando Bibi Andersson desde el sillón. ¡Alma! Claro, Bibi Andersson es Alma, la enfermera, y Liv es una actriz –se me va su nombre– que está mal, que se mete en sí misma, apenas se mueve y se niega a hablar. Bibi, que es Alma, le habla y le gusta que Liv la escuche.

Lo que Bibi, la enfermera, le está contando es una extraña escena de sexo con unos muchachos muy jóvenes, en la playa. Ella y una amiga estaban tomando el sol solas y desnudas cuando aparecieron estos mirones desconocidos. Entonces su amiga le dijo: Déjalos que miren. Ella –Bibi–, sin saber por qué, se quedó ahí, desnuda y boca abajo. Su amiga siguió de espaldas. Uno de los muchachos, el más atrevido, se acercó, y su amiga le tomó la mano, le ayudó a sacarse la ropa y empezaron a hacer el amor. Ella le apretaba con las manos los músculos de atrás mientras la penetraba. Entonces Bibi quiso acostarse con ese mismo joven y lo hizo y se excitó mucho y se fue de golpe.

Después se acercó el otro y su amiga empezó a jugar con él y él se fue en la boca de su amiga y ella entonces se tocó y al irse dio un grito...

A medida que el relato de Bibi avanza, el rostro de Liv, que la escucha, se va agrandando. La mano con el cigarrillo cubre esa boca sedienta. Es una forma de pudor que nos da una pausa. Después, esa noche, sigue diciendo Bibi, ella hizo el amor con su novio y nunca antes ni después sería mejor. No puede comprender cómo ocurrió todo esto.

Entonces el silencioso perfil de Liv sigue llenando la pantalla. La luz pareciera esculpir ese rostro en piedra. La frente, el ojo, el borde de la nariz, el contorno de los labios, cincelados por la luz. Es un rostro inhibido y conmovido. Es lo que oye. Sus labios gruesos, hechos para besar, están a punto de vacilar y abrirse. Algo la está transformando por dentro, pero se contiene.

¡Es extraordinario! Liv sólo escucha. Y eso es lo que filmó Bergman: una mujer que escucha.

El tiempo se me va quedando pegado a las cortinas. Detrás, tapadas, las flores del damasco. Una garra negra se mete a mi estómago y me lo aprieta por dentro. Si esto no cesa, ya sé lo que debo hacer, me digo. No me apena hacerlo. No es venganza. Pienso que debo prepararle el ánimo a mi madre, a mi padre, a Anita. ¿Cómo?

Entonces, ¿qué me pasó? Me digo: debo regresar al lugar de mi madre. Debo. Mi madre inteligente, fea, pero de buena facha, buenos pechos, buenas piernas. Me he contado antes esta historia. Una mujer que trabaja en la sección de Radiología del Hospital Salvador siente que su cara no le corresponde, está insegura de su físico –pero no de su inteligencia–. Enamora a un hombre alto, fornido, bello. Es un tenista de talento, pero no, claro, un profesional. Es un comerciante. Trabaja con su padre en una pequeña barraca en el barrio de Carrascal. Compra troncos en el sur, los trae en tren a Santiago, y los hace listones, tablas y tablones. Para puertas y ventanas, para pisos. Eso es lo que mi padre fabrica y vende: puertas y ventanas.

Ahora me parece un oficio poético. No entonces. Las mejores, son de raulí y de encina. A veces le encargan una puerta de nogal. Su padre llega todavía a las seis de la mañana a la barraca y se molesta si el hijo –que ha de haber tenido más de cuarenta entonces– no está ahí. Mi abuelo es catalán. Él le ha enseñado a mi padre todos los trucos. Mi padre me lo ha contado. Cómo usar la pistola para barnizar con duco madera aglomerada tipo trupán, cómo manipular la sierra de huincha y la de corte circular, cómo añadirle cien años a un raulí joven, un hualle, oscureciéndolo con extractos de cedro y que pase por un viejísimo raulí apellinado, cómo matarle las manchas amarillas al castaño con un muñequillado de betún de Judea hasta poder venderlo como encina, pues tiene la veta tan parecida, cómo trampear un nudo, con qué mordiente, con qué anilina (si es que se está dispuesto a emplear una anilina), cómo cegar los poros con la muñequilla impregnada en alcohol, polvo de piedra pómez y algunas gotas de barniz, cómo aplicar –tal como le va mostrando el maestro Vicente– una capa delgadísima de goma laca y luego lijar y volver a muñequear para que la madera vaya adquiriendo capa a capa, evaporado su humo, ese tono acaramelado y único que da la laca legítima. El maestro Vicente sabe evitar esa rugosidad fatal en un barnizado que es la piel de naranja. Le enseña a lidiar con esas manchas grises que se forman, usando benjuí mezclado con aceite y, después, pasa la palma de la mano untada en una popota que contiene trípoli de Venecia, agua, ácido sulfúrico, vaselina, trementina y alcohol. Hay que oler la madera, le dice su padre, hay que tocarla, quererla y lengüetearla. Es la única manera de que ella se te entregue. El barniz más fino contenía laca, sandáraca y elemí blanco. Lo que no le enseñó jamás su padre sino que el maestro Vicente fue cómo preparar un buen «pájaro verde» con alcohol para disolver goma laca y té y limón. La primera borrachera de mi padre fue en la barraca con ese mejunje del maestro Vicente.

A mi madre no le interesa absolutamente nada de este mundo de maderas. Ella se enamora de un hombre buenmozo, sano, vigoroso, que maneja bien su jeep, le enseña a jugar al tenis con paciencia y la lleva a veranear con sus padres a la playa de El Quisco. Se casan, tienen una primera hija que soy yo y son felices, salvo que el segundo hijo se demora. Exámenes.

En eso están cuando se desata el drama. Una noche en la que él le ha dicho que debe quedarse hasta tarde en la fábrica para recibir un cargamento de tablones de alerce que viene del sur, ella lo sigue, lo ve entrar a un restorán, espera un rato y, finalmente, se arma de valor, entra y lo ve «con otra» en la mesa del rincón. Mi madre se acerca con paso de reina –según ella–, y una vez que ha llegado a la mesa, cae en la cuenta de que no sabe qué va a hacer. Mi padre la mira pálido. La mujer es estupendosa y joven. Espera atónita.

Entonces mi madre no halla nada mejor que presentarse a esa desconocida, que estirarle la mano y decirle: Soy la esposa de este caballero. Y la mujer se levanta, le da la mano, baja la vista y dice: La comprendo, señora. Entonces mi madre encara a mi padre. Le grita: ¡Lo que es a ti no te saludo ni te saludaré nunca más, pequeño carajo! Y de un manotazo agarra la copa del vino y se lo larga a la cara. Sale del restorán seguida por un silencio sepulcral y con paso de reina.

Mi padre se defenderá, dirá que fue algo pasajero. Pedirá perdón. Mi madre lo rechaza. A mí se me parte el alma. Pego en la pared de mi pieza una foto de mi papá jugando al tenis, dando un revés. El cuerpo se estira como un elástico. El esfuerzo se concentra en la cara. Mi madre no puede perdonarlo. Mi padre la persigue por meses. Nada.

Hasta que encuentra a otra. Es atrayente, bonita de veras, y catorce años más joven que mi madre. Juega bien al tenis. Mi madre se derrumba. La acompaño; es lo que debo hacer, pero en mi interior la desprecio. Tengo once años. Yo amé y sigo amando a mi padre. Voy a su nueva casa en Ñuñoa con su terraza con parrón, un manzano, dos ciruelos y, al fondo, un viejo olivo de troncos retorcidos, y está *Master*, un pastor alemán de raza que me encanta. Sigo yendo con él a El Quisco, a su rústica cabaña de madera de siempre. Vamos con el *Master*. Al llegar siento un olor a sal y a aire guardado. Hay que abrir de par en par las ventanas, hay que deshumedecer las sábanas. Me gusta verlas colgando al sol, tan blancas, cambiando de forma habitadas por el viento. Varían sus tonos y nacen brillos nuevos. Me gusta estar ahí junto al mar, sola con él. No con su nueva mujer. Lo contemplo cuando se afeita en el espejo. ¿Por qué mi madre no supo retenerlo?

Apenas mi papá se casa de nuevo, ya no me gusta ir a su casa en Ñuñoa. Pero voy. Y él se preocupa de mí. Me llama más de lo que yo quisiera. Un día me lleva al sur. Tengo quince años y me encanta la idea de viajar sola con él. Casi siempre que lo veo está su señora. Vamos a ver un bosque. Llegamos a Temuco en avión. Nos alojamos en un hotel. Me siento tan grande y feliz. Al día siguiente nos vienen a buscar en un jeep. El camino es largo. Subimos por una huella cordillerana. A un lado un barranco, al otro bosques húmedos y tupidos, helechos inmensos, enredaderas. Mi padre me explica que las tierras no son suyas, sólo la maquinaria, que tomó «deudas gravosas», me dice, para poder comprarla. Doblamos por un camino que se enancha. En pocos minutos, el ruido. Pasa un camión cargado de troncos, otro. Nos bajamos y seguimos a pie. Mi padre conversa con el tipo que nos vino a buscar.

De repente, el horror. Una máquina se mueve entre los árboles, los sujeta con dos brazos de acero y los corta abajo. El abrazo dura algo de un minuto. Cuando el tronco cae, la tierra tiembla. Otras garras sujetan al que cayó y lo pelan en un santiamén quitándole sus ramas. La tierra retumba de nuevo: ha caído otro árbol. Una grúa recoge el tronco recién pelado para echarlo al camión. En menos de cinco minutos ha terminado una vida que tardó más de ochenta años en llegar a esa inmensidad. Nuevo temblor: la máquina ha tumbado otro árbol. Le pido a mi papá que nos vayamos. Él se extraña. Me ha traído para mostrarme su nueva maquinaria. Me repite que se ha endeudado para poder comprarla. Yo me largo a llorar y no paro hasta que llegamos a Temuco.

Mi papá trata de consolarme y no puede. Ya nunca más podrá. Porque no puedo verlo como antes. Ya tengo quince años. Desde ese día su presencia en mi vida se irá adelgazando y, más tarde, cuando entre a la universidad será un enemigo. Pero me duele y sigue apegado a mi pensamiento, hablándome desde ahí, siempre muy cerca de mí. Si acudo a él porque necesito algo, no me falla. Casi siempre lo que necesito es plata y me la da sin hacer preguntas, me la da feliz.

Pasan unos dos años. Me entero de que le está yendo mal. Ha debido entregar al banco toda la maquinaria cosechadora de árboles y a duras penas sostiene la barraca. Ha vendido su casa, las acciones del club de tenis, el auto. Ahora arrienda una casita pareada. No tiene garaje. Cubre con una lona un Taunus usado que compró. Hipotecó la casa de El Quisco. Está triste, avergonzado. Sé lo que debo sentir, me lo digo a mí misma, pero la rabia es más fuerte. Me gusta cómo la ira domina mi compasión. Lo voy perdiendo de vista. Tengo un novio, Rodrigo, un animal, un animal tierno.

Encontré en casa de mi mamá un cuaderno. Dieciocho debo haber tenido entonces. Estaba en la universidad. Es un diario pero no diario, un cuaderno hinchado, lleno de anotaciones banales, flores secas, cajetillas de fósforos y puchos y servilletas y cartas, todo pegado con goma. Una de las pocas cosas que mi mamá me mandó de Chile cuando me vine a Suecia. Hace unas semanas, cuando ya sabía que venías lo releí. Nada que valga la pena, te diré. Salvo un par de hojas plegadas que resbalaron del cuaderno y no recuerdo haber escrito. Pero la letra es mía y de esa época. Mira, si te acercas a la cómoda, al lado del televisor, verás bajo una pequeña estampa de la Virgen de Guadalupe un par de hojas plegadas. ¿Por qué una Virgen de Guadalupe? Me

52

la trajo un cura español. Tú sabes, este hogar es de Ersta Diakonianstalt. Son protestantes, pero todas las semanas viene un cura católico. Pensó que por ser latinoamericana tenía que ser católica. Le dije que no, que ya no. Pero él insistía. Quería rezar conmigo. Al final, cedí. Me dejó esa virgencita de regalo. Para que me ayude a volver a rezar. ¿Crees tú que ayude rezar si uno no cree? ¡Ahí! Debajo. ¿Las encontraste? Dame. No entenderás la letra. Yo te las leeré.

«Mi padre siempre se entromete. Todo lo prevé. Quisiera planificar y controlar cada momento de mi vida. Piensa por mí. No es que quiera que yo sea como él, no. Él quisiera inventarme. Por eso intenta lo imposible. Su amor me sofoca. Debo irme, lo sé. Y cuando me despido no sé por qué me vienen lágrimas a los ojos, lágrimas que retengo apenas. Después se me colará su mirada exigente y cariñosa. Se me olvida entonces el agobio y mi rabia. Lo que recuerdo es su capacidad para desvivirse por mí, su conversación que me acoge, sus cuidados, su fe ciega en mí que entonces me enternece, esa esperanza suya que me anima y después me castiga, su incondicionalidad, también, y mi propia confianza en su capacidad –cada día menor, claro– de hacerse cargo.

»Cómo reconstituir esos momentos de antes, cuando era yo una niña, esos momentos en los que nos entendíamos sin tratar y sólo estar con él era una entretención. No había entonces la presión de ahora ni los sinsabores, el deber incumplido, mi angustia porque no alcanzo a hacer lo que me he prometido, aunque en el fondo sé que es por mi ambición de joven ambiciosa y él es culpable porque me inoculó esa sensación de ser especial. No tenía yo antes esta mirada crítica y esquiva. Me culpo. A mí y a mi madre. Es mi interminable adolescencia. En el colegio nos explicaban una y otra vez de qué se trataba. ¿Será posible devolvernos al estado anterior? O si no, ¿cuándo cumpliré la edad necesaria para dejar todo esto atrás? Y no es cuestión de distancia física, que la hay. Él se filtra a mi mente. El otro día hojeando sus libros, que son pocos, encontré un verso. Decía que el padre incluso muerto tiene "miedo dentro de mí, en mi propia esperanza". Era una cita de Rilke. La había subrayado él mismo. Era un libro de autoayuda, sobre la paternidad. Pienso que se lo ha de haber regalado su señora que no es muy intelectual que digamos. Pero lo único subrayado, ha sido subrayado por él. En mi soledad, esa incertidumbre suya se cuela y puedo ser, en parte, como me imagino que él quisiera ser si fuera yo. Sólo manteniéndolo a distancia puedo ser yo misma y coincidir con él. Así consigo estar en paz. Pero sólo en parte. Porque hay otra fuerza igualmente poderosa e insistente que me hace querer ser definitivamente otra que él, que me urge a vivir como si él nunca hubiera existido. Y cuando viene la despedida, la misma que yo he buscado que llegara, a veces se me llenan los ojos de lágrimas. Y no es que la separación vaya a ser tan larga; no. Porque no es mi partida de su casita pareada donde juguetea el *Master* lo que nos separa. Mi partida es sólo un pretexto para darnos ese largo abrazo que nos estamos dando siempre y nunca.»

Eso. Bueno, se ve que ya había entrado a la universidad y trataba de escribir con cierto estilo, ¿verdad? Era una pretenciosa.

9

Salgo de mi pieza de niña y busco entre los frascos de mi mamá. Me preparo un baño de tina casi hirviendo, un baño de espuma. Uso su jabón de verbena, su champú, su acondicionador con aceite puro de oliva, me seco con su toalla espesa, esparzo su crema hidratante de almendras por mis piernas, por mis brazos, por mis pechos enflaquecidos, me corto las uñas de los pies, me echo su crema para las resquebrajaduras de la piel de los talones. Le saco la tapa al frasco del barniz de uñas, su olor ahora podría marearme. Abro su caja de maquillaje y esa paleta de colores me llama, quisiera hacer un cuadro abstracto con los dedos. Pero sus tonos me confunden, no sé cómo empezar y me vuelvo a mi cama con el pelo mojado.

Vuelvo al damasco. Trato de imaginar cómo eran esos damascos maduros brillando en la luz de la tarde. Ya te lo he dicho: detrás de las cortinas que no abro no hay todavía damascos, hay flores que se aplastan contra mi ventana. Le echo una mirada al estante: un lomo de goma vieja pegada a las cuartillas. No hay tapas. Hojas anaranjadas y resecas: «¿Encontraré a la Maga? Tantas veces me había bastado asomarme, viniendo por la rue de Seine, al arco que da al Quai de Conti, y apenas la luz de ceniza y olivo que flota sobre el río...». Vuelo a la página 48: «Toco tu boca, con un dedo toco el borde de tu boca, voy dibujándola como si saliera de mi mano...». Y a la 428: «Apenas él le amalaba el noema, a ella se le agelpaba el clémiso y caían en hidromurias, en salvajes ambonios, en sustalos exasperantes...». Tantas veces yo había soñado con los ojos abiertos sobre este libro... Me voy quedando dormida. Es maravilloso poder dormitar así.

De repente, siento la voz de mi papá.

Se abre mi puerta y está realmente ahí, sentado al borde de mi cama, pasándome su mano grande por el pelo. Se ve más joven que mi mamá. Huelo su vieja agua de colonia Yardley. Es olor a lavanda, es lo que queda de su antigua vida. Eso y su traje de buena tela que el uso ha puesto brillosa y ajada. Es un viejo juvenil y guapo con su mechón de pelo blanco sobre las orejas. Es raro verlo aquí en casa de mi mamá.

Cuando me sintió llorar me abrazó. Lo único que quería era volver a ser la niña a la que su papá puede reconciliar con el mundo. Estoy segura de que él también lo quería. Romper a llorar en sus brazos era una maravilla, sentí, sentí que me iba apaciguando poco a poco sin dejar de llorar apretada a él y sin querer soltarlo. Quería irme con él a El Quisco, le dije, ese mismo día, bañarme en el mar, jugar paletas en la playa con él... Lo obligo a tenderse junto a mí en la cama. Apoyo la cabeza en su pecho. Siento en la piel de mi cara el algodón delgado de su camisa y la seda fría de su corbata. Siento su corazón palpitando pegado a mi oreja. Mi papá, le digo.

Desperté y ya había atardecido. ¿Cuánto dormí? Flotaba apenas un resto de luz detrás de las cortinas. Después él me habló, me dijo que me quería mucho, mucho, que durante todos estos años se había acordado de mí todos, todos los días. Me estaba hablando en un susurro suave, y me cobijaba en su ternura. Yo sentía que su calidez, así como una incubadora saca los pollos, me iba devolviendo a mí, a lo que había sido, a una paz perdida. La felicidad había existido y podía recuperarla.

De repente me dijo en el mismo tono dulce y masculino que por qué me había metido en líos, que él me había advertido que no me metiera en política, que era una insensatez hacerlo en dictadura. Me aparté bruscamente y le exigí que saliera de la pieza. Me castañeteaban los dientes de rabia. No podía hablar. No podía dominar mi mandíbula. Trató de ablandarme, me pidió perdón. Yo no cejé y lo expulsé de mi dormitorio. Me dijo que pasara lo que pasara e hiciera yo lo que hiciera, él me querría siempre y podría contar con él siempre. Cerró la puerta delicadamente. Traté de llorar y ya no pude.

10

Mi imposibilidad de coincidir conmigo misma, ¿cuándo habrá comenzado? La distancia de mí misma que sentí siempre, ¿por qué se inició? ¿Y mi rencor? Vuelvo entonces forzosamente al desgarro por el divorcio de mis padres, mi brusco desdén por mi madre cuando mi padre se fue de la casa, por mi madre que no supo conservarlo. Sus afanes de madre me parecían formas de impotencia. Vuelvo a mi padre, a mi resentido amor de hija única por el hombre que nos había abandonado a las dos, mis celos a su nueva mujer que no es mi madre y quisiera llegar a ser algo así y me permite entonces castigarlos a él y a ella y vengar a mi madre despechada. Vuelvo a mi intensa devoción a María, virgen y madre, que no conoció sexo de varón. Es mi solaz, ella y mi abuela, mi abuela de pelo blanco que se pone amarillo y risa llana, a la que visito todas las tardes.

Y me persigue mi miedo cerval a las monjas, a sus bigotes ralos, a sus olores rancios, a su severidad que me intimida y disciplina, y crecerá, después, mi desprecio a su infantilismo irredento, a su pecaminosa vigilancia. Siento la desolación el día de mi primera sangre, mi llanto desconsolado. Yo no quería dejar de ser niña todavía, era muy bajita todavía y no, no podía aceptar que mi infancia hubiera terminado así de golpe y con un malestar raro, un dolor abajo, en el vientre, y esta sangre oscura, viscosa, maloliente y mía, no, yo no quería ser mujer, no todavía. Pero se me impuso, como se me impuso el divorcio de mis padres y la súbita muerte de mi abuela que se llevó con ella a la Virgen. Me dejó su espejito de plata repujada. Todavía lo conservo.

Y entonces el temor a mi cuerpo, entonces, a sus deseos, al deseo en su raíz, a sus escondrijos y cavidades. Y la humillación de ese mercado de putitas vírgenes en las fiestas y discotecas para las cuales nuestras madres –con la colaboración de peluqueros, peinadoras, maquilladores y depiladoras– nos obligan a preparar y condimentar largamente nuestros cuerpos como si fueran guisos, transfigurándolos para seducir a adolescentes embrutecidos que sueñan con sexo animal y huyen de la ternura. No podía yo hacerme de amigas y amigos en esas ferias de animales.

Crecí sola y apartada. Tenía la sensación de que yo era inerte y debía permanecer como greda blanda, siempre blanda, esperando y esperando la llegada del hombre capaz de darme forma. Porque pese a todos los pesares quería que apareciera mi Pigmaleón aunque él fuere sólo un bello animal.

Pero yo no me gusto. Entonces me duelen las mujeres que me gustan, las bonitas, las que sienten sobre sí las miradas de los hombres. Me entristece la belleza de otras mujeres. Quisiera poder desvirgarme sola. Mi madre trabaja en el hospital hasta muy tarde. Se debe a sus enfermos. Su hija tiene que entenderlo. Mi madre no crea un ambiente distendido, en el que yo me pueda dejar ir. No sabe hacerlo. Nunca es más claro que cuando se propone crear forzadamente ese «ambiente de hogar» y prepara una cena y me pide que encienda la chimenea. Mi madre se desespera porque no le gusto. Quisiera tener una hija muy bella. Quién no. Examina mi corte de pelo y siempre me propone un cambio. Es lo que podría darme la belleza que me falta. Lo dice con esa calma fría en la que sumerge su frustración. Lo dice poniéndose los anteojos y mirándome en el espejo de cuerpo entero de su pieza con la seriedad dura con que observa sus radiografías. Comenta mi pintura de ojos y aconseja. Lo dice como si fuera el facultativo prescribiendo un tratamiento. Me arregla otra vez un mechón del pelo y después su mirada es aún más dura, como si me odiara por no ser la belleza que ella quería. Así la siento yo. Le molestan las espinillas que me brotan en la cara. Quiere pellizcarlas. No se resiste. Lo mismo con mis puntos negros. Necesita apretarme la piel hasta que salgan.

No se resiste. Si pudiera usar los dientes. Parece un mono espulgándome.

Y por fin, mi gran amor –porque el deseo crea lo deseado– llegó a mí, llegó a mí mientras estudiaba lengua y literatura francesa en la universidad y leía es *el Diablo el que maneja los hilos que nos mueven,* y adoraba al *Sol negro de la Melancolía.* Le repetía hecha una tonta a mi estúpido y bello animal: *J'ai tant rêvé de toi que tu perds ta réalité,* te he soñado tanto que tú pierdes tu realidad. Y era verdad. Lo venía soñando desde hacía tanto tiempo.

Lo conocí en la playa de El Quisco. Me fascinó mientras jugaba paletas en traje de baño. Me encontré mirando los movimientos tan aptos de su cuerpo espigado y sin pelos, sus piernas firmes y un poco chuecas, su espalda ancha, y luego al bajar su, cómo decirlo, su inolvidable traje de baño verde. Sí. Las formas «gluteosas» bajo ese traje de baño verde eran impresionantes para mí. No creo que exista esa palabra. Habría que inventarla para él, sus formas «gluteosas». Nunca he vuelto a ver algo así. Me vino un escalofrío y sentí vergüenza. Perdió el partido pero me ganó a mí.

Con él pasamos la rompiente y me atrevo a entrar a nadar. La sensación de flotar en el mar, como si me liberara de la fuerza de gravedad. A veces él se deja ir y flota, otras avanza rápido con brazadas que clava en las olas y dejan ver el poderío de sus hombros de hombre antes de perderse de mí. Pasa por debajo de mí, bajo el agua y reaparece por aquí o por allá. Si me viniera un calambre fuerte y me doblara y empezara a ahogarme, Rodrigo me salvaría. Sería maravilloso ser salvada por él. En realidad, quisiera bailar con él. Eso es todo lo que quiero, por ahora.

Me da risa acordarme. Me da pena acordarme. Me pasó a buscar para ir a una fogata que había en la playa. Cuando íbamos partiendo, me dijo que se le había quedado el suéter en su casa y lo acompañé a recogerlo. Entramos. La casa estaba sola. Sus tíos habían viajado a Santiago y volvían el viernes, me dijo mirándome con sus ojos de mirada tranquila y directa. Una cabaña de troncos, todo muy rústico. Nos sentamos en un sofá de mimbre de la terraza que había a la altura del segundo piso y daba al mar. Puso música. Nos tomamos una piscola. Me saqué las sandalias y dejé los pies sobre una mesita de bambú. Y no sé cómo ya estábamos bailando. La voz de Diana Ross se mezclaba con el ruido cercano del mar. *Reach out and touch somebody's hand.*

Por encima de su hombro veía el brillo de la espuma de las olas que reventaban iluminadas por la luna. Las tablas del piso de la terraza estaban un poco separadas y al hundirse los dedos se raspaban. Eso me molestaba. Lo rico era que esos dedos se topaban por casualidad con los de él. ¿En qué momento se había sacado las alpargatas? Un dedo gordo se deslizó sobre mi pie y presionó la raíz de mis dedos. Perdí el ritmo y me descontrapesé. Me sujetó fuerte y sentí la musculatura de sus pechos presionando los míos. Se me vino a la mente su torso en traje de baño. Se me apretó el estómago. Aquí. Así.

Ese ahora se escurre sin que lo notemos. Lo que hay adentro de ese ahora es un golpe de olas reventando cerca, en la noche, y un pie de hombre que roza el mío y se queda. Por casualidad. Estamos bailando. Esto es todo. Y las tablas separadas de esa terraza que crece a la altura de un segundo piso martirizan los pies y obstaculizan su movimiento. No podemos sino bailar muy lento. *No matter where you are, no matter how far...* Su cara está pegada a la mía. Me apacigua su ternura. *No wind, (no wind) no rain, (no rain) / Nor winter's cold...* El muslo que siento pasar entre mi piernas. Me inquieta su roce invasivo. Me está llevando a un lugar al que preferiría no ir. Huelo el peligro. *Do you know where you're going to?* Pero hay una mano de dedos inmensos que baja por mi espalda y se deja caer por mi columna con suave naturalidad.

Cuando esa mano me empujó hacia él era lo único que podía hacer. Y sentí entonces que ese muslo intruso no estaba solo, que había algo ahora, un volumen durísimo. ¿Era eso lo que estaba pensando? Mi primera reacción fue de rechazo y asco, casi. Pero al sentirlo tan agresivo y firme y persistente, tan ajeno al resto del cuerpo de un ser humano, no sé... Nunca imaginé la curiosidad que me iba a producir la insolencia de ese agregado que no invité. De repente, me estaba riendo con los ojos cerrados y echaba mi cabeza hacia atrás. Los labios de Rodrigo en mi cuello. Un escalofrío bajó por mi espalda. Esto era serio. Me enderecé y la boca cayó justo en la de él. Nos besamos con una calma apenas contenida.

Mi primer beso... Quien olvida su primer beso no lo merecía. ¿Estás de acuerdo? Aunque sea una graduada en literatura francesa que se ha leído toda su Simone de Beauvoir, su Foucault y su Derrida. Fue en El Quisco, como te digo. La verdad es que no lo puedo olvidar. No quiero tampoco. Pese a que Rodrigo resultó ser un carajo. Pero en ese primer contacto hubo sensibilidad, delicadeza, ternura. Nada que permitiera anticipar la tiranía. Nuestras cabezas se apartaron y lo primero que vieron sus ojos que me sonreían achicándose. Cuando pude despegarme de esos ojos conmovedores y entregados, me dejé caer a su boca que, también sonriendo, me esperaba. *No wind, no rain, / Can stop me, babe...* El estómago se me estrujó como se estruja una toalla mojada. Algo en él se escapaba. Busqué su boca y me perdí en ella y luché con una lengua ardiente, rugosa, formidable. Nos faltó el aire y sujetando mis caderas me atrajo hacia él con seguridad y calma. Yo no quería, pero tampoco quería resistirme. No sé: su pie desnudo se movía lentamente sobre el mío.

Esa noche, de vuelta en mi dormitorio, me quedé dormida con la voz de Diana Ross en mi oído. Pensaba en los ojos dulces de Rodrigo y los sentía a mi lado. Fue una noche calurosa y me despertaba a cada rato el zumbido de los zancudos sobrevolando mi piel tostada por el sol.

Al día siguiente no lo encontré en la playa. Estuve con sus amigos, pero no me atreví a preguntar por él. Lo busqué como sonámbula. Nada. Había desaparecido. Al otro día, lo mismo. Y así. Me consumía la añoranza. Dormía mal. Después me lo pasaba bostezando y los bostezos se me hacían suspiros en la boca. Al cuarto día, ¿a ver?, sí, creo que fue al cuarto día por la tarde, lo divisé jugando paletas. Me acerqué lentamente a mi quitasol. Mientras caminaba por la arena podía mirarlo sin disimulo a través de mis anteojos oscuros. Desaté el pareo de mi cintura bajo mi quitasol, lo extendí con cuidado sobre la arena, saqué del bolso mi protector Nivea y comencé a esparcirlo por mis piernas. Me demoré harto. ¿Me estaría viendo? Me tendí de espaldas con la chupalla en la cara.

No pasó mucho rato. Sentí una pisada, muy cerca, un polvillo de arena y alguien me quitó el sombrero. Su mentón, su nariz a centímetros de la mía, su perturbadora sonrisa. Tranquilamente, me levanté, até el pareo a mi cintura, y alargué el brazo para tomar la paleta que me ofrecía sonriendo con toda la cara llena de sol. Me fijé en la marca blanca dejada por los anteojos oscuros, en el pelo estilando, en sus pestañas con sal marina. Su mano..., la paleta estaba todavía en su mano grande de dedos grandes. Si fue Dios quien se los hizo, los modeló con mucho amor, sentí. Es una mano, sentí, capaz de tomar a un pollito recién nacido y levantarlo sin hacerle pasar susto. Me gustan las manos de los hombres. *Reach out and touch somebody's hand...* La pelota voló y ahí estaba yo, torpe, pésima, por supuesto. Y él, ágil y oportuno, estirándose y saltando en la orilla de arena mojada para colocar las pelotas suavemente a mi alcance. Paleteamos mucho rato. Cuando, transpirados y exhaustos, nos zambullimos en el mar helado de El Quisco, el sol se estaba poniendo. Después tiritamos de frío, juntos, sobre mi pareo mirando los últimos reflejos en el horizonte, la playa ya casi vacía, y nos reímos y besamos temblando con labios fríos y salados.

Entramos a su casa abrazados y riendo y puso de nuevo a Diana Ross: *You see, my love is alive...* Bailábamos abrazándonos, los trajes de baño mojados, tiritando, y ningún abrazo era suficiente.

Y es la fuerza de ese muslo entre mis piernas, no sé, escalofríos bajando por mi espalda. Sus formas «gluteosas» a través del traje de baño mojado, no sé, mi respiración brusca y los suspiros que se me escapan y yo trato de disimular. Sus besos en mi cuello, sus manos atrás sujetándome contra él, sosteniendo esa presión, la amenaza de ese volumen persistente, que yo ahora reconocía sin dudas. *Ain't no river wild enough / To keep me from you...* Sentí un tirón atrás y sin ansiedad, con delicadeza, despegó la parte de arriba de mi bikini, que cayó a las tablas del piso como la piel de un pescado sin vida. Me abracé a él. No me atrevía a que me mirara. La vergüenza entremezclada con el deseo hacía temblar mis labios. Sentía machas coloradas ardiendo en mi cara. Me apretaba, mis pechos contra su cuerpo duro, y ahora sí sentí que él también respiraba con angustia y eso me desarmó.

Se separó de mí y sujetándome de la cintura, puso una rodilla en el suelo y dejó ir sus ojos a mis pechos. Se quedó así un momento, arrodillado, inmóvil, contemplándome. Supe por unos instantes lo que era ser una diosa. Sus labios se movían leves, casi imperceptibles. Yo hundí mis manos en su pelo. Cuando vi que era verdad, que una lágrima resbalaba por su mejilla, acerqué su cabeza y él se dejó llevar y lo apreté contra mi vientre. Sentí la punta de su lengua adentro de mi ombligo y nos tentamos de risa.

Nunca volví a amar a alguien como amé a Rodrigo. Así se ama una sola vez. Lo sentía a mi lado todo el día. Cada cosa que me ocurría, sólo ocurría para contársela a él. Me quedaba dormida imaginando sus ojos sobre mí. Yo le gustaba, él me encontraba linda, me quería. Y yo me sentí, entonces, una mujer linda. Me miraba en el espejo y me gustaba cómo era. Cuando me arreglaba, me encontraban regia. Me daba cuenta. Sentía cómo me miraban los hombres. Y me gustaba gustar, claro, pero de lejos lo que más me gustaba era gustarle a él. La sola idea de besar a otro hombre algún día me daba náuseas. Estaba tan segura de que nadie ni nada nos separaría jamás... Él robaba flores para mí saltando los muros de los jardines. Más de alguna vez le cargó un boxer o un doberman por entrar como ladrón a casa ajena y cortar la primera camelia roja de ese invierno o la primera rama blanca de almendro florecido de esa primavera. Mi amor –le escribía yo en una servilleta de restorán o en una tarjeta acartulinada y celeste comprada caro en la librería o en una simple hoja de cuaderno–. Mi amor..., *Mon amour,* y esas dos palabras tenían una urgencia, una intimidad, un ardor incomparables: *Je t'aime*. Cualquier agregado estaba de más. *Je t'aime*. Poder decirle «mi amor» a Rodrigo y que fuera verdad, que yo fuera para él «mi amor» era un vuelo, un estado de suspensión, un milagro de fuego. Cualquier cosa mala no importaba si nosotros dos nos queríamos como nos queríamos y cada día nos podíamos querer todavía más. Ese amor nunca vuelve.

Pero poco a poco, de manera oculta, mi romance fue transformándose por sus exigencias en sexo duro, en rendición, pasión y castigo, posesión y pérdida, reconquista y abandono, e incomprensión. Y Rodrigo huyó cuando me supo embarazada. Esto ocurrió cuando estábamos por cumplir los tres años: se había enamorado de otra.

Ésa es la verdad cruda, me repito tratando de convencerme a mí misma: Rodrigo quiere dejarme por ella. Pero no lo reconoce. Necesita que tenga la culpa yo. Necesita que yo me lo crea para poder creerlo realmente él. Tiene que persuadirme de que fui yo la que lo destrocé todo. No él. Para eso inventa historias fabulosas.

Y era el mismo hombre que en El Quisco, arrodillado con lágrimas en los ojos, contemplaba mis pechos de diosa mientras yo me derretía por él... ¿Quién iba a pensar que me iba a abandonar como lo hizo? La culpable soy yo. Yo, que quedé embarazada y no quise abortar y sacrifiqué su futuro, por supuesto, el de Rodrigo, nada menos. Y por añadidura el mío y el nuestro. Hice yo de él una víctima. Ésa es la cuestión. Rodrigo no quiere ataduras. No. Ése es el punto. ¿Y la otra? ¿Y yo? *Lo que es yo tenía por la mañana la mirada tan perdida y el aspecto tan muerto, que los que encontré quizás no me vieron.* No es, entonces, que él ya no me quiera. Es que él ya no me puede querer y sufre intentando lo imposible. Yo quebré el vaso. Él se tiene lástima. Y yo con tres meses de embarazo. Yo lo herí y para siempre. Ya es irremediable. Tenía derecho a seguir siendo joven, me dice. Eso es lo que me dice. Y parte. Y me parte.

11

Dejé de ver a las pocas amigas del colegio con las que todavía me juntaba de tarde en tarde. Me dio vergüenza contarles. Apareció un amigo de la universidad, Rafa, un guatón de risa franca y mirada cariñosa, que me llevó a un desfile. Caminaba con él confundida y apretujada, con esa pelota absurda en la que otro ser, un invasor abusivo, crecía a costa de mi cuerpo. Me sentía perdida en la masa de trabajadores que olían fuerte y me repetía a mí misma que la mano en el arado valía tanto como la mano en la pluma. Un día de esos me sentí súbitamente metida en algo grande, un enorme cuerpo colectivo, cantábamos juntos y yo era parte de la esperanza de los que sufrían, de los pobres de esta tierra. Los amigos y amigas de Rafa me acogieron. En esa época conocí a Teruca y nos hicimos inseparables. Tenía un hijo de tres años: Francisco. Un gordote de enormes y apacibles ojos oscuros. Ella estudiaba historia. Una trenza negra y larga le llegaba hasta la cintura, y era delgada y de pechos muy pequeños. Su sonrisa grande y de labios gruesos te ganaba por completo.

¿Le gustaría yo a Rafa? Jamás me lo dijo. Me encontraba guapa. Me lo decía y a mí me encantaba que me lo dijera, pero no le creía. No me sentía guapa. Y para mí Rafa era un gran amigo y nada más. Si hubiera dado un paso en falso... Varias veces tuve la impresión de que estaba a punto de darlo. Habría roto nuestra amistad. En esos días arranqué de las paredes de mi dormitorio los afiches de Mick Jagger, Robert Redford, Peter Fonda, Julio Iglesias y Led Zeppelin. Ahora quienes me miraban desde los muros eran Violeta Parra, «La Negra» Mercedes Sosa y dos grandes barbudos, Karl Marx y el Che.

Éramos una cofradía de estudiantes que casi no estudiaba sino las Sagradas Escrituras de Marx (las del joven más que las del viejo), y de Engels (recuerdo tardes muy bostezadas tratando de avanzar en el *Anti-Dühring*), y, por supuesto, nuestra patrística: Lenin, Trotsky, Rosa Luxemburgo, Gramsci, Althusser, Sartre, Debray, discursos y artículos de Mao, del Che... Dificultaba la tarea el que sabíamos poco de la historia que la mayoría de esos libros presuponía. No sé cuánto entendíamos, pero la cosa era andar con los mamotretos bajo el brazo y citarlos en cualquier oportunidad. Hacíamos trabajo político y organizativo –ahora diría, «evangelizador»– entre pobladores y campesinos que armados de banderas rojas, cuchillos, palos, cadenas y una que otra escopeta recortada, se apropiaban a la fuerza de terrenos urbanos y campos de cultivo. Pero Rafa despotricaba en contra de los «extremistas» que con su «aparato militar», decía en tono irónico, con sus asaltos de bancos y bombas vietnamitas le hacían el juego a los reaccionarios que buscaban el golpe militar. Por las noches, tomábamos vino tinto y cantábamos juntos las canciones de Violeta, de Mercedes, de Ángel, de Isabel, de Víctor Jara, de Quilapayún... Cantar es esperar. Y nosotros vivíamos en tiempo de adviento.

Meses después ardía el palacio presidencial de La Moneda. No olvido esa imagen encuadrada en el televisor: la fortaleza de los muros aguantando las llamas, la voluntad de persistir de esa arquitectura. Me angustié horriblemente pensando en los muertos, pero sobre todo en Rafa, en Teruca y los demás compañeros, amigos y amigas a los que no me atreví a llamar. Me encerré, caí en cama y adelgacé. Cuando nació Anita, fue una alegría inconcebible y, además, igualitaria. Casi cualquier mujer, pensé desaprensivamente, tiene esa dicha a su alcance. Mi madre, siempre tan fría, la acogió como a otra hija. Fue más cariñosa con Anita que conmigo, pienso.

Un buen día se apareció Rafa por mi casa y no le había pasado nada, lo que me decepcionó un poco. Teruca también estaba a salvo. Ya me llamaría, me dijo. No lo había hecho aún por razones de seguridad. Algunas semanas después nos encontramos con Teruca en casa de la mamá de Rafa, que quedaba en la calle Los Gladiolos. Yo llevé a mi Anita bien enfundada en chales y más chales. Teruca, que se había cortado su gruesa trenza negra, la mimó como si fuera mi hermana mayor. Francisco, su hijo, la miraba con sus grandes ojos oscuros. Ella me contó, en secreto, que a Rafa lo habían agarrado. Había estado en el campo de concentración de Ritoque. Por supuesto, lo habían hecho sopa. No hablaba de eso. No quería.

El mismo Rafa me contactaría –varios años después, claro– con Canelo. Rafa había cambiado. Ahora sólo creía en la vía armada. Nos juntamos en el Tavelli para un café. Era un encuentro peligroso, me dijo, y eso me gustó.

Bueno... Canelo había ingresado clandestino a Chile. Había sido –a fines de los sesenta– uno de los fundadores del movimiento Hacha Roja al que se fueron incorporando cuadros que venían de los Elenos,* de la Organa,** de Bandera Roja, de Espartaco y otros grupos. Todos ellos habían estado planteando que una revolución sin armas no sería jamás una revolución. Formaban parte de lo que se conocía como «el polo revolucionario», de esos que antes Rafa criticaba, los que querían *crear uno, dos, tres Vietnam...* No muchos quieren acordarse de las luchas intestinas de ese tiempo. Canelo no sorteó el tema ese día.

Para los hermanos de Hacha Roja la «vía legal» de Allende había sido sólo la obertura de la ópera. Tú querías precisiones históricas, ahí va una, y una de esas que ya no gusta. También Fidel, también Ho Chi Minh fueron ambiguos al comienzo. Poco después del golpe militar, Canelo salía rumbo a Cuba. Uno de sus instructores fue el legendario Benigno, que combatió en Bolivia hasta la última hora en la Quebrada de Yuro, donde capturaron al Che. Salió por Chile, herido, con cuarenta grados de fiebre. La bala le había entrado por el hombro y se

---

* Miembros del Ejército de Liberación Nacional (ELN) formado por el Che Guevara en Bolivia. *(N. del E.)*
** Fracción del Partido Socialista de Chile proclive a la lucha armada. *(N. del E.)*

alojó cerca de la espina dorsal de dónde se la extirparon en Santiago.

Más tarde, Canelo combatiría como un soldado cubano más bajo las órdenes del general Ochoa en el Ogadén, África. Su columna, formada por etíopes y cubanos, cruzó sin ser vista por las montañas hasta situarse detrás de las tropas somalíes que defendían el Paso de Mardas para atacarlas en una inteligente operación de pinzas. A los dos días cayó Jijiga y luego uno tras otro, en rápido dominó, todos los demás pueblos. Al mes, Siad Barre –que recibía apoyo yanqui, estamos, acuérdate, en plena Guerra Fría– ordenó a sus tropas retirarse a Somalia. Venció Etiopía. Los dieciocho mil soldados cubanos con sus seiscientos tanques soviéticos resultaron decisivos en esa guerra. Y el Canelo estuvo ahí. Luego se unió al FMLN. Tres años combatió en la guerrilla salvadoreña.

Te hablo de tiempos épicos, arcaicos, de aristocracias guerreras que viven para la muerte y el honor. Nada que para ti pudiera tener sentido hoy, ¿no? El Che Guevara fue un «guerrillero internacionalista», un hombre de vocación bolivariana, un caballero andante. Madera de leyenda. Latinoamérica se llenó en esa época de fabulosos Amadises de Gaula, Palmerines, Galaores, Tirantes el Blanco y Florismartes, que se fueron por todo el mundo con sus armas a buscar aventuras, y a desfacer todo género de agravios, ayudar a los menesterosos y desvalidos, enderezar entuertos y mejorar abusos. Pero, claro, esta vez los hubo también que fueron damas andantes y que no le fueron en zaga a los caballeros ni en denuedo ni en valor. Todos queríamos recuperar *la dichosa edad y siglos a los que los antiguos pusieron el nombre de dorados* porque *entonces los que en ella vivían ignoraban estas dos palabras de* tuyo *y* mío. *Eran en aquella santa edad las cosas comunes...* No sólo en Latinoamérica sucedía esto. Aquí en Europa aparecieron, por ejemplo, las Brigate Rosse y la Rote Armee Fraktion o Banda de Baader-Meinhof. En ese entonces vivíamos confiados, presintiendo y tejiendo el futuro. Y mientras tanto, a nuestras espaldas, la tacaña, la sucia, la ramplona historia real se iba preparando como la inmensa ola de un tsunami para pasarnos por encima.

Tenía el pelo corto y claro, ojos pequeños y alertas, labios demasiado delgados. Estaba de corbata y traje gris claro. Nada de pelos y barbas largas, descuidadas; ni pipa, ni habano, ni poncho ni casaca de cuero. Nada hacía pensar en el combatiente que se había batido como un bravo en el desierto de Ogadén y en el cerro de Guazapa, en El Salvador, donde dormía en un tatú. Podría haber sido un abogado o un agente de seguros. Nos habló de nuestro comandante, de su historia.

Joel Ulloa era un modesto profesor de historia y geografía de un liceo de Valdivia. El Che se internaba en ese entonces por los montes selváticos del río Ñancahuazú, en Bolivia. Joel Ulloa dejó la rutina del pizarrón y la corrección de pruebas. Le repugnaba, decía, la hipocresía de la democracia burguesa y formal de Chile. *Hacer de la Cordillera de los Andes una Sierra Maestra:* ésa era la cosa. Canelo nos mostró una foto: anteojos y pelo negro echado hacia atrás. Barba afeitada, ojos asiáticos, la nariz, la boca, gruesas. Su proyecto era levantar a la población mapuche y recuperar sus tierras. A los mapuches, nos contó Canelo, acostumbrados a los revolucionarios de melenas largas y de aspecto hirsuto y bohemio, les impresionó este maestro de escuela que tenía enorme sentido práctico para organizar la lucha y, luego, las faenas en los campos ocupados por la fuerza. Decían que no conocía el lincanquén, el miedo.

Y empezaron sus triunfos. Al principio, asaltos a algunos bancos para allegar fondos. Los taciturnos sometidos al huinca se convirtieron de la noche a la mañana en feroces aucayes, en alzados. El comandante Joel y sus campesinos mapuches lograron en un par de años el control de casi todas las haciendas forestales y ganaderas precordilleranas de ese valle. *Hay que saquear a los saqueadores.* Los ministros de esa democracia de pacotilla, como él la llamaba, vacilaban entre negociar, hacer oídos sordos y reprimir. Hubo apaleos y balaceras y algunos mapuches y policías heridos. Poco tiempo después, ya durante la presidencia de Salvador Allende, la organización se fortaleció y profesionalizó. Los ataques venían ahora de la izquierda convencional, del interior de la casa de gobierno, de Allende mismo que nos miraba con simpatía, pero no estaba de acuerdo con nosotros.

70

Nos llamaban «ultras», decía Camilo, nos llamaban «termocéfalos», nos llamaban «cabezas de pistola»... La respuesta del comandante Joel era: la confrontación armada es inevitable. Su contacto en Santiago sería el Hueso. Y ésa fue la primera vez que oí ese nombre, el Hueso, un apodo que, supe después, le habían puesto los cubanos. En algunos nguillatunes hubo indios frenéticos, hinchados de chicha de maíz y galvanizados por el sonido lúgubre de la trutruca, al ritmo amenazador y monótono del cultrún, que se comieron los reproductores Hereford de sus patrones. Las revoluciones son así. El comandante Joel adquirió rápida fama.

Claro, la cosa es que un día del mes de septiembre del año del Demonio, en la madrugada, los militares llegaron a buscarlo. Nunca se supo qué falló en la defensa porque los golpistas debieran haber sido recibidos a tiros abajo, a la entrada del cañón en Panguicui, que significa «puente del león», y que cerraba una barricada de enormes troncos de coihues centenarios. Eran muchos los milicos. El comandante Joel se atrincheró en las viejas bodegas de la hacienda de Pucatrihue. Hubo una balacera entre los altos de tablones aserrados en la que murieron algo de veinte campesinos. Al verse perdido, Joel saltó por una ventana y se tiró al río Pillanleufú. Los militares lo dieron por muerto. Nadie sabe cómo se las arregló para flotar en la correntada del Pillanleufú, escapar por las cordilleras, llegar a Santiago, ubicar al Hueso, y reorganizar la resistencia armada.

La nuestra es una apuesta riesgosa, nos planteó Canelo con esa serenidad y confianza suyas, que ahuyentaban a la vez la duda y el miedo. El gobierno de Allende no tenía mayoría en el Parlamento para aprobar las leyes que estructuraban su programa. Simple aritmética. La revolución de papel no era posible, a menos, dijo, a menos que se tratara de una primera etapa. Es lo que concluyeron rápidamente sus adversarios con ese realismo implacable que tienen las derechas. «Sería la mayor torpeza y la más absurda utopía», afirmó Vladimir Ilich Lenin, «suponer que se puede pasar del capitalismo al socialismo sin coerción y sin dictadura.» Murió una ilusión franciscana, dijo. La «revolución legal» –que remató con su heroica muerte el presidente Allende– nos deja en la vanguardia.

Una revolución, siguió diciendo Canelo, se paga con hectolitros de sangre joven. Lo demás era y será siempre embeleco, marrullería. Por eso pedíamos armas, pero el día en que las necesitamos lo que teníamos en cuadros, infra, fierros y parque era a todas luces insuficiente. Y pasó lo que pasó y nos dieron como nos dieron... Se acabaron los *profetas desarmados*. La caldera de la lucha de clases se está poniendo al rojo vivo. No podemos esperar la revolución. Hay que provocarla. Víctor Jara: *Hoy es el tiempo / que puede ser mañana...* Nuestras misiones armadas son símbolos. Nuestra escritura de fuego levantará a las masas populares. Se abrirá entonces la posibilidad de imaginar una sociedad como no la ha habido ninguna, una sociedad de iguales que permita saltar *del reino de la necesidad al reino de la libertad.* Ésa es la visión de los hermanos de Hacha Roja. Cuando el pueblo vea que estamos desafiando su orden, detonando bombas aquí y allá –y la policía nos busque y no nos encuentre–, se unirá a nosotros. Piotr Tkachev, uno de los más grandes revolucionarios rusos, decía: *No podemos permitirnos ningún retraso. Es ahora o quizás muy pronto o nunca.*

Le creí. Nos traía la verdad feroz de la guerra y se rompía el dulce engaño de la paz y de la ley. No nos dimos tiempo para reflexionar y buscar razones. Fue un golpe vehemente de esperanza en estado puro. Mi destino era vengar. En mis oídos zumbaba el silencio de los muertos. Canelo dijo que nuestras acciones armadas detonarían una sobrerreacción represiva y, a continuación, la respuesta airada del pueblo. Rafa y yo le dijimos sí, que estábamos listos para comenzar apenas él nos dijera «ya».

Dos semanas después fui a mi primer campamento en la cordillera de Nahuelbuta. Nuestra leyenda o manto, excursionistas. Estudiamos el *Minimanual del guerrillero urbano,* del brasileño Carlos Marighella: «la razón de la existencia del guerrillero urbano, la condición básica para la cual actúa y vive, es la de disparar». Y: «Para evitar su propia extinción, el guerrillero urbano tiene que disparar primero y no puede equivocarse en su disparo». Pero no tuvimos prácticas de tiro; no todavía. Me quedé con las ganas. Hubo largas caminatas por los cerros, prácticas de defensa personal, nociones básicas de chequeo y contrachequeo. Las sesiones de adoctrinamiento fueron largas. Nuestros combatientes, insistía el instructor, serán siempre inferiores en número y armamento al potencial del enemigo, pero nuestras ventajas son la sorpresa y la superior moral de lucha. Al anochecer, escuchamos de pie una casete del comandante Joel. Era un saludo de no más de cuatro minutos. Fue la primera de muchas más que a futuro oiríamos sumidos en un silencio religioso. Un ritual de esos que expresan la pertenencia a una comunidad. Su voz era pausada, sólida, bien timbrada, de registro medio y acento algo campesino y sureño. Nada de ese sí es no es caribeño que era común entre nuestros jefes. Por sobre todo, era una voz que sentí confiable.

Después aparecieron un par de guitarras y hubo un canturreo alrededor de la fogata. Lo más importante para crear lazos: el canto y *el fuego tejido en flecos de lenguas*. Siempre así ha sido en la guerra, es atávico. *¿Qué culpa tiene el tomate / que está tranquilo en su mata? / ¡Y viene un hijo de puta / y lo mete en una lata / y lo manda pa' Caracas!* La canción venía de la guerra civil española, pero nosotros nos sabíamos la versión del Quilapayún. *Cuando querrá el Dios del cielo / que la tortilla se vuelva / que la tortilla se vuelva / que los pobres coman pan / y los ricos mierda, mierda.* Se me llenaban los ojos de lágrimas. De nuevo podíamos cantar. Retornaba el tiempo del adviento.

Y ahí conocí al Gringo, un tipo alto, muy delgado, de pelo y bigotes largos y rubios. Tenía una bonita voz de tenor. *Levántate / y mírate las manos, / para crecer / estréchala a tu hermano /...Sopla como el viento / la flor de la quebrada, / limpia como el fuego / el cañón de mi fusil.* Un alemán de Puerto Varas, me dijo que era. Conversamos un rato. No recuerdo de qué. Nos reímos. No recuerdo de qué. La última noche estaba del otro lado del fuego y sus ojos se detenían en los míos con suave insistencia. Me quedé esperando algo. Pero por la mañana había partido. Me dio pena.

Así fue mi rito de iniciación y así comenzó ese duro proceso de elaboración de sí que exige abrazar una moral ascética. Y en esos años oscuros, tú comprendes, pertenecer a esta familia secreta y prohibida y elegida por mí era nacer de nuevo y estar dispuesta al sacrificio, en cualquier momento, en cualquier lugar.

12

Alguien me abrió las cortinas y, entre las flores del damasco, distinguí los primeros brotes verdes que se abrían al sol. Cerré las cortinas y esperé a oscuras. Llamé a mi padre a la oficina. Me atendió altiro. Le dije que lo llamaba para pedirle perdón, que no había querido actuar como actué. Se tupió entero, buscaba modo de agradecer mi gesto, decía, la generosidad de mi llamada, decía, la alegría inconmensurable –recuerdo esa palabra tan extraña en él– de esta llamada... Entonces se lo dije: Si me pasa algo, si yo hago algo por mí, no es por culpa tuya, papá. ¿Comprendes? Estoy muy mal. La angustia que tengo me carcome. No hay nada que tú puedas hacer, ¿comprendes? Quería que estuvieras preparado. Y le corté.

Mi primera salida fue para ir a la estación de metro Universidad de Chile. Antes de dejar la casa escribí en una tarjeta de visita lo mismo que le había dicho a mi padre. Sólo agregué: Mamá, perdona, pero deberás explicárselo a Anita. Ojalá algún día pueda perdonarme.

Tuve que salir a un teléfono público a hacer dos llamadas más que me indicaron. Yo sabía que mis hermanos me gardeaban y querían comprobar si andaba con cola, pero nunca pude descubrir quién me observaba. Finalmente, vino la cita: restorán El Refugio, por Gran Avenida algo de una cuadra al sur de Carlos Valdovinos. Debía esperar leyendo el diario *Las Últimas Noticias* con la portada hacia la puerta hasta que me abordaran. Alguien me diría «Hola, estoy con una jaqueca espantosa», y yo le respondería «tómate un café cortado». Cuando esa persona llegó me sobresalté. No me fue fácil estar tranquila. No conocía a esa mujer joven y estaba muy tensa. Pero todo ocurrió según lo previsto. Ella pidió un café cortado y yo otro que nos tomamos rápido. Me comentó la entrevista a una celebridad de la televisión que venía en el diario. Nada más. Salimos a tomar un bus que nos dejó en la Alameda. Nos sumergimos en el metro, reaparecimos en la estación Unión Latinoamericana y ahí se materializó una vieja –tenía el vago recuerdo de haber visto esa cara– y la joven se desvaneció. Subimos las escaleras a paso de vieja y afuera tomamos un taxi que nos dejó en la calle Puente, por la cual nos fuimos hasta el Mercado Central. La vieja dio un par de vueltas, compró unas verduras y me dejó en un puesto de pescados. Al instante surgió el Espartano, nada menos, el Espartano en persona, y entramos al restorán.

Me costaba controlar la emoción al verlo, menos mal que yo llevaba anteojos oscuros. ¿Cómo era que no lo habían agarrado? En ese momento estuve entera con mis hermanos de lucha, estuve resuelta a no caer jamás en la tentación, a dar la vida. El Espartano me pareció más bajo y más anchote de lo que recordaba. Llevaba puesta una chaqueta de ordinaria tela azul, camisa blanca sin corbata y pantalones grises con bolsas en las rodillas. Ropa común y corriente. El Espartano se mimetizaba. Un chileno promedio. Podía ser un comerciante del mercado o un taxista. Bueno, de hecho su manto era ése, taxista. Yo no debía saber esto, pero ya ves, lo sabía. Nos sentamos y ordenamos los dos unos caldillos de congrio que estaban para chuparse los dedos. Tomamos un semillón de San Pedro. Él era, te digo, un combatiente de veras respetado. Su preparación militar había comenzado en Cuba, en la Camilo Cienfuegos. Después, siendo ya oficial, lo trasladaron a Bulgaria para hacer cursos de especialidad en sabotaje e inteligencia en la academia militar G.S. Rakovski. A fines de los setenta fue enviado como oficial a combatir con los nicas. Ingresó clandestino a Costa Rica y cruzó luego a Nicaragua para incorporarse a los sandinistas del Frente sur comandado por Edén Pastora. Ahí estaba concentrada la Guardia Nacional, lo más selecto del ejército somocista. «Viví esa lucha con las piezas de artillería metidas en el barro y proyectiles que a veces se interrumpían por efecto de la humedad», nos decía, «la viví como un ensayo para lo que algún día vendría en el sur de Chile, en la Araucanía.» Ahí aprendió que «una dictadura sólo con las balas se va». En esa guerra murieron varios chilenos. Lo más duro, nos contaba, sucedió en la loma de los Palos Quemados, cerca del lago Nicaragua, con sus tiburones de agua dulce. Pero vino después la alegre marcha hasta Managua y la entrada al lujoso palacio de Somoza. El Espartano recordaba haber bebido allí vino chileno que el tirano guardaba en sus bodegas.

–¿Cómo que tú andas, Irene?

Me sentí orgullosa al oírle decir mi nombre de batalla. Lo miré y me encogí de hombros sin saber cómo empezar. Era muy suyo eso de entreverar expresiones y giros cubanos. Lo hacía con un dejo de humor, a veces, y otras por costumbre, sin darse cuenta.

–Tengo un encargo –me dijo sin preámbulos y adoptando su tono cortante–: transmitirte las felicitaciones de la Dirección. No aflojaste los nombres durante las horas reglamentarias.

–Aguanté bastante más de cinco horas –protesté–. Las mujeres podemos ser muy rebravas...

Asintió en silencio y miró su plato.

–Y estuviste veintinueve días adentro. Eso es mucho. ¿Sabes? Tampoco para nosotros fue fácil. En estos casos hay que desear que el combatiente muera luchando, y si lo capturan, que lo maten cuanto antes. Me sorprendí muchas veces deseando que estuvieras viva y te liberaran.

Le busqué la mirada, pero no la levantó del plato.

–¡Canelo! –dije y se me cortó la voz. Me tomé un trago de vino.

Asintió de nuevo en silencio y sin despegar los ojos del plato.

–¿Aguantó la prueba tu chapa?

–Nunca pusieron en duda la validez de mi carné de identidad.

–Extraño. Inusual. Muy inusual. ¿Sabes que tu nombre nun-

77

ca apareció mencionado por la prensa? El comunicado oficial no menciona detenidos, sólo habla de tres «extremistas» muertos y dos más que se dieron a la fuga. ¿Cómo fue el interrogatorio del fiscal militar? –Y al ver mi cara de sorpresa–: Tú sabes, correspondía un juicio ante un tribunal militar. Te agarraron in fraganti, tenías el dinero en tu cartera... Todo esto cae de lleno bajo la «Ley Antiterrorista». Pero según la información oficial, el dinero se encontró en el bolso de uno de los «terroristas». ¿Nadie nunca te interrogó formalmente?

–No. ¿No se me nombra en el proceso?

–Hasta donde hemos podido averiguar, no.

–Entonces mi caso no existe.

–Exacto.

–Al salir me hicieron firmar mi libertad provisional...

–Un documento trucho, obviamente. ¿Pudiste ver a alguien?

–Ver, lo que se llama ver, casi a nadie. Pero estoy segura de que agarraron al Chico Escobar porque oí gritos una noche y no me cupo duda de que era él. También le echaron el guante a Vladimir Briceño. Lo vi pasar por el pasillo de los calabozos rengueando con dos guardias. Le habían roto la nariz y llevaba la camisa empapada en sangre.

–Entonces, algo viste y con detalle: nariz rota, rengueando, camisa con sangre... ¿Por qué cayeron?

–No tengo información.

El Espartano volvió a asentir con la cabeza y su vista se perdió en el congrio.

–¿No te preguntaron de ellos?

–No.

–¿Alguien más?

–Tomasa. Dice que en el liceo ya era socialista, que su papá fue «entrista»,* que ella tenía un novio que era «eleno», que alcanzó a conocer cuando era una cabra al propio Elmo Catalán. ¿Será cierto? No sé cuándo se incorporó al movimiento Hacha Roja. Ha de tener algo más de treinta. A ella sí la carearon con Briceño y Escobar. No sé a qué célula pertenece.

* Fracción del Partido Socialista de Chile. *(N. del E.)*

–¿Alguien más?

Me recorría los ojos. Yo pensaba: está midiendo la cadena de delaciones, está calculando, como el buen ajedrecista que es, qué piezas hay que dar por perdidas.

–No.

Asintió otra vez en silencio y volvió a mirarme con curiosidad intensa. Era un hombre moreno y espaldudo, ya te dije, ¿no?

–Pero a ti se te ve de lo más bien –me comentó al rato–. Más delgada, eso sí. Cuéntame, por qué te tuvieron detenida tanto tiempo, qué esperaban de ti.

–Que cantara. Eso fue lo primero.

–Obvio. ¿Y después?

–Quieren saber dónde está el comandante Joel, cómo es, cómo se comunica con el Hueso, cuál es nuestra estructura. Nos tienen harto respeto y miedo, te diría. Hay harta paranoia con nosotros.

Se me escapó una carcajada fría y absurda. El Espartano arrugó la frente.

–¿Entonces? –preguntó tras una pausa.

–Pensaban que podía estar todavía ocultando algo –dije avergonzada de mi risa. Y añadí–: Quieren echarle el guante al Hueso estos chanchos. Eso. Y lo quieren vivo.

–Obvio. Pero no podrán.

–Quieren saber de los fierros y la aguita. Eso lo preguntan una y otra vez.

No dijo nada. Era una trivialidad y me sentí estúpida.

–¿Nunca te carearon con ninguno de los nuestros?

Negué con la cabeza.

–Nos cruzamos en el pasillo con Briceño, te dije, y, claro, hicimos como que no nos habíamos visto antes.

–Raro –comentó–. Muy raro. Y esos gritos que oíste y eran, dices tú, del Chico Escobar, ¿por qué los escuchabas? ¿Ellos querían que los escucharas?

–Posiblemente.

–¿Y no te diste por aludida?

–¡Por supuesto que no!

El Espartano se echó una cucharada de caldo a la boca.

–Hay tipos malos ahí adentro. Te maltratan un buen tiempo para castigarte, para dejarte como gata escaldada, ¿me comprendes?

No se sonrió conmigo.

–¿Algo en particular que contarme?

–Bueno, era tal cual nos lo habían dicho.

Se sonrió levemente. Te digo que al Espartano le costaba reírse. Cuando se le escapaba una sonrisa, ponía unos ojos tristes y vencidos.

–¿Nada más? ¿Alguna experiencia o reflexión? Tú eres una profesora, una intelectual siempre con alguna cita en la punta de la lengua.

Se me escapa otra carcajada rara y fuera de lugar.

–*Sólo permanece en la memoria lo que nunca cesa de hacer daño* –puedo decir tras un momento y de nuevo seria–. Estos cenachos no tienen para qué leer a Nietzsche. Saben que es así. El orden, su orden, así como la transparencia de los escenarios que crean para mostrar sus fetiches, esos espacios públicos que diseñan para usurpar –sus famosos *malls*– descansan en la crueldad. Debajo de los bancos y de la bolsa de comercio, de los edificios de veinte pisos y de las fábricas con enormes chimeneas humeantes, de los estadios llenos de gente gritando el gol y del culebrón de la tele, está la *promesa de la sangre*.

Indico con mis dedos las comillas imaginarias. No mentí, en absoluto, en ese instante era lo que sentía, lo que me nacía, la verdad.

–Todo, entiéndeme, cualquier cosa, la más horrible, cortarle a uno de ellos los brazos y piernas a hachazos está justificada.

Y esto también lo sentía de verdad.

–Siempre que sea eficaz –me dice con una voz fría y firme–. También nuestros odios, hermana Irene, se subordinan a nuestra meta colectiva. Todo lo que hacemos y dejamos de hacer se justifica por la causa. De lo contrario es mejor no luchar. Resignarse a la paz y a la transacción continua. Eso significa toleremos el abuso y la injusticia del mundo. Eso significa tengamos la paciencia larga y acostumbrémonos a la miseria y al escándalo de la desigualdad. Eso significa seamos adaptables, avengámosnos con el mal. ¡No! Nosotros estamos en una guerra pero no una convencional. Cualquier misión armada para nosotros es siempre un mensaje. Se desfondaron las contenciones formales de la «democracia burguesa» y el dominio de clase se exhibe al desnudo. La semilla germina bajo tierra. La hora de la gran venganza se acerca. Vamos a ganar, compa Irene –lo dice con un amago de dulzura y de inmediato se le endurece el ceño–: Y si no somos capaces de vencer no tenemos derecho a estar vivos.

Se quedó callado, sumido en sí mismo. Así era el Espartano. De pronto, se ponía sombrío. Vivía absorbido, pienso yo ahora, por su labor justiciera. Era desdeñoso con los políticos porque todos transaban, porque todos estaban sucios. Él, en cambio, iba contra la corriente y se sabía duro y solo y superior.

–¿Por qué nos estaban esperando en la casa de cambio? ¿Qué falló?

–Hay que perder, hermana, si se quiere llegar a ganar. Este episodio fue investigado. Se te solicitará tu versión y ya se te dará un reporte.

Lo miré, pero él revolvía el azúcar de su café.

–Tú conoces el procedimiento –concluyó tras una larga pausa–. Debes escribir un informe de lo que ocurrió. Eso ha de procesarse y luego se te llamará para aclarar dudas, en fin. Recuerda este número, y me lo hizo repetir tres veces de memoria. Llama desde un teléfono público, por supuesto, el martes a las doce diez. ¿Está claro?

–Está claro.

–La hermana Irene llegó hasta aquí, ¿no es cierto? Tú sabes, quedarás descolgada por un tiempo. Eso significa: sin el estipendio. ¿Qué piensas hacer?

–Lo que ustedes, mis hermanos, me encomienden. Soy materia disponible.

–Le pregunto qué le gustaría hacer, compañera.

–Venganza, justa venganza. Eso quiero. Quiero una posición de peligro. Esta vez no fallaré. Quiero demostrar de lo que soy capaz. Le pido, hermano, esa oportunidad. Es una petición formal.

–Haré llegar esa petición a la instancia que corresponde. La pregunta era a qué piensas dedicarte ahora –dijo relajando el tono.

–Volver a enseñar francés, supongo.

–¿No salir de Chile? ¿Continuar dando clases particulares de francés aquí?

Me quedó mirando con aprobación.

–Teruca, tú sabes, sacó a su hijo de Chile, a Francisco. Está en un círculo infantil en La Habana. Hay un grupo de niños, hijos de combatientes, viviendo juntos allí. Tú sabes, es una medida indispensable de seguridad. Para evitar el chantaje y protegerlos a ellos. Ya una vez te negaste. Quisiste quedarte con tu hija aquí, dijiste que estaba segura en casa de tu madre. Respetamos tu decisión, hermana, pese a no compartirla. Es un asunto grave. Grave para ti, como madre responsable que eres, y grave para todos tus hermanos. Ha llegado la hora de enviar a tu hija a ese hogar en la isla. ¿No es cierto? –Bajé la mirada–. Es un sacrificio tremendo; lo sé. Pero es necesario. Está en juego tu seguridad, la de tu hija, la de todos nosotros.

Acepté con la cabeza. Tomó mi mentón con una mano y me clavó los ojos.

–Por la causa, todo, Irene: todo.

Volví a asentir.

El Espartano, en el momento de separarnos, me regaló un *lonsdale* Fonseca n.º 1 que venía envuelto en papel de arroz fino y transparente. Esa noche salí sola al jardín de mi madre. Contemplé su capa como decía el Espartano, como quien contempla la piel de quien tú amas, lo encendí de abajo, dándole la vuelta, lentamente, como él me había enseñado, y me lo fumé sin prisa. Después entré sin zapatos a la pieza de Ana. Dormía. Dormía con tanta confianza. Por sus labios entreabiertos el aire entraba con tanta tranquilidad. Me pareció tan bonita. Con un dedo recorrí su perfil. «Por la causa, todo, Irene: todo.» No derramé una lágrima.

13

Días después concurrí a un «punto» en la calle Placer. Caía la tarde y los comerciantes empezaban a cerrar sus negocios. Estuve unos minutos mirando zapatillas frente a Calzados Danny y Robert hasta que vi la señal de reconocimiento acordada, oí la pregunta convenida y abordé un Fiat en el que había una pareja. Él era fuerte y bien moreno. La colorina manejaba. Me pidieron que me acostara en el piso. Calculo que en Gran Avenida, a la altura del paradero 9, más o menos, doblamos hacia el poniente, dimos una vuelta y cruzamos Gran Avenida ahora hacia el oriente. Después de un par de vueltas para desorientarme nos detuvimos en una casa que debe de haber quedado en la calle Curinanca, o por ahí, quizás más bien en Olavarrieta, pensé entonces. Sonó el timbre dos veces, cortito, y salieron cuatro perrazos boxer y un quiltro negro y chico de cola curva que parecía el más bravo. Nos abrió el portón un joven esmirriado, asustadizo y narigón al que saludaron llamándolo «Cara de piscola». Controló con unos silbidos a sus perros y nos hizo pasar. Después de un trecho por unos pastelones a mal traer entramos a un garaje próximo a una casona vieja, de dos pisos. Era un espacio amplio, frío, de muros de ladrillo sin pintar, techos altos, y cerrado al fondo con una reja de gallinero donde crecía la hiedra. Ahí había un banco de carpintero, herramientas, frascos de pintura en el suelo, cajones, balones de gas, tambores de parafina. Nos alumbraba una ampolleta colgada del techo. Nos acomodamos en unas sillas disparejas. En el suelo de cemento, viejas manchas de aceite.

Escucharon mi relato en silencio y empezaron a preguntar

detalles. No les interesó tanto por qué me había metido debajo del camión, sino qué sabía yo de Tomasa, del Chico Escobar y de Vladimir Briceño, de sus funciones. También querían averiguar qué nos habían informado exactamente los hermanos que habían hecho la planificación acerca de la mujer con anteojos y lápiz Bic, la que me echó los billetes a la cartera. Lo dije. Que estaba arreglada, que colaboraría. Nada más. Me pidieron que la describiera.

Una media hora después entró al garaje el Puma y, detrasito, Rafa. Se me saltaron las lágrimas al verlo y corrí a abrazarlo. Fue frío. Por eso, al día siguiente, fui a casa de su madre, en la calle Los Gladiolos, y le dejé con ella un mensaje: Quiero verte. Demasiadas lunas. Un beso. El número de teléfono de mi madre iba debajo en tinta invisible. Nunca me llamó.

Aceptaron mi versión con cierta reticencia, creo, pero no se me formularon cargos. Quedé en paz y descolgada. Yo esperaba ser reincorporada a los pocos días. Sobre todo, necesitaba una nueva identidad. La solicité en ese momento. La requería por razones de seguridad, dije. Y esperé.

La marca de tiza roja que vi dos semanas después en la esquina indicaba que llamara al número acordado. Lo hice y me encontré con el Espartano en un boliche de la avenida Príncipe de Gales. Le dije que quería infiltrarme en la Central, pasar información de primera agua, ascender en la Central, preparar con él desde allí un golpe maestro que dejara a Hacha Roja por los cielos y encendiera la chispa de la revolución. Me estoy acordando de *La Orquesta Roja*, pienso. Todo intelectual, creo, aprende a desdoblarse interpretando textos que lo sumen en un mundo arcano lleno de *trompe-l'oeils* y de espejismos. Cuando añora la acción, quiere ser doble espía. Rimbaud: *Je est un autre,* yo es un otro.

Quiero ser una Kim Philby, le digo, una John Cairncross. Tú debieras ser mi Arnold Deutsch, reí. Me escuchó con atención mientras comíamos unas tortillas españolas. Me dijo: No soy un intelectual reclutando estudiantes en Cambridge, como lo era Deutsch. Menos todavía si de materias sexuales se trata...

Pero quedó de explorar el proyecto. ¿Nada más?, me dijo mientras nos despedíamos. ¿Nada más? Yo nunca supe qué pasó con mi proyecto de infiltración. Se me hizo claro, poco a poco, que mis hermanos empezaban a tramitarme. Desconfiaban. Ocurría a menudo con los que eran capturados. Me hirió más de lo que comprendí en el minuto. Por dentro, muy adentro, me sentía vejada. Canelo había muerto protegiéndome, yo había aguantado mis horas, y quería venganza. Quería acción. Merecía otra oportunidad. No podía resignarme. Pero el Espartano había establecido una distancia.

14

Arrendé un departamento en las Torres de Carlos Antúnez. Un solo ambiente, harta luz, y paredes delgadas que dejaban pasar el constante murmullo del televisor de mi vecina. Sin el estipendio no me quedó alternativa. Mi hija siguió viviendo como antes, con mi madre. La pasaba a buscar temprano para llevarla al colegio. Y muchas veces me la traía para que se alojara conmigo los fines de semana. Debo mandarla a La Habana, me decía a veces, y el corazón me daba un salto y la transpiración me corría por la espalda empapando mi blusa. El Espartano saliendo del restorán de la avenida Príncipe de Gales: «¿Nada más?». Yo tenía que hacerlo, no había la menor duda. Tenía que contactarlo a él para eso. Y mientras antes, mejor. Me prometí hablarlo con ella el viernes por la noche, en mi departamento. El viernes sin falta. No era fácil, claro. Pero, qué diablos, era mi deber. A la larga, ella me comprendería. Retomé mis clases y me reencontré con mi amiga Clementina. Como yo, enseñaba idiomas en el Instituto Chileno-Francés de Cultura. Escribía catálogos para instalaciones de arte. Me mostró lo último que estaba preparando. Un texto que acentuaba, claro, lo político de la obra. Mi vida volvió a su curso, sólo que al margen de cualquier misión de veras.

Clementina me daba a leer los textos que escribía para artistas conceptuales y para acciones de arte. Clementina habitaba un mundo de gestos y palabras y objetos metafóricos con el que yo me mimetizaba. Aunque yo sabía bien qué abismo separaba esa forma de «hacer política» de la cochina realidad. Nunca perdí mi reserva mental. Sólo interesan, repetía Clementina, los artistas cuyos gestos ponen en cuestión el poder. Ése es nuestro *parti pris*, decía, nuestro punto de partida. No se trata de contenidos, por supuesto. No. Me llevaba a ver obras que, según sus comentarios, se infiltraban en la cultura mediática oficial para contradecirla desde adentro con la lógica de la «avidez de novedades», un arte-noticia que acusaba a los circuitos de producción y reproducción del poder. La noticia entendida como *poiesis*, decía Clementina, como creación.

Con sus tenidas negras, labios morados y zapatones negros acordonados, como de colegiala, ella era una líder intelectual. En torno a Clementina circulaba todo un grupo de artistas y críticos de la disidencia. En una de esas inauguraciones conocí a la *attaché culturel* de la embajada de Francia. Fue ella la que me presentó a su par de Suecia, Gustav Kjellin, un hombre grande, simpático, de pelo blanco y largo, que daba tranquilidad no más conocerlo. Un par de veces fuimos a almorzar a su casa con Clementina. Su mujer era bonita, amable y silenciosa.

El artista, estaba explicándoles Clementina con su voz susurrante y una copa de Veuve Clicquot entre los dedos de uñas moradas, es el inventor de espectáculos desequilibrantes. De eso escribía en sus textos apostando a que una vez decodificados, por supuesto, permitieran al observador transformar lo observado. Gustav entendía que todo esto era muy político, pero a la vez muy de élite. Por supuesto, yo estaba de acuerdo con él. El cine de Fassbinder no echará abajo el capitalismo alemán, decía. Puede que más bien ocurra lo contrario: que ese capitalismo deje sin público a Fassbinder... Y se echaba a reír. Pero el crítico, continuaba ella impertérrita y convencida como una misionera, discierne y crea a la vez; es un inventor de inventores. Sería jactancioso dar nombres. Y se echaba un buen trago de Veuve Clicquot a la garganta. Pero los que saben, saben. Y llegará el día y la hora en que se nos reconozca, decía Clementina. Ese «nos» la incluía a ella y a no más de tres críticos que seguían sus aguas. Creían ser creadores y eran sólo actores de un film que dirigía un puñado de críticos y algunas galeristas, sostenía con un convencimiento que me resultaba atractivo. Porque el poder de esa vanguardia determina qué es arte en cada momento. Nada es natura, decía Clementina. No hay una esencia del arte que hayamos contemplado al inicio, en la caverna platónica, y reconozcamos después en el mundo. No.

Para mis hermanos, ese mundo era mi manto. A veces me felicitaban por él. Porque a todo esto me seguían llegando, de tarde en tarde, mensajes del Espartano. Cifrados, por supuesto. Y estuve en algunas reuniones sin importancia, y me encomendaron algunas tareas sin importancia. Quería incorporarme a una célula, volver a tomar los fierros...

Pasaron días y semanas. Ahora recordaba con nostalgia los viejos tiempos. Volvían a mí las noches pasadas en grupo en alguna casa de seguridad oyendo bajito cintas del Quilapayún, de Silvio Rodríguez, de los Jaivas, de Inti, de Serrat, de Violeta, y tomando un mate bien cebado, costumbre que introdujo en nuestra célula un cuyano, el Pelao Cuyano, le decíamos, y conversando y conversando para olvidar el susto, para olvidar lo que haríamos apenas aclarara y desaparecieran de las calles las patrullas que vigilaban la noche. Entonces el Pelao Cuyano se ponía a contarnos historias del ELN boliviano; de la época de gloria de los Tupamaros en el Uruguay, detalles de cómo fue realmente la fuga de Punta Carretas; del FMLN en El Salvador; del gran Santucho y la heroica lucha del ERP en Argentina, de su colaboración con el MIR chileno, de su intento por unir fuerzas con los Montoneros, del conserje del edificio que, amenazado, tocó su puerta y habló para que abrieran, de cómo Santucho, que no alcanzó a sacar los fierros del barretín, le arrebató su arma al enemigo que lo encañonaba, matándolo con ella a él y todavía a otro, y después lo mataron a Santucho; y luego, viste, nos hablaba del creciente poder de Sendero Luminoso en la sierra del Perú; y de las FARC en Colombia...

En noviembre del 73, en Buenos Aires, siendo muy jovencito, y más tarde, en el 76, había estado en Lisboa en reuniones de la Junta Coordinadora Revolucionaria con representantes del MIR, el ELN, los Tupas y el ERP. Había formado parte de un equipo de contención del ERP que no tuvo que actuar. Pero había oído historias que nosotros le escuchábamos ávidos. Nos contó con pelos y señales el secuestro de los ejecutivos de Exxon en Buenos Aires. Exxon pagó catorce millones y doscientos mil dólares como rescate, que llegaron en seis maletas en fajos de billetes de cien desde Nueva York. Y también de los gerentes de Firestone y de Swissair, y de cómo el ERP distribuyó el dinero con espíritu solidario, bolivariano. El ELN, el MIR y los Tupamaros recibieron dos millones de dólares cada uno. Sabía cantidad de historias el Cuyano. Nos contaba y nos contaba más de lo necesario, más de lo que nos convenía saber, tal vez... Sabía detalles, nos aseguraba, de unos cien millones de dólares –otros decían que eran trescientos– que el Pepe, el comandante montonero, entregó a los cubanos para que los lavaran porque dos de sus hombres fueron detenidos en Suiza tratando de hacerlo. Y nos contó que él tenía entendido que el Tony de la Guardia y un chileno lo lograron en una operación compleja y arriesgada en el Líbano y Suiza. ¿Sería verdad?

El Cuyano nos hablaba con ojos iluminados de contactos con la ETA y el IRA, de combatientes entrenados en Libia y en Vietnam, de reuniones secretas en Argelia con palestinos de la OLP. Una vez nos contó del asesinato del poeta revolucionario, Roque Dalton. ¿Te acuerdas? *¿Para qué debe servir / la poesía revolucionaria? / ¿Para hacer poetas / o para hacer la revolución?* El día 10 de mayo del 75 lo despacharon sus compañeros (¿o fue su comandante?) con un disparo en la cabeza en la casa de seguridad donde se escondía. ¿Rivalidad? ¿Temor a que Dalton se transformara en el caudillo del movimiento? ¿Divisiones internas?, se preguntaba el Cuyano. El Espartano esa vez se enfureció. Lo cortó en seco. Le brillaban los ojos de ira. Agarró al Cuyano bruscamente de un brazo y lo arrastró a la pieza de al lado. El castigo fue para todos. Nos dejó una semana encerrados sin poder salir de esa casa de seguridad. Como si fuéramos niños chicos. Al segundo día se agotó la despensa y nos obligó a racionar lo único que quedaba, el arroz. Habría que hacer la historia de nuestra moralidad, de nuestro estado de vigilancia interior y exterior.

Después el Pelao me contó que la rabia se le había pasado

por completo. El Espartano, me dijo, es un enamorado de la causa y el amor lo perdona todo, ¿viste? Le había molestado que él contara delante de nosotros anécdotas que sólo servían para debilitar las convicciones. Ese tipo de asuntos debía planteárselos a él, al Espartano, a solas. No delante de nosotros. No era bueno sembrar dudas, le dijo. No eran raras en el Espartano esas rabietas. En otra oportunidad a Cabro del Día se le olvidó echarse pegamento en las yemas de los dedos para un operativo. El Cabro era un muchacho de origen mapuche. Había nacido en Santiago, en La Pintana. Su padre era feriante. Tenía salidas muy cómicas y lo queríamos mucho. Pero el Espartano, temblando de furia, se le fue encima gritándole: ¡Cabrón! ¿Qué tú crees? ¿Que dejar huellas es juego, coño? ¿Quieres que nos vayamos todos pal carajo? Y le hizo una llave y lo largó volando por los aires. Algo crujió: le había quebrado el dedo. Era bravo el Espartano. Por supuesto, le pidió perdón de inmediato y se encargó personalmente de que lo enyesara un médico de confianza.

Me pedían, a veces, que les recitara algún poema. Yo no quería, pero ellos me pedían siempre a Neruda. Y yo, una vez más: «Enanos amasados como píldoras / en la botica del traidor... / no son, no existen, mienten y razonan / para seguir, sin existir, cobrando». Y repetía: «se sacaba los dientes prometiendo, / abrazaba y besaba a los niños que ahora / se limpian con arena la huella de su pústula... / Triste clown, miserable / mezcla de mono y rata, cuyo rabo / peinan en Wall Street con pomada de oro». Y también: «Entonces me hice... / orden de puños combatientes...». Era nuestro lema: «Orden de puños combatientes».

De ese tiempo lo que más recuerdo es la actitud de espera. Es un estado espiritual permanente porque la revolución se sitúa siempre en un más allá, es siempre la parusía que vendrá. A veces, muchas veces, la orden nos obligaba literalmente a esperar. La acción quedaba postergada. Entonces nos escapábamos a mi departamento y aparecían unas botellas de tinto y nos repetíamos las mismas casetes y en la oscuridad, interrumpida por el círculo rojo de algún cigarrillo prohibido, caían a mis labios semidormidos unos besos que se apegaban con la fuerza del miedo y la ilusión. Canelo se quedaba conmigo, Cabro Díaz o Cabro del Día estuvo unas semanas con Teruca, pero fue un paréntesis, porque las más de las noches el Pelao Cuyano se quedaba con Teruca... Eran amores sin promesas ni exclusiones. Nos amábamos con ardor y terror de perdernos mañana. Vivíamos con el manto siempre a punto de despegarse y revelar al combatiente emboscado; vivíamos a salto de mata huyendo del miedo. No era el susto que te coge de golpe un momento, no. Nuestro temor era sustento diario, tensor de carretillas mordidas, roedor incansable de intestinos, murciélago que se cuela a los sueños. También era el alimento de la ira que mueve a la venganza.

15

Nuestra célula dependía –¿te lo dije, no es cierto?– del Espartano. No conocí a nadie como él. Me gustaría hacerte un retrato de su alma. Si pudiera. Yo quiero contarte de él. Era un personaje que se había construido con recortes de libros, ¿sabes tú?, de ciertos libros, por supuesto. Algo, desde luego, incomprensible en la promiscuidad de ideas que se vive hoy. Un Quijote, si quieres, una Bovary. Nos decía: Hay que ser profesional, *un monje de la revolución,* como exige Lenin, decía. Y lo vivía día y noche. Lo demás es mentira. El modelo, decía, es Rajmetov, el personaje de la novela de Chernychevsky, novela que Lenin –no se cansaba de repetirnos– leyó cinco veces. Ninguno de nosotros leyó nunca la novela de Chernychevsky. Yo la empecé dos veces... La vine a leer completa aquí en Ersta, en medio de estos olores médicos con los que el Hogar aplaca el olor de la vejez y sus incontinencias. Me gustó. Pura metaficción *avant la lettre:* ¡se publicó en 1862! *¿Qué hacer?* Algo extraordinario... Los críticos no han reparado en este narrador autoconsciente. Te lleva de *mise en abyme* a *mise en abyme.* ¿Sabes? Lenin nunca quiso leer *Los endemoniados.* Tampoco el Espartano. No tengo paciencia con los libros reaccionarios, me explicó. La verdad es que leía pocos libros, pero ésos con gran pasión. Lo mismo Canelo. Hombres de acción.

Déjame decirte que el Espartano era un verdadero asceta. Se privaba de todos los goces, incluidos los intelectuales. Le daba vergüenza darse placeres prohibidos para el pobre. Hoy me cuesta imaginar cómo era ser así. Hoy me cuesta creer que yo lo admiraba justamente por ser así. Perdí esa pureza. Quizás tú no podrás nunca imaginar a alguien como él... La molicie actual lo hace inverosímil. Nosotros estábamos tan seguros de que el mundo corrupto, cruel y mezquino que conocíamos estaba por irse a la mierda. No era una predicción derivada de las leyes del «materialismo histórico» que estudiábamos con dedicación apostólica. Era mucho más que una teoría. Lo sentíamos en la piel. Lo olfateábamos como quien huele el humo en la casa antes de saber de dónde vienen las llamas. Y no quedaría «piedra sobre piedra». Odiábamos lo existente. Nada sobreviviría. Nada tenía ese derecho. Sólo nosotros, sólo nosotros. Pero, ¿quiénes éramos nosotros? No la esposa de un obrero cualquiera tomada al azar a la salida de una feria en Renca. No. Entonces, ¿qué era el Hombre Nuevo y la Mujer Nueva? ¿No era Pablo y su mesianismo cristiano de nuevo?

El Espartano vivía a la espera del gran día, del Apocalipsis, de la Revolución. ¿Existirán todavía misioneros y soñadores como él? ¿Los habrá el día de mañana? ¿Siempre? Se llamaba Jonathan, Jonathan Ríos, creo. O Jonathan González, nunca lo supe. Pero Jonathan. Su padre era profesor de matemáticas en una escuela primaria. Había sido un dirigente gremial, un anarcosindicalista, pero lo había jodido el trago. Su madre era evangélica, asistía a las Dorcas, y su hermano menor era pastor evangélico en Valparaíso. Todo esto lo supe mucho después, claro, por Canelo. El Espartano era soltero. No tocaba el alcohol. No tocaba a las mujeres. No estaba atado a nadie. La causa lo hacía inconveniente. Su pasión era fría, abrasadora y constante. Nos repetía con insistencia didáctica la famosa definición de Bakunin: «El revolucionario es un hombre dedicado. No tiene sentimientos personales, ni asuntos privados, ni emociones», hacía una pausa para respirar y continuaba: «ni compromisos, ni propiedad, ni nombre». Esto último, lo del nombre, lo enfatizaba más. «Todo él está subordinado a un compromiso único y a una pasión única: la revolución.» Entonces, se sonreía con algo de niño en los ojos. Y decía que nosotros éramos «la sal de la tierra».
El Espartano evitaba la música. En eso era muy poco cuba-

no. Lo hacía ponerse sensiblero, decía. Su lógica, aunque ruda, era de acero. Desprecio más que nada, decía sacando hacia afuera el labio inferior, a los blandengues y frescolines que todavía creen en *la vía láctea hacia el socialismo*. Le encantaba esa expresión irónica de Trotsky. *La sustitución del Estado burgués por el Estado proletario es imposible sin una revolución violenta*, decía. Lenin, decía. Le daba esperanza que la violencia de la represión aumentara. A mayor represión, mayor resistencia. El proceso es dialéctico, decía. *Cuanto peor, mejor*, decía. Chernychevsky, decía. *La insurrección es un arte*, decía. Karl Marx, decía. *¡A las hachas! Cualquiera que no esté con nosotros es nuestro enemigo*. Zaichnevsky, decía. Como todo revolucionario, era un pedagogo incansable. Sus instrucciones e interpretaciones, que desentrañaban el camino desde ese presente feroz y respaldaban las citas de rigor, nos llegaban a veces en clave y escritas con letra que leíamos con lupa en papel de cigarrillos comunes y vueltos a rellenar de tabaco.

Con el Cuyano, yo me enfrascaba a menudo en largas discusiones teóricas –plagadas de frases recitadas de memoria, pues no siempre podíamos consultar los libros– sobre los *Manuscritos del 44*, el fetichismo y el trabajo como mercancía, el imperio inca y el modo de producción asiático o el foquismo del Che. Nos inquietaba, mientras compartíamos la boquilla del mate cebado por él mismo, la forma de vincular la acción de la vanguardia de revolucionarios profesionales con el proletariado, y el partido con el aparato, asuntos que se remontaban a las célebres discusiones de Rosa Luxemburgo, Plekhanov, Lenin y Trotsky –su tesis de «la revolución permanente»– y que se complicaban todavía más con la función del campesinado en el maoísmo.

El Espartano ponía fin a estas disquisiciones que calificaba de «escolásticas» y «paralizantes» desafiándonos a un partido de ajedrez a dos o tres tableros, que ganaba siempre. O citaba a Martí: *Hoy, cuando el verbo se avergüenza ante la podredumbre, la mejor manera de decir es hacer*. Nunca perdía ocasión de alentarnos a la acción. Le gustaba, decía, la audacia fría y calculada, no la improvisación atarantada de los cabezas de pistola, tampoco la irresolución disfrazada de sapiencia política.

Te digo que los libros no estaban a la mano, no era como antes. Eso obligaba a trabajar más con la memoria. En algunas casas de seguridad se guardaban algunos embarretinados como si fueran armas. Lo eran, obvio. Recuerdo una pequeña biblioteca oculta detrás de los muebles de cocina. El mismo Espartano nos mostró esa vez el escondite y nos autorizó a leerlos. Estaban envueltos en bolsas plásticas. Momentos así no se olvidan. Tuve en mis manos, como si fuera un hueso santo, un tomo celeste con las letras «M» y «E» en blanco. Eran las obras escogidas de Marx y Engels de Editora Política, La Habana, 1963. Después di vuelta las hojas de *Obras Escogidas de V.I. Lenin*. Tres tomos gruesos. Tapa dura y forro de papel verde claro. Editorial Progreso, Moscú, 1970. Por supuesto, yo había tenido esa edición. En el primer tomo venía una foto de Lenin que observé largo rato. ¿Qué sentí? Era Lenin. Eso. Canelo me mostró la *Historia de la Revolución Rusa* de Trotsky, *Los conceptos elementales del materialismo histórico* de Marta Harnecker con prólogo de Althusser, y una selección de obras de Marx y Engels hecha por Daniel Ryazanov, el director del Instituto Marx-Engels de Moscú. Ese libro había sido publicado en Chile, en tiempos de Allende, por la editorial estatal, la Quimantú. También recuerdo algunos números de la revista *Literatura Soviética,* órgano de la Unión de Escritores de la URSS. Tengo buena memoria, te digo, memoria de actriz de teatro, y nosotros éramos alumnos aplicados y, más que nada, memoriones. Para una combatiente como yo su vida era un guión en el Gran Teatro del Mundo, una obra en la que yo, como personaje, buscaba a mis autores en los santos barbudos que nos miraban desde los afiches. Leí una nota de la sección «Crónica Literaria». En la Casa de los Literatos de Moscú se había celebrado una velada con motivo del setenta aniversario del nacimiento de Julius Janonis, primer poeta proletario de Lituania. Unas inspiradas palabras sobre Julius Janonis, decía, pronunció Eduardas Miezelaitis, laureado con el Premio Lenin... En otra revista, un ensayo del escritor Nikolai Tijonov: «La literatura soviética, heraldo de la nueva moral». Estoy viendo la foto de un cuadro de no sé quién. Una enorme grúa levantaba un bloque de acero. La llama del soldador podría haber sido la aureola de un santo de Fra Angelico. No era, ciertamente, la clase de obra que hubiera interesado a Clementina.

Eran libros que los milicos habían quemado. Restos salvados del naufragio, me dijo Canelo. Un tesoro, me dijo. Nos pasamos todo el día y buena parte de la noche hojeando las páginas rescatadas de los bárbaros –mira déjame leerte este párrafo... O creo que la cosa está más clara en el que te voy a leer yo– y buscando al azar otra cita más que con su luz nos confirmara en la fe.

Con nosotros el Espartano era casi simpático aunque demasiado formal. Sus sugerencias y consejos eran, en realidad, órdenes. Pero las planteaba con sumo respeto. Nos hablaba de química y de explosivos. Eso le interesaba. Su gran amor era su SIG-Sauer P-230 de 9 mm y a cuyo cañón podía agregarse un silenciador. Le encantaba esa arma y nos la mostraba con orgullo. La mejor pistola del mundo, decía. Ya tuvo su bautismo de sangre. Estuvo a la altura. Se los aseguro. Una vez estábamos en una casa de seguridad a la espera de una misión y cayó un gatito del techo. El Espartano se transformó en una madre. Le daba leche cada seis horas. Cuando partimos le dejó un plato hondo lleno de leche y una frazada para que se arrebujara.

Fue requeteimportante para nosotros el Espartano. En misiones peligrosas, como la colocación de un explosivo o el asalto de un banco, se conducía con precisión maquinal. Era obsesivo con los detalles. El Demonio está en los detalles, nos repetía. Nos obligaba, después de una acción armada, a botar las zapatillas usadas y a comprar las nuevas de otra marca.

Pero así y todo el asceta se permitía un lujo: los habanos. Un gusto aprendido de algunos oficiales de la Escuela Militar G.S. Rakovski, en Sofía, no en La Habana, por cierto, donde sus brothers fumaban Populares o, si se atrevían a fumar rubio y ser mirados como mariquitas, unos Aroma. Y si la escasez era mayor, se contentaban con arrancarle una hoja a un libro soviético y hacerse un «tupamaro» con el tabaco de las colillas recogidas en los hoteles. Él, en cambio, nos ofrecía un Partagás, un Romeo y Julieta. A veces, un Cohiba legítimo. Todos, tabacos de exportación. Nadie nunca preguntó cómo se los conseguía. Pero que los tuviera era una señal.

En esas largas esperas que llenan, como te he dicho, buena parte de la vida real del combatiente nos hablaba de los habanos y se detenía en explicaciones más minuciosas de lo necesario. Un Flor de Cano, decía, por ejemplo, es un cigarro de tripa corta, hecho de pura picadura o recortes de tabaco. Por eso es más económico. Aunque no es malo. Le brillaban los ojos y seguía hablando con una fascinación que no comprendíamos: La ligadura de la tripa es la receta de cada maestro, decía. Hay que combinar el tabaco ligero, que viene de las hojas altas y le dan su fortaleza al cigarro, el tabaco seco, que viene del centro de la planta y del que depende el aroma, y el tabaco volátil, que sale de las hojas bajas y que determina la combustibilidad del cigarro. La torcedora va plisando las hojas en abanico para que pase bien el aire, lo que facilita el tiro y permite que cada calada recoja todos los sabores que se mezclan. Éste es, decía, el momento crucial, el más delicado. No basta la técnica, no basta la experiencia. ¡Ay, mi madre! Que se necesita amor... Un puro de alta regalía nace de un acto de amor.

Se iba entusiasmando con su clase y nos daba más y más detalles de *connoisseur*. No le importaba que nosotros nos aburriéramos. O no lo notaba, qué sé yo.

Un Cohiba Lancero, decía, tiene una capa de textura muy fina y suave y clara. Palpaba en el aire esa textura que parecía estar sintiendo. Los empezó a fabricar el famoso Eduardo Rivero, que venía de Por Larrañaga. Junto con Avelino Lara crearon los Cohiba que se fabrican en El Laguito. El Che era entonces ministro de Industria. Gran ajedrecista el Che. ¿No lo sabían? Es un cigarro de calibre fino y que a mí me dura algo de una hora. Al principio es más suave, viene filtrado, ¿comprendes? Para eso es tan largo.

Me convenció de probarlos cuando trajo un cigarro suave y

ligero, me insistió, el mejor de los cigarros suaves, un petit coronas Le Hoyo du Prince. Me encantó. Y así, de su mano, me fui aficionando y subiendo de fortaleza. Y el Cuyano metía su cuchara y exclamaba: Cómo me gusta, coño, una mujer con un habano entre los labios. El humo que la envuelve, el aroma... Yo probé un Ramón Allones, un Partagás, un Montecristo, un Rey del Mundo. A él le encantaba fumarse un Rey del Mundo. El Espartano me prometió que un día se conseguiría un Sancho Panza Gran Corona, un Sanchos, de textura bien rugosa, y a que a él le duraba más de dos horas. Esa promesa quedó pendiente.

Para nosotros, que no entendíamos nada, como te digo, el humo de cada cigarro que encendía el Espartano nos conectaba como por un hilo invisible a Pinar del Río, a las vegas de Vuelta Abajo, y su aroma nos hacía sentir con nuestras propias narices el ubicuo poder de la revolución, de La Habana y del Espartano en el aparato. La fe la transmiten los testigos. Ese humo era nuestro incienso subiendo hasta el Altísimo. Por eso no me gustó lo que me contaría Canelo con gran secreto. No me gustó porque entonces se me metió en la cabeza una duda. El Espartano había dejado un amor en Cuba, me dijo Canelo, una muchacha que trabajaba de torcedora en la galera de la fábrica de cigarros Fonseca en Quivicán. ¿Y si era ella la que se las arreglaba para mandarle estos cigarros de exportación que un cubano corriente sólo encontraría, tal vez, si era convidado al Palacio de Convenciones? Pero la duda duró poco en mi mente: Aunque así fuese, que llegaran desde Quivicán a Santiago de Chile y a sus manos de hombre clandestino con chapa y leyenda, era prueba de que tenía amigos de verdad influyentes en el aparato.

Te hablo de él porque sin él no se entiende lo que éramos. En los tiempos de escepticismo hipócrita que corren es difícil que alguien me crea. Pero el Espartano era como te digo. Su figura es incomprensible para los pusilánimes y egoístas de hoy. Su entrega total a la causa, su abnegación, le daban una indis-

cutida autoridad moral sobre nosotros. Somos los Cristos violentos, repetía. Pero no hacía pensar en Cristo. Era demasiado
maquinal para eso. Quizás Canelo. Y Canelo era su brother. Así
lo llamaba no más verlo: Brother. Amistad vieja, de tiempos de
Cuba. Yo sé lo que le dolió la muerte de Canelo. A pesar de que
cuando nos encontramos en el restorán del Mercado Central se
mantuvo frío o casi.

16

Yo siempre quise un amor en París. Te hablo de unos años antes de ese día fatídico en el que me capturaron. Tengo veinticuatro. Cuando desembarqué por tercera vez en el Charles de Gaulle, me dije: ahora sí, la tercera es la vencida. No pasó nada. Cumplí la misión que se me había encomendado, regresé a Chile y eso sería todo. Y ahora tenía, como te dije, veinticuatro años y estaba de nuevo en París, en una mesa al fondo de La Closerie des Lilas diciéndole al Pelao Cuyano: Siempre quise un amor en París. Y él se mataba de la risa con mi romanticismo pequeño-burgués, me decía, con mi bouvarismo, reía. Se había zampado más de cien páginas del ensayo de Sartre sobre Flaubert antes de leer una línea de Flaubert mismo. Me lo dijo ahí mientras matábamos el tiempo en ese café. Comentamos que Hemingway –vimos su placa de bronce– venía aquí a escribir a lápiz en un cuaderno. Traía sacapuntas. Zola, le dije, era un *habitué*, también Cézanne, y ya en los años veinte del siglo veinte, Tristan Tzara, André Breton, Picasso, Modigliani... Él lo sabía. Lo que no sabía era que aquí jugaba ajedrez Lenin. Tratamos de adivinar si podía haber entre esa gente tan *comme il faut* que nos rodeaba algún Tzara, algún Hemingway, algún Picasso de hoy. No, concluimos. Muchos deben de ser turistas, dijo el Pelao. A lo mejor hay un futuro Lenin, le dije riendo.

Habíamos salido de Santiago por tierra hasta Buenos Aires y entrado a Francia como marido y mujer, lo que nos obligaba a dormir en la misma pieza de hotel, aunque no en la misma cama, claro. Con todo, la compartimentación me impediría conocer cuál era su tarea en París y a él la mía. El hotel de dos estrellas que nos recomendaron quedaba cerca de las Galeries Lafayette. En el foyer, lo primero, dos teléfonos públicos. No había en la pieza. Nos recibió una gorda, seguramente marroquí. Le pasó la llave al Cuyano casi con asco. Exigió pago al contado. El baño quedaba al fondo del pasillo, dijo. Nos apretujamos en un ascensor de madera. Tuvimos que poner una maleta sobre otra. Al subir, la máquina dejaba escapar un ruido exasperante mientras temblaba del esfuerzo como un caballo viejo y exhausto. La colcha sobre la cama no se veía limpia. Abrí la cama: sábanas usadas. Cuyano bajó y regresó con la gorda marroquí. No mostró mayor asombro y cambió las sábanas y la colcha. Menos mal que el baño común se veía limpio. Después de una ducha convencí al Cuyano de ir a comer a un lugar bueno con ganas.

No sé por qué, mientras nos tomábamos un Sancerre de Bue que me pareció magnífico –aunque para nosotros, muy caro– empezamos a hablar del famoso prefacio de la *Crítica de la economía política*, de su idea central para nuestro «materialismo histórico» –eso de que la ética y la estética, la religión y los derechos, la cultura y la política son sólo expresiones del modo de producción vigente en cada momento histórico y son consecuencias de esa base material, económica. Configuran, entonces, la mera «superestructura ideológica» del sistema–. Al Cuyano le intrigaba el papel de la tecnología en el interior de la «infraestructura», es decir, de la base económica. Se preguntaba cuál era su función precisa en ese ensamblaje entre fuerzas productivas y relaciones de producción que configuran, *magister dixit,* cada uno de los modos de producción, por ejemplo, el feudal o el capitalista. Yo perdía el hilo. Pero lo recuperaba al mirar los ojos vidriosos del Cuyano. Éramos jóvenes comprometidos y nos tomábamos tan en serio... El asunto es complicado, ¿no crees?, me decía el Cuyano con animación y hablando rápido. Y vaya que lo era. Pero él se sumergía en estas densidades con entusiasmo. Se movía en estas aguas profundas no con la pesadez y escrupulosidad del académico sino que con la natural agilidad de un pez veloz.

En el piano de la Closerie, *Good Morning Heartache.* En el plato, un paté maison de suavidad exquisita. El viático, por supuesto, no daba para comer en esa *brasserie*. El Cuyano me preguntó si, en mi opinión, la tecnología no debería pertenecer, más bien, a la «superestructura», y no a la «infraestructura económica», que era como se nos enseñaba en el *Prefacio*. Porque la tecnología, conjeturaba el Cuyano aventurándose en el campo minado de la herejía, depende de la ciencia, y de prácticas ligadas a una ética, y surge en el marco de un conjunto de instituciones, entre ellas, la protección del derecho de propiedad intelectual e industrial.

Si esto era así se aguaba, sostenía el Cuyano, la primacía de la base material respecto de elementos supuestamente «superestructurales» o «ideológicos» como la ética y el derecho. Porque un mero derecho –la institución de la propiedad industrial– pasaba a ser determinante para el desarrollo de las fuerzas productivas. Esto nos planteaba espinudas y perturbadoras cuestiones doctrinarias. Dudar del «materialismo histórico» era dudar de todo. Se hizo un silencio: el Espartano nos tendría jugando ajedrez hace rato, le dije. Nos largamos a reír.

Se habían encendido los faroles de París y sus calles me tentaban.

Fue extraño meterse a la cama y ver a mi lado la cabeza del Cuyano. Me costó quedarme dormida.

Había llovido y las hojas secas de las calles estaban mojadas. No iba nerviosa. En París no había peligro. Mi primer «punto» fue a las nueve y media en la Fuente de Médicis de los Jardines de Luxemburgo, junto a Leda y el Cisne. Una joven de acento chileno y con aspecto de universitaria traía la señal de reconocimiento. Mientras caminábamos por la rue de Médicis me ofreció un cigarrillo, que, según mis instrucciones, me guardé en un bolsillo. Lo abrí en el hotel y leí mi próximo «punto», que venía señalado en tinta invisible.

Me bajé del metro una estación antes, tomé la rue de la Gaîté, doblé a la derecha por el bulevar Edgar-Quinet y entré al cementerio de Montparnasse por la puerta principal. Eran diez para las doce de esa mañana fría y gris cuando me detuve frente a la escultura de Brancusi. Los amantes de piedra se besan con el cuerpo entero. Las piernas se doblan y quedan tocándose de la rodilla hacia abajo. Me conmovieron los pies que se entrecruzan, su ternura. Como si quisieran pertenecer al cuerpo del otro, me dije.

Alguien tosió cerca de mí. Una mujer joven y bajita, de pelo moreno, se me acercó decidida. Tenía la señal de reconocimiento y me preguntó con acento chileno si le podía indicar cómo llegar a la tumba de Baudelaire. Le contesté lo convenido: Avenue du Nord hasta topar con la Avenue de l'Ouest y ahí a la izquierda. Sacó de su mochila un paquete que metí de inmediato en mi cartera de cuero tipo bolso. Se despidió y partió. Miré la hora: las doce y dos minutos.

En la cama del hotel deshice el paquete, revisé los diez pasaportes chilenos en blanco –estaban impecables–, los escondí en la ropa de mi maleta y la cerré con candado. ¿Dónde los falsificaban? Mi olfato decía: Berlín, RDA.

Pauline, la periodista de *Le Monde,* me citó al Café Hugo en la Place Des Vosges. Va a estar lleno de turistas, pensé. Llegué media hora antes. Me senté a una mesa y pedí un *café au lait.* El acento argentino me hizo girar la cabeza a la mesa a mi derecha. ¡Cortázar! Lo reconocí de inmediato. Su barba, su cuerpo gigantesco, su rostro juvenil. Gesticulaba estirando los brazos al hablar. Había dos mujeres –una muy atrayente en quien quise ver a la Maga– y los demás eran hombres maduros, cuarentones o cincuentones, quizás, con pelos largos y ropa informal y estilo.

Pensé en correr a una librería a comprar *Rayuela* y pedirle una firma. ¿Y si al volver ya se habían ido? Pensé acercarme, presentarme y pedirle que me firmara una servilleta. Pensé que debía darle a entender que yo luchaba en la clandestinidad contra la dictadura militar. Eso le interesaría. Miré mi café. Me vi en un departamento amplio, atestado de libros, sus amigos desparramados entre sillas y sillones, yo entre ellos sentada en un cojín, en el suelo, oyendo viejos discos de jazz y conversando con él.

En ese momento miré la mesa: estaba vacía.

Pagué lo más rápido que pude y salí a la plaza. Caminaban con calma y entre ellos la conversación seguía animada. Miré la hora. Faltaban seis minutos para mi cita. Yo le traía a Pauline un dossier con documentos de la represión. Era una persona de mucha importancia política para Hacha Roja, me dijeron. No me explicaron por qué. Tenía contacto con nuestro aparato desde hacía años, pero sólo sabía que buscábamos derrotar a los militares. Era muy antisoviética, me habían advertido. Tampoco le gustaba Cuba. Una «menchevique», me dijeron. Tenía que ser cuidadosa al contestar sus preguntas. Una mujer tremendamente inteligente y bien informada, me dijeron. En la foto que me dieron se veía buena moza y severa.

Pero por importante que fuera Pauline, faltaban seis minutos. Sin pensarlo más me puse a seguirlos. Entraron a una galería de arte donde había una exposición de estampas japonesas. Se detuvieron en una ola que se curva en primer plano y parece atrapar un bote y deja ver, a lo lejos, el monte Fuji. Horacio Oliveira encendió un Gauloise. Comentaba apasionado –o *ha-pasionado* para seguir en *Rayuela*– estas «imágenes del mundo flotante». La Maga miraba despreocupadamente, como si el encanto de su inteligencia le fuera ajeno. Uno de sus amigos –supongo que sería Étienne, que era pintor– indicó el tronco de un cerezo florecido que se viene encima, un grabado que había influido mucho a Van Gogh, dijo. Horacio entonces se lanzó a especular acerca del *close-up*, la perspectiva de estos grabados japoneses, la fotografía, el impresionismo, la ficción de la representación. Es la pintura, dijo, la que ha enseñado a fotografiar; nunca al revés, nunca jamás.

Y salieron. Los seguí a corta distancia. Llovía. No podía oír lo que se decían. Entraron a otro boliche y yo de atrás. Era un anticuario de instrumentos musicales. Estuvieron un buen rato examinando clarinetes, fagots, una tuba... Hasta que de pronto Horacio se puso a tocar una vieja trompeta. Un instante después, se habían ido. Cuando traspasé el umbral, no estaban. Miré desconsolada a derecha e izquierda, nada. Pensé tomarme un taxi y recorrer la rue du Cherche-Midi, donde quedaba el departamento de Horacio.

Volví al Café Hugo corriendo. Cuando entré, una mujer elegante de unos treinta y cinco años, sola en su mesa, miraba inquieta la hora. No podía ser sino Pauline. Yo venía veinte minutos tarde.

Para excusar mi atraso le dije la verdad. Gozó con mi historia de Cortázar y nos hicimos amigas de inmediato. Era una mujer de rasgos agudos, distante si estaba seria, acogedora cuando reía mostrando sus grandes dientes, y seductora cuando sólo sonreía. En su pelo trigueño brillaba una que otra cana. Llevaba una sencilla blusa de seda azul marino y reloj Cartier. Recibió mis documentos y me hizo preguntas generales, cautelosas. No quería presionarme. Empecé a sospechar, eso sí, que su interés por Chile era tal vez instrumental. Quizás su corazón necesitaba atacar a un monstruo de derecha para que su ataque a los monstruos de izquierda fuera creíble. Lo realmente importante para ella, pienso, era desenmascarar a los que mandaban «detrás del Muro» y con sus tanques habían puesto fin a la «Primavera de Praga». Le interesaba la rebelión de los sindicatos que comenzaba en Polonia, es la gran esperanza, me dijo.

Traté de volver a lo mío, a mi misión: convencerla de hacer un reportaje en Chile, in situ. Había que mostrarle al mundo que la resistencia era real, que, por ejemplo Hacha Roja estaba en plena actividad. Había que aumentar la solidaridad internacional. Esto podía ser de gran significación para nosotros. Ella asentía, pero al poco rato volvió a hablar de Europa. ¿Sabes?, me dijo, que el Papa sea polaco ayuda. Aunque sea un reaccionario inaguantable cuando pontifica sobre sexo. Sin embargo, exclamó entusiasmada, *voilà l'homme providentiel,* he ahí al hombre providencial.

Prendí el interruptor y subí los cuatro pisos de escaleras. Llegué y se apagó la luz. Empecé a golpear puertas a ciegas. De repente se abrió una a mis espaldas y vi a Pauline sonriendo en medio de un chorro de luz cálida. Ahora, en la noche, la blusa de seda era color seda natural, y espesa y con una caída muy linda. Una argolla de oro le rodeaba el cuello. No tenía puesto el sostén y sus pechos hacían sentir su presencia y peso. Los jeans eran negros y los zapatos de tacos altos y delgados dejaban a la vista sus dedos largos de uñas redondeadas. Me apoqué. Mi *T-shirt* verde... Me sentí fea, fome y provinciana al lado de esa mujer tan sofisticada en ese departamento de la rue de Bourgogne. ¿Qué diablos hacía ahí yo? Se oían voces, carcajadas. Dejé mi paraguas chorreando en el paragüero de porcelana, me arreglé el pelo y entré. Olor a pipa.

Después de una rápida presentación, me senté en un gran sofá Chesterfield con los resortes algo vencidos, junto a Dorel, el escultor rumano que fumaba pipa. Su olor me atrajo. Su mujer, Clarisse, escuchaba fascinada a Giuseppe. Lo que le estaba contando debía de ser muy entretenido. Su acento era italiano. Mi *fiancé*, me dijo Pauline. Giuseppe es un documentalista, me dijo. Dorel vivía en París y se consideraba un exiliado, pese a que nadie lo había obligado a abandonar Rumanía. Ha sido una necesidad del alma, me explica lanzando el humo al techo. La verdad, me dice, es que un artista ahí adentro no puede respirar. Lo que es yo estaba sintiendo cierta agitación que, contra mi voluntad, se tradujo en un suspiro. No quería por nada del mundo que Dorel imaginara que me aburría. La mirada de Giuseppe me tenía inquieta. Eso era lo que me estaba pasando. Lo demás me tenía sin cuidado.

Dorel se levantó a cambiar la música. Quería oír a Brassens, porque no ha habido en Francia nada mejor que él en décadas, dijo en tono de desafío. Nadie recogió el guante. Pauline había entrado a la cocina. Yo hundí mis ojos en la profundidad del vino de Bordeaux que reposaba en mi copa. Creía sentir la mirada de su *fiancé*, Giuseppe. Levanté la vista y lo busqué: estaba riendo con Clarisse, que tocaba su pie descalzo con el otro. El salón en que estábamos tenía los techos altos y la iluminación era baja e íntima. El sofá Chesterfield de cuero gastadísimo combinaba con flamantes sillas Vasili que me hicieron pensar en garzas. A mi espalda una estantería de haya blanca llena de libros de poche subía hasta el cielorraso.

Brassens: *Le singe, en sortant de sa cage / Dit: «C'est aujourd'hui que je le perds!». / Il parlait de son pucelage, / Vous avez deviné, j'espè-*

*re! / Gare au goril...le** Giuseppe me estaba mirando con una semisonrisa. Brassens: «*Bah, soupirait la centenaire, / Qu'on puisse encore me désirer, / Ce serait extraordinaire, / Et pour tout dire inespéré! / Le juge pensait, impassible: / Qu'on me prenn' pour une guenon, / C'est complètement impossible... / La suite lui prouva que non! / Gare au gorille!...».***

Me tenté de la risa y escondí mi boca en una mano. Giuseppe me apuntó con el dedo. Pasamos a la mesa de comedor verdosa, estilo provenzal, que estaba a un costado. Brassens en otra canción con voz grave e irónica: *Mourir pour des idées, l'idée est excellente...**** Giuseppe, enfrente de mí, sin preguntar rellena mi copa. No me mira. Observo su chaqueta de terciopelo negro, su pelo abundante y blanco sólo sobre las orejas, la frente arrugada mientras se concentra en mi copa, las finas líneas radiales que parten de los ojos, su boca chica de labios gruesos que se recuestan el uno sobre el otro, la nariz sobresaliente, audaz, delgada, viva –una nariz que se diferenció de la del mono hace billones de años–. Vuelvo a la leve y elegante curvatura de esa nariz que termina dividida en dos, igual que su mentón. Tengo veinticuatro años, me digo. Debe de tener cuarenta y tres. Es un viejo, me digo. Brassens: *Mourrons pour des idées, d'accord, mais de mort lente...*****

Pauline en una de sus idas y venidas de la cocina me invitó a hablar de Chile. La *soupe à l'oignon* me quemaba la lengua. No recuerdo qué dije. Recuerdo que Giuseppe me propuso una idea: invitar a Lech Valessa, el líder sindical polaco, invitarlo a hablar en Chile de *Solidaridad*. A todos les encantó el proyecto. A mí también. Pero todavía más el francés con acento italiano de Giuseppe y, más que nada, que se le hubiera ocurrido una idea para mí. Pauline me aseguró que toda la prensa europea

---

* «El simio, al salir de su jaula / dijo: "¡Hoy en día la pierdo!". / Hablaba de su virginidad, / lo habrán adivinado, ¡espero! / ¡Cuidado con el gorila!...» *(N. del E.)*

** «Bah, suspiró la centenaria, / que todavía puedan desearme, / eso sí que sería extraordinario, / y por decirlo todo, ¡¡inesperado! / El juez pensaba, impasible: / que se me tome por una hembra, / eso es completamente imposible... / A continuación ¡comprobó que no! / ¡Cuidado con el gorila!..» *(N. del E.)*

*** «Morir por las ideas, la idea es excelente...» *(N. del E.)*

**** «Muramos por las ideas, de acuerdo, pero de muerte lenta...» *(N. del E.)*

iría tras Valessa, que desde luego ella no se lo perdería. ¿Lo dejaría entrar la dictadura? Todos hablaban a la vez y yo no entendía nada. En el guirigay sólo distinguía los *donc, bon, quant même* y *voilà*. Giuseppe deja caer más Bordeaux en mi copa. Sus ojos grises vuelan y se posan en los míos como puede hacerlo un pájaro en una rama. La rama se remece pero lo sostiene.

Dorel retira los platos sin dejar de hablar. Habla del *Broken Kilometer* de Walter de Maria. Lo conocía por fotos, claro, pero tener esas hileras de varas de bronce alineadas delante de uno es otra cosa. La pureza, dice, de esa distancia plegada. Después fueron con Walter, dijo, a un bar chino al que se llegaba a través de un restorán sushi. *Très New York, tu sais*.

Giuseppe desaparece a preparar el café. ¡Brassens me aburre!, grita Clarisse. ¡Antiguallas de los cincuenta que le gustan a Dorel!, ríe Giuseppe desde adentro. Clarisse pone a Paco de Lucía. Empieza a bailar flamenco. No lo hace mal, la verdad. No sólo ha tomado clases. Tiene garbo. Trae a Giuseppe de la mano. Giuseppe se resiste y al fin hace un amago de bailar esa soleá, es un esbozo de zapateo, es un asomo, la llama ya se enciende, la posición del tronco, el gesto de los brazos y la cara son exactos, la pasión y la intensidad están ahí, pero casi no se mueve, es sólo la posibilidad, la insinuación del baile. Se interrumpe riendo a carcajadas y vuela a servir el café.

Giuseppe, le digo, nos has bailado un baile imaginario. ¿Te gustó?, me dice con la boca llena de risa. Me llega su perfume maderoso. Viene de hacer un documental en Sudáfrica. Hay una manifestación callejera, me dice, llega la policía, traen rejas que se ensamblan rápidamente y cercan a los manifestantes ahí mismo, como si fueran animales. Estamos conversando mientras comemos un camembert muy pasado casi líquido sobre rebanadas delgaditas de manzana. Giuseppe me las prepara y me las pasa. Imposible mejor junto a ese cabernet de Bordeaux. Ahora nadie nos interrumpe. Me habla del parque Kruger, de una pareja de leones que vio haciendo el amor como leones, me habla de que vio leones maricas, *pour tout dire inattendu,* y sí, me dice, riendo, *anche tra i leoni ci stanno i culatoni,* incluso entre los leones hay maricones, y me habla de un programa que ha visto en la televisión, de una leona que vive con su macho y dos cachorros entre unas rocas. Llega otro macho. Luchan. La hembra acude a defender a su macho. El recién llegado mata al otro y derrota a la hembra. En algún momento, ella se rinde. Entonces él ataca a los cachorros –la madre se incorpora y los defiende, pero al final se vuelve a rendir–. El león vencedor mata a los hijos ajenos y se queda con la madre. Ella lo acepta. Me dice con ojos perplejos, con ojos de niño: Un drama de Sófocles, *n'est-ce pas?* Excúsame, ya vuelvo, dice, voy a ir al baño a hacer... una bella pipi. Nos reímos.

Miro atentamente el Bordeaux de mi copa. Giuseppe, que regresa, me pregunta qué veo ahí. Me encojo de hombros. No sé, le digo. Me gusta, le digo. Su sonrisa me hace esconder la mirada en lo hondo del vino.

De repente, soy la única en la mesa del comedor. Miro alarmada a mi alrededor. Dorel y Clarisse se están yendo, me digo. Sí. ¿Me despedí de ellos? Sí. Giuseppe y Pauline los están despidiendo en la puerta. Oigo las carcajadas llenas y seguras de Giuseppe. Pauline me hace un gesto divertido y se mete a la cocina. *Voilà, la plus belle!*, me dice Giuseppe y se sienta a mi lado. Se inclina muy cerca de mí. Pauline está al lado, me digo. La mano de Giuseppe en la piel de mi cara, su mano en mi cadera. Me estremezco como una niña. Pauline aparece en cualquier momento, me digo, y nos sorprende. Pero con dos dedos recorro su pantorrilla hacia arriba hasta que el pantalón me frena. Su mano coge mi cabeza y nos besamos. ¿Por qué te demoraste tanto?, murmuro en su oído. Su sonrisa entra por mis ojos y se me hunde en el estómago. Es un vértigo que no puedo resistir. Nos besamos de nuevo. Me separa de él bruscamente.

Pauline se acerca a retirar la mesa. ¿Alcanzó a vernos? Le ayudo. Pídeme un taxi, le digo. Sí, me dice, está lloviendo y hay viento. Llega sin demora. Tomo mi paraguas. Giuseppe, a mi espalda, le está diciendo que mejor no, que tiene que hacer temprano mañana, que es muy tarde, que compartirá el taxi conmigo. Están ya en la puerta y los veo besarse en la boca con ternura. Ella cierra, y él me besa a mí. Corremos escaleras abajo tomados de la mano. Entramos al taxi riéndonos como chiquillos haciendo una travesura. Los pelos blancos del pecho asoman en su camisa y él me mira sonriendo con los ojos. Su alegría, no sé por qué, me enternece. El coche simón de Madame Bovary, me digo, mientras nos besamos y volvemos a besar arrastrados por una pasión rápida.

Bastó la luz de afuera en la ventana empañada. El farol entre los castaños que perdían sus hojas en la lluvia. Me saqué los zapatos en la alfombra. Nos besamos de pie, nos mordimos suavemente las orejas, nos miramos largamente a los ojos. Era casi de mi mismo porte. *Sei come una pantera,* me dice acariciando mi pelo. Lo que te hace tan atractiva, me dice, es que no te das cuenta de tu atractivo. Me besó. Me sujetó y me besó con amor y yo sentí sus labios jugando en mis pezones y me eché para atrás sujeta por él de la cintura y me desequilibré, que era, supongo, lo que quería ya que la cama estaba ahí mismo, y caí sobre ella y él encima ahora con hambre, y yo luchaba debajo de él por sacarme el pantalón y también por sacarle su camisa y me di vuelta y desde arriba lo logré y sentí su musculatura dura todavía y sentí sus manos en mis muslos y más y lo sentí y sentí que resbalaba una mano por debajo de mi elástico y sentí un chapoteo casi y me avergoncé remucho y sujeté su mano en la mía y sin embargo lo empujé para adentro y estaba sobre él y me moví apretándome mucho a él por más sentirlo, más, y entonces me fui, la muy hueona, me fui de golpe, no aguanté más, me fui, te juro, y no pude hacerme la lesa, porque me fui con todo.

Entonces tomamos agua y lo desnudé entero y lo besé de la cabeza a los pies y él me besaba y me detenía para besarlo donde yo me imaginaba que a él le gustaría más y mi imaginación iba cambiando y él suspiraba y a ratos quizás gruñía o eso era lo que yo me imaginaba. Y lo monté y quería que él se fuera ya y yo volvía a sentir y pensé que se había ido y me salí y no y así nos estuvimos queriendo hasta que pegajosos de sudor él se fue por fin y nos dormimos y ya empezaba a clarear entonces.

Entré a la pieza de mi hotel poco después de la siete de la mañana. El Cuyano esperaba despierto y muy preocupado por mí, me dijo. Me pidió explicaciones. Me largué a reír y él comprendió. Un par de horas después volaba a Marsella, donde nació Antonin Artaud. Me reuní en la puerta de un café con un contacto de ETA. Yo llevaba una cajetilla con cinco cigarrillos en los que iba un mensaje. Por supuesto, nunca supe qué decía. Sólo sabía que siempre hubo hermanos nuestros de origen mapuche –como el Cabro del Día–. Muchos participaban, además, en organizaciones de su pueblo. El contacto era estrecho. Eso interesaba a los etarras. Y los etarras interesaban a nuestros mapuches.

Volví a París ese mismo día y me fui directo al departamento de Giuseppe. *Voilà la plus belle!*, exclamó al abrir la puerta. Descorchó un Moët et Chandon y preparó en su minúscula cocina una *omelette* con champiñones que le quedó exquisita. *Je n'ai jamais aimé que vous*, me dijo. ¡Qué mentiroso!, grité. Es un verso de ese viejo Brassens que te gustó tanto, protestó riendo. Y como prueba puso en su equipo la canción *Il suffit de passer le pont*.

Esa noche, te digo, fue la mejor de mi vida. Nos separamos a las ocho de la mañana. Me dolía la piel al despegar mi cuerpo del suyo. Y sus ojos estaban llenos de lágrimas.

Regresamos a Buenos Aires y a Chile por tierra. Era más seguro. Nunca me enteré de qué hizo el Pelao en esos cinco días en Francia. Pauline nunca escribió su reportaje y el contacto con ella se cortó. No supe más de Giuseppe hasta muchos años después.

17

Nuestra organización funcionaba como un cuerpo alimentado por los «vínculos» o «puntos de contacto». Si el «punto» era con nosotros, el Espartano tenía que llegar el último de todos y se sentaba siempre con la espalda contra el muro y en el lugar de mejor visibilidad en caso de ataque. Recibía órdenes de Max, su jefe directo, a través de una enlacera. ¿Quiénes eran? ¿De dónde salían? ¿Quién las reclutaba? Nunca lo supe. Las que me tocó ver eran mujeres frágiles, entre sesenta y setenta años, vestidas sin lujo ni pobreza y que se desplazaban por las calles de Santiago con digna lentitud. Casi siempre llevaban su cartera al brazo y una bolsa con algunas verduras, un trozo de queso, una botella de aceite, un par de manzanas, qué sé yo. Muchas veces me tocó sacar del bolso un libro o un cuaderno que contenía un sobre con el mensaje cifrado del Espartano. El teléfono público se usaba en casos extremos. Las viejas portaban la señal de reconocimiento y luego dejaban caer el santo y seña. Por cierto, jamás decían un nombre. Ellas configuraban el sistema circulatorio. La mayoría había pertenecido al viejo partido proscrito, eran jubiladas, viudas... Alguna quería vengar a su marido, otra a su hermano, o a una hija violada o asesinada o al sueño vencido.

¿Quién había arriba del comandante Max? No sé. Estaba también el comandante Iñaqui. Era importante. Hasta ahí llegué yo a saber. En la cúspide de la pirámide, el comandante Joel. Había también un hombre que, ya sabes, ocupaba el puesto de «enlace general», y al que todos llamaban «el Hueso».

Teníamos reuniones de instrucción y adoctrinamiento a las

que por seguridad llegábamos compartimentados. Nos subían a un auto con la vista vendada y nos llevaban a una casa a la que no sabríamos cómo volver. A veces, toda la reunión transcurría con nosotros ciegos. En tal caso, cuando entrábamos, el hermano que nos hablaría ya estaba ahí esperando. Lo contrario de lo que ocurría con nuestros demás jefes. Nos decían: El comandante Iñaqui está aquí en la pieza y los espera. Y empezaba a hablarnos muy bajito, se le oía apenas y, poco a poco, iba subiendo el volumen sin llegar jamás a gritar. Su voz era insinuante, serena, íntima y llena de silencios. Una voz intensamente personal. Había un poder hipnótico en ella. Al rato ya era imposible no sentirse cómplice. Una quedaba envuelta y dada vuelta.

Una tarde nos habló del color rojo. No lo olvido. En San Petersburgo, en los comienzos de la revolución, en febrero de 1917, contó, cuando la gente salió a las calles los cosacos fueron enviados a restaurar el orden zarista. En la Perspectiva Nevsky, no lejos de la catedral de Kazán, un escuadrón detuvo a la multitud enfervorizada. Todos pensaron que iba a comenzar una matanza. Entonces una joven surgió de la muchedumbre y se acercó digna y pausadamente a los cosacos. En medio de un silencio lleno de expectación, la muchacha sacó debajo de su manto un ramo de rosas rojas y se lo ofreció al oficial. La gente observaba estupefacta. El oficial se inclinó en su caballo y aceptó el ramo. La multitud gritó entusiasmada. Por primera vez se oyeron gritos a favor de los «compañeros cosacos». Entonces dejaron pasar a los manifestantes al centro de San Petersburgo. Fue un momento decisivo. La Revolución de Octubre comenzó así, con el color rojo de ese ramo de rosas rojas, dijo. Vendría después la sangre roja derramada. La palabra «rojo» *(krasnyi,* en ruso), nos dijo, se relaciona con «hermoso» *(krasivyi)*. El lugar de los iconos en una casa rusa, el lugar de lo sagrado, era rojo. Lo rojo-hermoso, nos dijo, tiene poder. El rojo será hasta siempre el color de la revolución: *«krasnyi».*

18

La mujer de anteojos y lápiz Bic examinó el pasaporte argentino trucho que le pasé. A través de las rejas y sin hablar, me mostró en su calculadora cuántos pesos compraba con los doscientos dólares que le había entregado. Yo asentí. Tecleó con dedos de uñas romas, moradas, y me pasó por la escotilla el recibo para mi firma. Canelo estaba detrás de mí, lo sentía respirar. Me fijé en las yemas de mis dedos, en sus capas transparentes de cola fría y miré la hora: la una y treinta. Según nuestra información, todos los días, a esa hora exacta, a la una y treinta, un empleado, un hombre de pelo blanco, traje oscuro y andar pausado, abría la pesada puerta que daba a las dos cajas protegidas del público, salía de la casa de cambio con un portafolios de cuerina y se iba directo al Banco de Chile a depositar cheques viajeros y otros documentos.

En la otra caja, a mi izquierda, una pareja de personas mayores con acento alemán. Estaban cambiando tranquilamente su dinero. Los atendía un cajero pelado de unos cincuenta años. No había más clientes. El lugar había sido bien escogido por los que hicieron la planificación.

El señor alemán tosió. Tos de fumador, pensé, y entonces el grito áspero de Canelo me paralogizó a mí como a todos los demás. Lo vi cubierto con su pasamontañas y me puse el mío, vi mi croquis extendido en la mesa del comedor de la casa de seguridad, mis rejas, mi esbozo a lápiz de la puerta, vi al empleado de pelo blanco dibujado con una palidez real ahora en esa puerta real que coincidía, y que miraba el revólver del dibujo con ojos de espanto, ojos que nadie sería capaz de dibujar. Vaciló un instante con la puerta junta antes de abrirla y entregarse a Canelo retrocediendo con las manos en alto y sin desviar los ojos del cañón del Smith & Wesson. El cajero lo imitó sin titubear.

Yo sentía que me estaba demorando y trataba de apurarme, y no podía, me seguía demorando como en una película de cámara lenta, y había un silencio engañoso y pensaba que tenía que sacar mi arma sin demora y no podía porque mi mano me obedecía con tardanza. Pero al fin entré, entré por el pasillo detrás de las cajas siguiendo a Canelo y encontré en mi mano una Beretta temblona que ya estaba amenazando a la cajera. Ella observaba atónita sin soltar su lápiz Bic. El silencio se había llenado de pronto de ruidos insoportables. Las órdenes destempladas de Canelo y Cabro del Día. Y Cabro del Día venía empujando a la pareja alemana. Pero no sólo era eso. Todo sonaba demasiado fuerte. El empleado de pelo blanco y el cajero y la pareja de alemanes desaparecían por el pasillo interior, encañonados por Canelo. Estaba planificado que los encerrara en el baño y montara guardia. Sería eso lo que estaba haciendo, supongo. Ese portazo brutal, sería eso. Miré mi reloj: no pude leer la hora. Miré las cámaras barriendo el local, el botón rojo siempre encendido. Cabro del Día pasó por mi lado con la horrible cicatriz que le habían fabricado en la frente como camuflaje y me pareció que daba un brinco. Yo estaba en una nube, sin arriba ni abajo. ¿Qué hacía él? Ah, recordé, se devolvía a vigilar la entrada y cerrar el negocio. Eso decía nuestro plan.

¿Y yo? Yo tenía encañonada a la cajera del lápiz Bic. Ella, obedeciendo a mi voz de garganta sin saliva, hacía girar pacientemente los relojes de la caja Bash. En esos años, así eran las cajas de seguridad que había en Chile. Y miré y vi el reloj de la pared, un reloj grande y circular con un segundero movedizo y saltarín. Su impertérrito tictac se me hacía insoportable. Había que apurarse. Cuando se abrió, la puerta metálica de la Bash tendría unos doce centímetros de ancho. La mujer del Bic estaba por vaciar el billetaje en mi cartera. Pero no se decidía. Pese a mi Beretta, que seguía temblando algo, no mucho, mientras yo intentaba estabilizarla. Algo absurdo, me decía, en una combatiente bien adiestrada, como yo. Las capas de cola fría se desprendían de las yemas de mis dedos. Debo de estar transpirando mucho, me decía. La cacha de la pistola está pegajosa. Se me debe de estar corriendo la pintura, me decía.

Ahí hay treinta mil, susurró ella, e indicó los fajos de dólares. Los vi tan nítidos. Los colores brillaban, las letras y números eran de una exactitud asombrosa. Esos billetes viejos, abrazados por sus elásticos, vibraban con una intensidad nueva. Lo malo era que la mujer, pese a mis órdenes, era demasiado lenta. Tomó un fajo. Yo padecí cada milímetro de ese viaje impreciso que hizo su mano regordeta de uñas moradas hasta mi cartera. Fue un viaje largo y torpe, te lo aseguro. Y faltaba el otro. Algo exasperante, dada su lentitud. Y todavía otro más. Y después, los billetes de pesos. Varios millones. Cuatro y tanto, dijo. Cuando oí el sonido del cierre de mi cartera, sentí que mi corazón palpitaba y palpitaba marcando el tiempo con ritmo de tambor solitario.

Pero ahora me estaba diciendo que no, que no tenía las llaves del closet. Y yo repetía la orden y ella negaba con la cabeza y me decía que no, que las llaves de ese closet las manejaba sólo el gerente y el gerente, claro, había salido. Esto no estaba en los planes. Ella estaba «arreglada». Fue lo que nos dijeron. Miré la cámara del muro de la puerta con el botón rojo encendido. Lo que había que hacer era obvio. Por algo se había escogido este local. Había que llevarse la cinta a como diera lugar. Tal como estaba planificado. Y había que hacerlo antes de que algún cliente quisiera entrar, sospechara, y diera aviso a la policía. Estábamos en la oficina del gerente. Le golpeé los dientes con el cañón de la Beretta. Sonaron clarito. Sonido de dientes. Le repetí que abriera, que abriera de cualquier manera. La puerta del closet tenía un pequeño orificio por donde entraba el cable. Ella me hizo sacar de su cartera una lima de uñas y comenzó a desarmar la chapa con dedos nerviosos. Me asomé a mirar el reloj de la pared: el segundero seguía avanzando a saltitos inquietos. ¡Apúrate, mierda!, dije. Oí un grito y un golpazo: el closet estaba abierto. Camilo lo había abierto de una patada. Ahora la alarma –lo sabíamos– empezaría a sonar a los veinte segundos. Y entonces llegaría la policía. A los seis minutos estarían aquí, tenderían el cerco y empezarían a buscarnos por las calles. En ese momento yo ya tenía que estar adentro de un taxi corriendo por Moneda hacia el poniente. Ella se arrodilló. Yo miraba esos botones y lucecitas azules y amarillas en la oscuridad del closet. Yo buscaba con ansiedad la que dijera «Eject». Yo pensaba: están pasando los segundos aunque yo no los sienta, están pasando y ella no encuentra la tecla «Eject» y yo tampoco encuentro la tecla «Eject». Yo pensaba: no deben de quedar más de diez segundos para que se encienda la alarma, no deben de quedar más de nueve, y todavía no doy con la tecla. Sentí un ruido de engranaje interior, sordo, apretado y corto. Una pausa. Luego otro que terminó abierto y seco. Esperé. Sentí mi corazón golpeando como un segundero. Sentí un ruido áspero y arrastrado. Ella hizo un movimiento brusco y yo le acerqué la Beretta a la cabeza. Giró lento hacia mí con las manos arriba. En la izquierda tenía la cinta y me la pasó. Ahí estaba lo que habían filmado las cámaras. Entonces algo me desconcertó. Algo me arrancó de mi mente. El alarido de la alarma había destruido ese pedacito de tiempo en que estábamos metidos. Pasó a ser lo único que ocurría. Se metía al cerebro como trepanándolo. La policía. La policía se desplegaría por la ciudad tras nosotros.

Metimos a esa mujer con los demás en el baño. Camilo los gritoneó, que el que nos siguiera, dijo, se encontraría con un tiro entre los ojos, dijo. Botamos al suelo los pasamontañas y salimos. Camilo adelante, después yo, y más atrás Cabro del Día protegiendo la retirada. Antes de cruzar el umbral miré la hora en mi reloj. Habíamos estado adentro algo más de tres minutos.

Y había visto algo él que yo no vi cuando me gritó: ¡Corre, corre! Porque cuando eché a correr hacia la calle Moneda zigzagueando entre la gente, como nos habían enseñado, escuché, como te dije, su Smith & Wesson .44 y, después, las Cezetas de 9 milímetros, pero no la ráfaga de nuestro AK. Y había un hermano, Samuel se llamaba, apostado afuera de la casa de cambio cubriéndonos a Canelo, a Cabro del Día y a mí con un Kalashnikov disimulado bajo el abrigo amplio. *Era la única arma larga*, diría el análisis de situación contenido en nuestro informe: *Nunca más sólo un hombre con arma larga. La lucha ha pasado a otro estadio.* Mientras yo zigzagueaba por la calle peatonal alcancé a pensar que el AK-47 de Samuel estaba en silencio porque nos había entregado. No fue así. A Samuel, esto vine a saberlo mucho después, Canelo lo vio caer. Fue justo en el momento en que salíamos de la casa de cambio. Samuel se derrumbó sin alcanzar a emitir un sonido.

La calle estaba llena de gente a esa hora. Una señora y un joven dieron su versión a la policía. Y había dos centinelas nuestros. Uno, Rafa, al frente de la casa de cambio, vigilando las salidas hacia Ahumada y hacia el norte, hacia la calle Moneda, que era la ruta de emergencia. Y el otro, el Puma, controlando hacia el sur, la ruta que daba a la estación de metro y por la que estaba planeado que nos retiráramos a tomar un taxi. Rafa y el Puma, que escaparon, escribieron un informe para la Dirección. En el informe se mencionaron los nombres de los héroes muertos en combate, Canelo, Samuel y Cabro Díaz, y de los sobrevivientes, Rafa y el Puma. También se dio cuenta de que yo había sido capturada por el enemigo.

A Samuel, según el informe, lo atacaron desde atrás en el preciso momento en que se acercó a la puerta de la casa de cambio para darnos protección. Tenía que recorrer con la mirada a nuestros dos centinelas, que le harían los gestos convenidos que significaban «normalidad» o «peligro». Samuel debía repetirle la señal a Canelo y cubrirnos con su Kalashnikov, capaz de alcanzar con facilidad un blanco humano situado a trescientos metros. Es confiable esa arma. Para disparar en ráfaga es lo mejor. Su manipulación es tan sencilla. Me conozco esa arma de memoria. También los AKMS polacos, los de culata plegable, que son un poco más livianos. La que llevaba ese día Samuel pesa cargada algo de cuatro kilos y trescientos gramos. Tiene treinta tiros en su cargador. Pero Samuel, recordaría Rafa, se dobló violentamente hacia atrás y se fue contra la espalda de un hombre que giró y se agachó. Su AK cayó al piso mientras él movía desesperadamente las piernas. Varias personas de civil, indistinguibles de los transeúntes, agentes por supuesto, rodearon el sitio y nadie pudo ver cuando el cuerpo de Samuel resbaló al suelo.

«Garrote» llaman a este método en los manuales de inteligencia. Dejan caer sorpresivamente una soga corta y delgadísima sobre el cuello y tiran fuerte. El hombre se va de espaldas, cae pesadamente sobre la espalda inclinada que le ofrece su asesino y se estrangula. Una forma de homicidio silencioso. Nunca logré averiguar quién fue ese asesino. A Samuel lo remataron con un disparo con silenciador apenas tocó el pavimento. A los dos días, en una casa de seguridad nuestra, que estaba desocupada, apareció su cadáver. Suicidio, se dijo. Nadie creyó.

Entre tanto Canelo ya había abierto fuego contra el que se le venía al frente y la gente se desperdigó entre gritos y carreras. En la curvatura de la calle, una saliente del edificio le sirvió de parapeto. Al principio no supo a quién disparar porque lo que veía era el cuerpo de Samuel doblado bruscamente y a un hombre debajo escudado en su cuerpo. Se replegó, cubriéndome. Otro agente lo apuntaba desde el lado que da a Ahumada. Hacia allá dirigió su siguiente disparo.

Después la escaramuza se hace más borrosa. El Hueso, dicen, se involucraba personalmente en estas reconstituciones de la escena del combate. Quería extraer lecciones. Nuestro adiestramiento se basaba, en parte, en relatos de distintas refriegas. Se trataba de que el combatiente imaginara el tipo de situación que podía tocarle. El problema era, claro, que no había una escaramuza igual a otra. Con todo, el estudio de estos casos, de nuestras fallas y aciertos, nos alistaba para el día del combate. La mayoría de nuestros combatientes –como había sido mi caso hasta esa mañana– se pasaba años y años sin ver al enemigo en posición de tiro, sin sentir el silbido de una bala buscando su cuerpo, es decir, sin someterse a la prueba de la realidad. Disparar a alguien de carne y hueso y que está armado es diferente que hacer blanco en una botella que cuelga de la rama de un árbol, tú comprendes.

Me preguntaba cuán verídicas eran las composiciones de lugar como éstas. Nunca se sabría. El Espartano perdía la paciencia cuando alguien como yo le planteaba objeciones epistemológicas. Se había habituado a actuar rápido tomando riesgos y sin esperar certidumbres. A mí me parecía que el relato que se nos entregaba omitía y censuraba dudas e hipótesis alternativas. Era una versión seleccionada y depurada de lo que la memoria era capaz de restituir. Hubiera preferido una interpretación más abierta y contradictoria de los hechos. Yo sospechaba de tanta precisión. Porque empezaban por advertirnos que un baleo callejero era un episodio confuso, fugaz y que se recordaba a trazos. Nadie estaba fuera de él como para tener una visión de conjunto. Pese a la advertencia inevitablemente proponían, llevados por un voluntarismo falaz e invencible, una concatenación ordenada de los hechos, con un comienzo, un desarrollo y un final. Yo insistía en mis reparos de graduada en literatura francesa.

La única respuesta que recibí del Espartano alguna vez fue algo así como: hay que intentar una narración coherente, completa y objetiva de lo que ocurrió. Un ideal inalcanzable, lo sabemos. Pero como ideal es irrenunciable. Su utilidad se comprueba en la praxis. Y entonces, dando el asunto por superado, sacó un habano del bolsillo de su chaqueta. El Espartano contempló su capa con tranquilidad, la olisqueó y olfateó luego el tabaco mismo y empezó a palpar el habano, gozando su consistencia de tapón de corcho. Es un Uppman, me dijo, un Sir Winston, quizás lo más equilibrado que yo haya conocido en aroma, sabor y fortaleza. Tiene el tiro muy amplio. En las caladas –no en las primeras, claro, que son más que nada para encender– luego sientes notas cafeteras y de cacao. Debe fumarse con profundo respeto, te digo. Me ofreció el que le quedaba. Otro día, le dije. Lo encendió apaciblemente con una cerilla de cedro y lo cortó después. Un humo espeso de aroma tenaz envolvió su figura.

Según el Puma, nuestro Cabro del Día fue el que baleó al agente que amenazó a Canelo por delante. El hombre cayó de boca contra el pavimento. Una mujer flaquita y bien vestida, que surgió de repente entre los transeúntes que huían despavoridos, una mujer que podría haber sido una joven secretaria, sacó del portafolios un arma corta y mantuvo el fuego. Canelo y el Cabro retrocedían hacia Moneda. Retrocedían de a poco y disparando, cada uno pegado a su pedazo de muro. Y los muros de esos edificios se descubrían llenos de protuberancias y escondrijos que les permitían ese repliegue. La que le dio a Cabro del Día fue ella. Según las informaciones de prensa, un proyectil le entró por el ojo izquierdo. Otros dos le perforaron el abdomen. Rafa y el Puma, nuestros centinelas, se batieron hasta que cayó Canelo. La calle se había vaciado y sólo quedaban agentes disparando en ráfaga. Nos habían tendido una celada.

El fuego ahora venía desde arriba. Eso los obligó a protegerse. Rafa dice en su informe que recuerda a un hombre de traje de calle y lentes oscuros, pegado al edificio, buscando a Canelo. El Puma dice que no lo vio, que estaba concentrado en los techos, donde distinguía uno que otro jockey negro y anteojos oscuros que aparecían y se escondían con una detonación. El hombre de traje oscuro se disimulaba en una saliente a la entrada de una oficina y pegado al muro trataba de llegar a la puerta siguiente. Dice que Canelo le disparó dos veces. El hombre siguió avanzando. De pronto, ya estaba demasiado cerca y tenía un arma sujeta a dos manos. Le tiró al pecho. Imposible no dar a tan corta distancia.

Canelo se derrumbó. Intentó incorporarse. Rafa y el Puma –porque esta escena final sí que la vieron ambos– dicen que alcanzó a poner una rodilla en el suelo cuando le llegó otra ráfaga a boca de jarro. ¿Sería una muerte innecesaria después de todo? Terminaba más o menos así el relato en la carta mensual de nuestro comandante Joel: «...a causa de una bala que perforó la arteria, saltó con fuerza hacia delante un chorro de sangre caliente y viva. El agente enemigo dio un salto atrás. Canelo se tumbó seguro de haber sido un héroe, seguro de que en nosotros seguiría existiendo siempre. Según los mapuches Canelo es un *am*, es decir, vive y come y celebra y combate con nosotros mientras su recuerdo esté entre nosotros. Un héroe al brindar su vida sigue vivo siempre».

19

Por supuesto, esta reconstitución la leí meses después. Estaba sola en mi caluroso departamento de Carlos Antúnez. Las paredes, creo haberte dicho, eran muy delgadas y oía el rumor constante del televisor de mi vecina. No terminaba de instalarme todavía. Había cajas y maletas por abrir. Me metí a la cama y no pude llorar por Canelo. Me pasé el día entero entre las sábanas sin comer, de cara a la pared.

Canelo era flaco, largurucho y tenía el pelo liso, rubio y corto, como milico. Me encantaba pasarle la mano por ese pelo bien cortito y duro, pelo de cepillo. Me gustaban sus ojos de un verde muy claro. Éramos como amigos y nos acostábamos de puro amigos. No era que nos quisiéramos con locura y fe de enamorados. Era más bien una forma de acompañarnos mientras nos perseguía la pasión del miedo. Todavía siento, a veces, en mis manos la huella de sus hombros huesudos, de sus costillas en las que yo jugaba a tocar piano hasta que le daban cosquillas. Su sonrisa era un poco tímida. Nos besábamos harto, pero sin hambre salvaje, más bien con ternura. Era un hombre tierno. Por nadie he sentido una ternura como la que me despertaba Canelo. Confiaba en él. En nadie he confiado más que en Canelo. Aunque traté a veces de defenderme. No quería ser una mera pieza en el proyecto de Canelo.

Como te digo, ni siquiera estaba enamorada. Éramos compañeros de lucha. Pero algo en mí repicaba y me iba diciendo que si no fuera por él no lo haría, que me había adherido a él y a su lucha como la hiedra al muro. Mira, el lugar común machista que acabo de usar. Al no estar él, lo que yo era se desvanecía.

Por eso me angustió tanto no poder sentirme reconfortada con lo que decía nuestro comandante en el informe. Su retórica se me hacía insoportable. Mi desafección abría una rendija. Sus frases rechinaban en mis dientes como, a veces, con la tiza en el pizarrón. Sentía rojas las orejas recordando que yo me había tragado chorradas como ésas. Y cumplía mis deberes como una niña y me sentía exigida y me culpaba tal como cuando me castigaban las monjas del colegio y me llenaba de paz aceptar mi culpa y arrepentirme era una alegría. ¡Por la mierda!... Canelo no estaría siempre vivo entre nosotros porque nosotros moriríamos sin pena ni gloria. *Y esa sangre caliente y viva...* No. Nos irían matando como se fumiga a las hormigas.

Yo lo sabía, yo había estado en sus mazmorras. En lugar de ser héroes estábamos destinados a ser unos extremistas desubicados y medio inventados por los militares, unos ingenuos que dan lástima. La vanguardia de combatientes que inaugura un mundo nuevo se convertiría en un rebaño de víctimas, la punta de lanza de guerrilleros y héroes pasaría a ser un hato de corderos sacrificados. Y, después de todo, quizás no era el poder lo que queríamos sino oponernos a todo poder –quizás no habríamos sabido hacer nada con el poder salvo perderlo–. Y esto era, entonces, quizás lo que sin querer queríamos: ser los corderos de un gran sacrificio y que quedara memoria de él en el altar de la historia para que otros, venideros, se identificaran con nosotros y nos resucitaran.

¿Y si el presidente Salvador Allende lo que hubiese querido al vaciar el AK –el AK que le regaló Fidel– en su propia boca, hubiese sido evitar nuestro sacrificio sacrificándose él por todos nosotros? ¿Un Cristo, entonces, revolucionario, masón, entonces, y ateo, devoto del «materialismo histórico»? ¿Te parece que desvarío, que me insolento, que me aparto de los porfiados hechos? Permíteme algunas inexactitudes, algunas improvisaciones de la imaginación, que pueden ser más iluminadoras que *el fetichismo de los hechos.* A veces la interpretación se adelanta a los datos. Mal que mal me has dicho que quieres sacar de aquí una novela. ¿O ya te has convencido de que mejor no? En fin, hay otra hipótesis, más apegada a la historia real. Tú sabes, le mandó un mensaje a Miguel Enríquez, el jefe del MIR, el líder de los que sabían que la vía armada era inevitable y se alistaban para ella. Se lo envió momentos antes de morir. Ahora es tu turno, le dijo. Quiso decir el de Miguel y el de los que pensaban como él.

Sin embargo, al final, gana el crucificado y el opio de su iglesia de pobres peregrinos en la tierra. Se instala el tabú a la vía armada. *El no poder vengarse se llama no querer vengarse.* Y mientras tanto, en el valle de lágrimas, los ricos atesoran más y más riquezas. Y, bueno, que *los corderos guarden rencor a las grandes aves rapaces es algo que no puede extrañar.* Claro, ellos saben, pobrecillos ricachones, que más fácil es que un camello pase por el ojo de una aguja a que un rico entre al reino de los cielos. ¡Ay, qué susto! Nos habían enseñado que el poder brotaba *de la boca de un fusil...* A los pocos años, *la debilidad fue transformada mentirosamente en mérito* y los biempensantes se estarían preguntando como tú y entornando los ojos: ¿Pero de qué guerra, de qué revolución, de qué insurrección hablas tú, dime? Nos entrampó la *venganza del impotente*, su *venganza imaginaria.*

El parte policial dio cuenta de un «enfrentamiento armado» en el que «fueron abatidos dos extremistas y un oficial de los servicios de inteligencia». Otro dos «fueron heridos a bala y se recuperan en el Hospital Militar». El lugar estuvo acordonado unos cuarenta minutos, transcurridos los cuales no quedaba ni una gota de sangre en el piso. Los vidrios rotos de la casa de cambio y de las oficinas de la esquina de Ahumada se repusieron esa misma tarde. Cuando se deshizo el cordón se llenó de gente de oficina. Desde que una delgada soga cayó sobre la cabeza de Samuel y le agarrotó el cuello hasta que yo fui apresada, habían pasado cuatro minutos y medio. Ése fue el tiempo estimado por nuestros centinelas. Según los combatientes más experimentados, la refriega había sido muy larga. La gente no se imagina: normalmente un baleo en zona urbana no dura dos minutos.

20

Y que no hubo ni guerra ni guerrilla, dices tú ahora, que no, dicen tantos hoy. Apenas acciones aisladas de sabotaje y algunos atentados. Grupúsculos insignificantes y, además, ineficientes. Y eso es lo que te han contado y lo que has leído, yo sé. Nada hubo, repites, capaz de amenazar el terror del orden establecido. Entonces el sacrificio de los nuestros fue en vano.

    ¿Y qué quieres que te conteste desde la cama en este hogar de Ersta? ¿Qué te habría zampado a la cara el Espartano? ¿Qué nos decían entonces los informes? Aquí tengo uno que guardé. Lo tengo a mano porque sabía que me ibas a preguntar esto. Quiero contestarte con hechos, quiero ser meticulosa contigo en esto. ¡Ja! Ya lo ves, me he preparado para esta entrevista. Bueno, te dije, serán cinco horas. Puedes tomar notas, si quieres. Yo te tengo este jugo de frambuesas. Me gusta cómo lo hacen aquí, es natural, no le echan azúcar ni nada. No está mal, ¿no? Entonces escucha, mientras te tomas este jugo de frambuesas:

    «Se profundiza el conflicto armado: en los últimos meses hubo doce atentados a torres de alta tensión y subestaciones del tendido interconectado de Endesa en Talca, Osorno, Quilpué, Renca, La Reina, Río Negro, Santiago, Concepción y Valparaíso que mantuvieron cada vez por unas seis a ocho horas a gran parte del territorio a oscuras; nueve voladuras de la línea férrea en Osorno, Chiguayante, Río Negro, Concepción, Valparaíso y San Miguel; catorce ataques con explosivos o bombas incendiarias a recintos municipales en San Miguel, Quinta Normal, Quilicura, Pudahuel; cinco expropiaciones a bancos, tres de ellas simultáneas con el objeto de reunir fondos para actividades revolucionarias; ataques con bombas incendiarias a supermercados en Pudahuel y Conchalí; dos explosivos en válvulas de gas frente a industrias en Santiago; Radio Revolución interfirió la señal de Televisión Nacional interrumpiendo la transmisión del Festival de Viña del Mar a nueve países y por cuatro minutos la voz rebelde y antidictatorial llegó a los millones de chilenos y chilenas que sintonizaban ese canal; emboscada y ametrallamiento de patrulla policial en Pudahuel; asalto e incendio de un bus de Carabineros por comando de la resistencia; siete enfrentamientos con agentes de la represión que intentaban detener a milicianos allanando sus casas, en varios de ellos los combatientes brindaron su vida antes que caer prisioneros; grupo de combate se reúne por dos horas con el pueblo de la aldea de La Mora y explican que para derrocar al tirano no queda otra que tomar los fierros... Se les planteó que una de las tareas del momento es el desenmascaramiento de los reformistas y socialdemócratas. Tal como ocurrió con Somoza en Nicaragua o con el Sha en Irán, las componendas están condenadas al fracaso. El ilusionismo electoral conduce de la colaboración a la subordinación de clase, y del diálogo a la claudicación...».

Así eran los informes que nos llegaban. En fin, yo te podría mencionar algunas acciones espectaculares y de veracidad innegable como el ajusticiamiento del general Urzúa, intendente de Santiago, el del coronel Vergara, director de la Escuela de Inteligencia, y la fallida guerrilla de Neltume, misiones que llevó a cabo el MIR. Y, más tarde, el intento de tiranicidio del Frente Patriótico en el camino a Melocotón: falló por un pelo. Y, ya en la democracia espuria que vino a continuación, los secuestros del hijo del dueño del diario *El Mercurio* (antes se había secuestrado al coronel Carreño y al niño Cruzat, hijo de otro magnate) y los ajusticiamientos del «Wally», el *killer* de los años más negros de la dictadura, del general Leigh, uno de los jefes golpistas –quedó vivo por milagro, pero tuerto– y del senador Guzmán, el líder de la derecha, asesinado al salir de la Universidad Católica. Y hay más. Por ejemplo, la fuga de varios combatientes desde la cárcel chilena de más alta seguridad, batiéndose a tiros mientras se elevaban en el canasto que colgaba de un helicóptero...

Es cierto: recibimos golpes y algunos golpazos quizás devastadores. Al Espartano le dolió en especial la muerte en combate del jefe del aparato militar del MIR, Arturo Villavella. Lo admiraba. Y, por supuesto, el descubrimiento del arsenal del Frente escondido en las cuevas de Carrizal Bajo.

Quiero y debo ser exacta: esas setenta toneladas de armamento pudieron haber cambiado la historia. ¿Sabes tú? Las gestionó personalmente en Vietnam el famoso general de Tropas Especiales de Cuba, Patricio de la Guardia. Viajaron de Vietnam a Cuba, de Cuba a Nicaragua y de Nicaragua al norte de Chile en el barco cubano *Río Najasa*. No quiero latearte con números, pero un escritor como tú no tiene por qué haberse enterado de esto y yo, te digo, debo ser exacta. Allí se hallaron, me acuerdo muy bien, 3.383 fusiles M-16 con su parque, 2.393 explosivos de TNT, más de trescientos lanzacohetes LAW y RPG-7, 2.000 granadas de mano... Un arsenal respetable para cualquier movimiento revolucionario en cualquier parte del mundo.

Después, la siniestra Operación Albania aniquiló a la dirigencia del Frente, privándola de varios de sus mejores y más experimentados oficiales. Canelo se habría enfurecido al ver que en las informaciones se presentaba a Juan Waldemar Henríquez y a Wilson Henríquez como simples ciudadanos opositores asesinados por la dictadura y no como combatientes que cayeron defendiendo con sus armas la escuela de guerrilla urbana de la calle Varas Mena. Ellos dos sostuvieron el fuego. Gracias a ellos pudieron escapar los otros diez combatientes que allí había. ¿Ves tú a lo que me refiero? Héroes transformados en víctimas; en lugar del honor, el lamento y la compasión; en lugar de leones, corderos... El tiranicidio y la rebelión, que justificaban incluso algunos sacerdotes, basados en antiguas teorías escolásticas, perdieron legitimidad moral y política. Estoy siendo demasiado literal, estoy siendo pedestre. Esto no sirve ni forma parte de la novela que quieres escribir, lo sé, es puro contexto documental. Vale.

Pero entonces hubo resistencia armada y no hubo. La sublevación no alcanzó su momentum. Encender la mecha bastaba para que los pobres de la tierra se liberaran del miedo y se levantaran. Ésa era la idea. Cuando sucede, los soldados matan y no sirve. *¿Y la belleza dónde estaba? ¿Vienes tú del cielo profundo o sales del abismo?*

Si la emboscada de aniquilamiento, en el camino a Melocotón, hubiera matado al tirano... Oye: ¿Te imaginas qué habrá sentido José Valenzuela Levy mientras lo tenía en la mira de su cohete LAW, esas décimas de segundo durante las cuales el Mercedes detenido fue un blanco seguro? Hubo, me han dicho, dos intentos fallidos anteriores. Pero nadie, salvo José Valenzuela Levy, vivió la experiencia que él vivió. Eso de tenerlo ahí, a tan pocos metros, en la mira de su cohete antitanque. Lo salvó el blindaje del Mercedes Benz, lo salvó el grito «¡Atrás!, ¡Atrás!» que repitió en la radio el jefe de la escolta y la rapidez de reacciones y habilidad del chofer, lo salvó el cohete LAW que no explotó: Clic. Clic. ¿Por qué no explotó? Fue la última oportunidad. Y está a la vista: no hubo derrocamiento sino transición, no se dio la épica de la revolución sino que un reformismo chato.

Aunque quizás yo sea demasiado dura. Quizás nosotros no supimos comprender. Años y años de dolor y odio y miedo cerval habían sembrado anhelos de hermandad y reconciliación y democracia y paz y transacción. Porque, como todo el mundo sabe, eso fue lo que terminó primando en mi patria: la búsqueda de una nueva amistad cívica. Aunque hubiera que tragarse la mierda. Nosotros nos quedamos fuera de eso, ¿ves?

Óyeme bien: que no te encajone la anécdota histórica que te cuento ni la estrecha geografía de Chile. Tú me estás mirando con ojos inteligentes, tú sabes que te estoy dando más información, más contexto político y social de los que necesitas para imaginar la situación, ¿no es cierto? Soy excesivamente prolija, soy obsesivamente detallista. Porque, en el fondo, todo esto está ocurriendo siempre. No quiero parecer presumida. ¿Qué estaría diciendo Clementina si estuviera aquí contigo? Ésta es sólo materia prima que tú debes transfigurar hasta construir una ficción. Y, por favor... Yo te hablo de un lugar moral.

¿Me entiendes? Yo te hablo de la verdad que vive en los mitos colectivos. Cuando leo de los prisioneros de Guantánamo, detenidos meses y meses sin juicio ni debido proceso, cuando veo en la televisión las fotos de los torturados en la prisión de Abu Ghraib, en Irak, yo creo saber de qué se trata, yo creo reconocer patrones y procedimientos. *Déjà vu.* Lo que nos hicieron en ese callejón perdido que se llama Chile, lo habían hecho antes los yanquis en Vietnam, y los milicos en Brasil, en Uruguay. Después, lo repetirían en la Argentina, en el Perú. Ahora le toca a los iraquíes... Los muyahidin lo saben.

Mira, ya nadie comulga con ruedas de carreta. Tú debes decirle a tu lector: usted está leyendo una novela, esto es mentira pura. Eso te estaría exigiendo Clementina. Y sigues contando a partir de ahí y lo haces de tal manera, con tanta magia, que él se te entrega y colabora. Y entonces tú, de nuevo, haces trizas su inocencia. La textura cede, se rompe como un saco roto, lo has traicionado. Era sólo otra ingeniosa mentira montada sobre la anterior, le dices. Y el lector se marea y nada le parece ni real ni irreal y queda apresado en tus abismos e invenciones, no tiene escapatoria, sólo puede seguir colaborando dócilmente en la otra, la nueva textura, la del nuevo saco, el nuevo manto que enmascara al combatiente... Esto eres si es que eres escritor: un engañador que desengaña para engañar una vez más. Es el poder, *mon chéri,* el ingrato poder que siempre se muestra enmascarado. ¿O no?

Entonces ganó la usura. Era lo que nosotros queríamos evitar con nuestra compleja relojería de simpatizantes, militantes, ayudistas y los cientos de combatientes que ingresaron al país con pasaportes meticulosamente falsificados y sus respectivas leyendas, y sus cursos de adiestramiento militar en Cuba, Bulgaria, Vietnam, Moscú o Alemania Oriental, y nuestras cargas de explosivos y mensajes encriptados en el papel de los cigarrillos, y nuestros AK-47, y nuestros mártires y remesas en dólares y pesos que recuperábamos de bancos y casas de cambio como lo hicimos cuando mataron a Canelo, a Samuel, a Cabro Díaz y a mí me capturaron. *Tú andas sobre los muertos, Belleza, de los que te mofas / De tus joyas el Horror no es la de menos encanto.*

No bastó. Los pobres eran demasiado suspicaces o cobardes o sabios. *Una humanidad de monos cobardes y perros mojados.* Demasiado realistas, de un realismo miedoso como el que se apoderó de mí cuando debí atravesar la calle Moneda y en lugar de eso me eché al suelo y esperé, rendida, a mi captor. Esa decisión rápida e irreversible se me impuso como la verdad de mí misma. Fue una traición, pero una traición sincera. Quiero decirte: mi traición provenía de la verdad. Pienso ahora que, en el fondo, ya no quería seguir con esa vida de combatiente clandestina, no quería seguir viviendo a salto de mata siempre a punto de ser descubierta, no tenía esperanza porque había perdido la fe en el pueblo, en su corazón revolucionario. Aunque me lo negaba, claro. Fíjate que esta palabra, «pueblo», se me atraganta ahora. La ironía de Brassens mientras yo miraba a Giuseppe y me fijaba en su nariz larga y tan viva en el departamento de Pauline: *Mourrons pour des idées, d'accord, mais de mort lente...* Yo quería vivir. Quería ir tranquilamente los sábados al supermercado y a la peluquería, peinarme y hacerme las uñas, comprarme ropa nueva e ir al cine. Quería pasar más tiempo con Anita. Claro, esto te lo digo ahora.

Corazones con un solo propósito. Por eso los admiré y por eso mismo los odiaría después y me odié yo. Esa sociedad de iguales en la que creíamos, no existiría nunca. El país de antes había muerto. Lo mataron. También se puede asesinar a un país. Era cosa de ver a los obreros. Antes alegres y apiñados adentro de los camiones, levantando el puño, rumbo a la marcha con banderas rojas. Ahora saliendo del Mall, los puños abajo, cargando bolsas y frustraciones de vuelta a casa. ¿Qué pedían? ¿Reconocerse contemplando vitrinas plagadas de objetos que no podrían comprar jamás? Eso ya es algo, un pedacito del sueño. La nuestra no es la única utopía. Siempre hay una, ¿sabes?

La mirada de su dueño se graba a fuego en la frente del sometido. Y el sometido se ve y empieza a existir desde esa mirada. ¿Cómo desprenderse de ella si es ella la que lo construye y sostiene? Pendemos sobre un abismo y el hilo que nos sujeta e impide caer es la mirada de nuestros dueños. Entonces ese tajo que te parte la cara y le da forma te da derecho al hacha, ¿comprendes?, te da derecho a meterles candela, ¿comprendes? ¿Tú querías que te hablara de política, no es cierto? ¿Tú querías entender nuestra postura de entonces, no es cierto?

Pagamos caro nuestro intento. Pagamos con la vida. O, como en el caso mío, con una perversión de la vida. Yo ese día en que me tiré al suelo en lugar de seguir huyendo sabía más de lo que habría tolerado reconocer.

Sabía que entre los nuestros cundían las divisiones. Había entrado el virus. Ya no sabíamos creer. La idea misma de esa comunión de iguales se fue diluyendo. ¿De qué se trataba ahora? La solución de los contemporizadores, que iban ganando terreno, era *darse apretones de manos con los jerarcas del régimen represivo tratando, claro, de no mancharse con la sangre fresca y negociar en sus salones con el lomo doblado.* Así se leía en nuestro boletín. Se convirtieron en *aliados objetivos* del dinero de Washington. Ganaron los señorones del gran negocio de la negociación «pacífica», esa trampa que la prensa del gran mundo aplaudiría con pies y manos, y le permitió al tirano morir en su provincia, pacíficamente en su cama. ¿Se imaginan que sin nosotros, que sin nuestros ataques, bombazos, heridas, suplicios y muertos sin ataúdes ni funerales ni tumbas se habría abierto un espacio para su cochina negociación? ¿No se dan cuenta esos timoratos de que sin las velas de hydrex que nosotros atábamos en la noche a cinco o seis metros de altura en las torres de alta tensión y hacíamos explosionar y entonces se sentaban las torres cortando los cables, que sin la súbita, tremenda y aterradora oscuridad que eso producía en Santiago entero, en medio Chile, no habría habido nunca protestas masivas? ¿No recuerdan que fue esa negrura anónima la que sacó al pueblo a la calle y aterró a la burguesía, a los propios soldados que no podían contener las barricadas y los saqueos? Fue entonces, sólo entonces cuando los señores de la usura decidieron que había que cambiar de caballo y ellos y sus lacayos comenzaron a buscar «una salida democrática pactada». ¿Que hubo desmanes y lumpen desbandado? ¡Por supuesto! La revolución libera los instintos. Aflora la crueldad con el amor libre, el canto con la basura en las calles, el odio con la poesía. La revolución es un desmadre. Es un torrente que si no te traga, te lleva.

Nosotros llamábamos a esas noches de barricadas, noches de los aucayes, de los alzados. Porque en esa oscuridad que nosotros producíamos se conseguía por unas horas la igualdad, y la ciudad volvía a ser de todos. Las fogatas transformaban la urbe impersonal y ajena de Santiago en nuestro quitrahue, nuestro lugar de fogatas, nuestro hogar. Despertaba del fondo oscuro de la raza esa fascinación primordial por el fuego y se reconocían las caras y genotipos a la luz de las llamas y en los silbidos agudos uno imaginaba el aullido fatídico de las pifilcas hechas con las tibias de los conquistadores españoles muertos llamando a la guerra ancestral y homicida. Eso es lo que ahora se olvida. Los milicos no se atrevían. En esas noches se entremezclaban el combate y el carnaval. El apagón creaba una situación de riesgo objetivo. Y pasaba sobre nuestras cabezas el tableteo de los helicópteros despedazando el aire con sus aspas filudas, haciendo temblar los vidrios, ensordeciéndonos con el insoportable ruido sucio de sus rotores, filmándonos con sus lentes infrarrojos, pero sin atreverse a bajar ni a emplear su metralla por miedo a una masacre, por miedo a los aucayes, a los alzados. La instrucción a los nuestros era no mirar al helicóptero para evitar la fotografía y la ficha. Tampoco a las cámaras de los reporteros gráficos que se multiplicaban en estas noches negras de apagón. Nos cuidábamos. Nos caracterizábamos, usábamos capuchas. Noches de aucayes, ésas sí que eran nuestras noches. Todo eso olvidan los amos del negocio de la negociación.

Bueno, entonces el ataque desde el ala cobarde y pragmática se redobló contra nosotros. Muchos de los nuestros se pasaron a esa posición, la mayoría. Para ellos ahora representábamos «la tentación maximalista». Nuestros actos «de sabotaje y recuperaciones de bancos legitimaban la represión». Queríamos sólo dar testimonio. Éramos profetas y nostálgicos, no políticos con futuro. Y, por supuesto, nuestro camino armado era «inviable». Ya lo habíamos oído antes. No es que el miedo les doblara las rodillas, eso no, es que ellos eran «realistas». Como si fuera humano renunciar a la esperanza, como si la realidad no fuera justamente lo que aguarda a que el ser humano le dé forma. Esto que nos proponían significaba: ahora no hay lugar para la belleza del héroe. Pero ocurre que la historia siempre deja espacio a los héroes. *Conocemos su sueño; lo suficiente / como para saber que soñaron y están muertos.* Los héroes son los que se labran ese espacio. Lo demuestra la muerte de Allende. En el último momento, él solo transformó una derrota política y militar en una victoria moral. Hizo de sí un héroe cuando parecía que ya no quedaba ni tiempo ni lugar. Porque *él tenía que morir antes de ver el rostro del tirano.*

Cuando Canelo se batió, como había sido ordenado, para proteger mi fuga avanzó él hacia la muerte, en lugar de ser atrapado por ella. *¿Y qué si un exceso de amor / los encandiló hasta que murieron?* Cayó luchando con un Smith &Wesson .44 Magnum en la mano. Ese revólver disparado a pocos metros levanta a un hombre del suelo. Tiene un poder de detención tremendo. Lo cogieron a Canelo, pero ya era un peso inerte, no un combatiente vivo. *Ángeles de fuego y de hielo.* Estuvo a la altura de nuestro juramento y de lo que se nos repetía en los informes mensuales que debíamos decodificar en cada célula y leer en voz alta. *Quien se deja tomar prisionero pone en peligro todo el aparato; quien se deja tomar prisionero enfrentará el suplicio y sólo retrasará su muerte que ocurrirá como el enemigo lo desea, sin dignidad y sin historia; quien se deja tomar prisionero rompe nuestro juramento y concede al enemigo una victoria moral. En cambio, quien muera en combate será dueño de una victoria moral que no le será arrebatada; su sangre será fuente de la historia.*

¿Lo creería así Canelo? Cumplió, no hay duda. ¿Pero no estaría él, desde hacía un tiempo, cortejando a la muerte como si fuese la solución? A veces, al verle la cara presentía que no duraría mucho, algo apagado en la mirada, no sé.

Entonces, como decía Canelo, como nos advertía a menudo en nuestras reuniones, se dio el escenario nefando, el que se daría si nosotros nos quedábamos cortos, si nuestra violencia revolucionaria no alcanzaba a contagiar a la masa sino hasta el nivel de la protesta, la barricada nocturna y el vandalismo. Eso lo intuyó Canelo y de hecho me lo comentó con melancolía pocos días antes de que lo mataran. En el fondo, fuimos tontos útiles, fuimos involuntarios compañeros de la ruta de la usura.

Ganó la pequeñez de los burgueses. Ganó su mezquindad, el egoísmo duro y frío que petrifica los corazones de los ricos y los hace sentirse buenos. Es injusto juzgarnos sólo por el desenlace. Perdimos, no hay duda, pero nos faltó una nada para ganar. Hay que percibir la ambigüedad que había en la situación ex ante. Hubo un momento en el que la historia nos abrió una puerta. Lo invisible, nuestro sueño, por un tiempo se detuvo latiendo en lo visible. *Hoy es el tiempo / que puede ser mañana...* Entonces no era espejismo. Aunque lo parezca así ahora. Pensábamos: somos lo que todavía no somos. El tambor hondo del Quilapayún marcaba el ritmo de nuestra invencible marcha. *... La luz, de un rojo amanecer, / anuncia ya la vida que vendrá.* Estaba por darse vuelta la tortilla... Los ricos comerían, por fin, mierda. Pero el amanecer se transformó sin más en crepúsculo. Y cuando lo pienso, todavía se me sube la rabia como espuma. Le pavimentamos el camino al traicionero y cochino pacto de los cerdos con sus matarifes. Ganó la Gran Puta del capitalismo, nos jodió la Gran Ramera. Y me pregunto: ¿no se dejó matar Canelo así como yo me dejé atrapar? ¿Y no sería por eso?

21

La obra de su vida fue su muerte. Ser héroe es eso. La combinación de dudas y ganas de creer se resolvió en acción. Me decía: No duele la falta de existencia, sólo duelen las balas. No era hombre sensual, te digo, Canelo. Era tierno en el amor, pero no ardiente. Le gustaba más el amor que las mujeres de carne y hueso. Pero había amado a una mujer muy tiposa, como diría un cubano. Eso ocurrió en El Salvador. Era la hija del boticario de Laguna. Una noche llegó como siempre, de improviso, a su casa de gruesos murallones de adobe –un guerrillero no se hace anunciar– y como no le abrían, saltó el muro y entró al patio: ella estaba con otro en la hamaca. La traición le llegó al alma.

Estamos acuartelados en una casa de seguridad, es de noche. Nos hemos comido un plato de tallarines con salsa de tomates y de postre, duraznos al jugo. Hablamos de lo que nos puede pasar. El clima es tenso. Estamos hablando muy en serio. Cabro del Día pregunta qué hay que hacer cuando se siente miedo, que qué se hace para sujetar el miedo. Canelo habla de una misión cumplida tiempo atrás: detonar una bomba en un banco. Con la voz opaca habla de que por desgracia murió ahí un niño, un niño de once años y una niñita de nueve quedó mutilada. Un ventanal del banco explotó hacia afuera justo en el momento en el que los niños iban pasando con su abuela. A la vieja no le pasó nada. El niño se llamaba José, dice, y la niña, Karina. Lo que le jode más es la niña que quedó mutilada, Karina. Se hace un silencio. El Pelao repite una cita de nuestro

Cristo violento. Nos la ha recordado el Espartano al encomendarnos el operativo que nos espera mañana: asaltar una casa de cambio. *Eso significa una guerra larga,* dice el Che. *Y, lo repetimos una vez más, una guerra cruel. Que nadie se engañe...* Son daños colaterales, ¿viste?, es lamentable, dice el Pelao Cuyano. No se pueden evitar... *Para nosotros* –y es el propio Lenin quien lo dice– *la moralidad está subordinada a los intereses de la lucha de clases del proletariado.* Y más nada.

Canelo, que se ha quedado muy callado, se endereza. Pienso, sigue diciendo sin hacer caso del Pelao, en lo que será la vida de esa niña, de Karina, sin la mitad de su pierna izquierda, y a veces veo el cuerpo despedazado de ese niño José. Siento la culpa y sin embargo..., y sin embargo hay que actuar, hay que enfrentarse al máximo riesgo por amor a la justicia, dice. Es lo único que redime mi culpa por esos niños inocentes: el peligro de morir. Nosotros no somos asesinos. Si mañana muero me igualo al niño José. Si no somos capaces de hacerlo quiere decir que Dios existe, hermano. Si no somos capaces de este sacrificio quiere decir que para poder dar la vida por algo hay que creer en Dios. Pero nosotros no creemos en Dios y daremos la vida por la justicia. Comprobaremos que Dios no es necesario. Yo fui una vez al Cementerio Metropolitano a ver la tumba de ese niño José. Hay un angelito grabado en la lápida. Me prometí ese día que yo sería capaz de morir. Por él, ¿saben? Y por esa niñita, Karina...

Algo más sigue diciendo, pero yo, simplemente, contemplo sus ojos limpios, su pelo que dan ganas de acariciar. Cabro del Día lo mira con sorpresa: ¿Y el miedo? Canelo le dice: No hay que pensar tanto. Si te dan, te dan. Coño, hay que meterles candela, no más. Al día siguiente, ya se sabe lo que pasó al día siguiente.

Para nosotros, la «Historia» –esta palabra tenía entonces mucha carga– daba la orientación a nuestras vidas, y la Historia era algo así como un largo peregrinaje colectivo y redentor, un duro y tortuoso Purgatorio que conducía al Paraíso. Pertenecer a esa hermandad, pienso ahora, le daba a mi vida dispersa una forma y una dirección, la incorporaba a un coro de peregrinos convirtiendo mis caprichos y azares y pequeñeces en destino y salvación. La gota de mi vida minúscula se transfiguraba al formar parte de un río. La nuestra era una Historia Sagrada. El revolucionario –pero ¿quién entiende hoy lo que era eso?– sacrifica su felicidad. Su muerte lo justifica y abre el camino a la Sociedad Nueva. Eso era creer. Como Canelo. Haber sabido morir fue la prueba de su convicción. La necesitaba. Y lo igualó, como él se prometió en la tumba de ese niño José, con sus víctimas. Me gustaría que pudiera seguir vivo para que contemplara su muerte como un artista su obra.

22

A los setenta y un días exactos de libertad, un Mazda blanco se detuvo a mi lado en la calle, a una cuadra de la casa de mi mamá. Yo venía de hacer una clase de francés. Se abrió la puerta, un brazo me tiró adentro, el auto arrancó y la venda me quitó la vista. Reconocí los gritos del Ronco y alcancé a divisar, sí, el pelo apelmazado, colorín del Rata. Me miraba con la misma sonrisa burlona. Mi propósito de venganza se desmoronó. Obedecí como un buey cansado. Me pusieron las esposas. No te imagines a dos hombrones. Por el contrario, ambos eran unos tipejos de esos que ni ves en la calle. El Ronco, como el Rata, era más bien bajo. Tenía una enorme cabezota, ojos chicos y apretados, manos grandes y patas cortas. Cuando se sonreía, cosa que hacía a medias, como a escondidas, asomaba por un lado su diente de oro. Pero yo en ese Mazda, como te digo, iba con los ojos vendados. Sentí un cansancio insoportable. No me había olvidado.

Cruzamos un patio y entré a un espacio cuyos contornos no podía imaginar. No era la Central. Me empujaron para que avanzara. Di algunos pasos y caí y me di en la cabeza y seguí cayendo y dando tumbos con las manos atrapadas atrás. Los carajos no me avisaron que había una escalera. Con el movimiento, las esposas se apretaron celosamente a mis muñecas. Me quedaron por semanas esas cicatrices. El Rata me insultó. ¡Hueona cochina! Una bota mantuvo mi nariz pegada a la poza en el piso. ¡Como una perrita!, rió el Rata. ¡Sói una perrita culiá, hueona hedionda! Una patada en los riñones me ordenó levantarme.

Entré a trastabillones a un cuarto que me pareció oscurísimo y estrecho y con olor a humedad. Fui derribada sobre un catre metálico. Me dolía la cabeza y estaba mareada. Las náuseas se iban y volvían. Pese a mi confusión comprendí muy rápidamente que aquí no estaba el Gato, que era de veras una presa clandestina, que estaba secuestrada en una bodega subterránea quién sabe dónde, que aquí no había estructura ni mando ni médicos ni nada, que mi vida estaba en manos del Ronco, que haría conmigo lo que se le antojara... Mis aspiraciones eran entonces mínimas, las de una babosa, las de un caracol. Me consumía el terror de ser reventada. Es la perplejidad que causa el miedo. Es lo que buscan: que todo sea impredecible. No sólo era mi historia la que me asustaba, eran sobre todo las de otras mujeres, las que había oído o leído, las que intoxicaban mi memoria. Recordé que nos habían aconsejado defendernos, patear, insultar, gritar...

Yo me desnudé en silencio obediente y hacía frío, un frío húmedo de lugar encerrado. Y naiden sabe que estái aquí, ¿vái cachando, conchaetumare? Yo tiritaba de frío y miedo hecha una perrita. Ya pu maraca meá, no nos huevís, y me ataron y hasta cuándo jodís, puta pringá, y me ataron y me pusieron de nuevo en la boca esa venda de tela gruesa y hedionda, y tú ya cachái, pu chuchaetumare de qué se trata, ¿o sói caía del catre?, ¿querís que te rompamos la raja con el culo de una botella quebrá?, y me afeitaron y me toqueteaban hurgando, sin deseo, y más encima seca la pulguienta, y riéndose con unas carcajadas duras y burlonas, tan remala pa la cacha que ha de ser esta huesúa sin gusto a ná, que no dan ni ganas por lo puro murienta y mala pu que es la hueona reculiá, y como quien le examina la dentadura a un caballo para saber su edad. ¿Qué se te hicieron las tetas, maraca? Más carcajadas. ¿Y no era ésta la que decían que era requeterrica, ricaepartirlaconluña, ah? Fue un roce áspero, brusco y doloroso, como si me desgajara, fue una apropiación agobiante a la que no opuse ni la menor resistencia. Después me llegó un golpe en el estómago con la cacha de una pistola. Ya pu, mierdosa. Por lo menos te gustará el aire, hija e puta. Me quedé sin aire mucho rato. Lo demás fue atravesar un túnel de dolores rápidos, agudos, insoportables, una travesía espantosa y oscura.

¿Cómo mierda encuentran animales como éstos? ¿Cómo los juntan? Respuesta que te daría hoy: No es que los salgan a buscar. Establecido el lugar de la impunidad delimitada –porque hay límites, hay sistema, la huevá no es un puro caos– se desata en el buen padre, en la hija de familia ese monstruo que llevamos dentro, esa fiera que se ceba con la carne humana. Pero para que eso ocurra tiene que haber una orden que tú acatas y te vuelve inocente. La pertenencia a la institución, larga y duramente trabajada, la disciplina, es lo que permite ese traslado de la culpa al de arriba, al superior en la jerarquía. Eso creo. Tiempo después, el Macha me diría: No es el hombre el malo; es lo que hace lo que lo vuelve malo.

La cabeza se me cae y rebota sobre el somier metálico. La cama te hace la desconocida. Como si tu propio perro guardián te atacara en tu casa. La tormenta hace de tu cuerpo un objeto extraño a ti y a la vez quien sufre eres tú, tú incapaz de obedecer las órdenes de tu cerebro. Si por lo menos pudieras controlar tu boca, si pudieras evitar esos choques de una mandíbula contra la otra.

El Ronco grita algo de mi hija, de Ana, dice. Ahora es un dolor sin partes. Anita, se llama la pendeja, grita el Ronco. La voy a ir a agarrármela a la salida de la Alianza Francesa, en la calle Luis Pasteur. Ahí, en ese colegio estudia tu cabra, ¿no? Mi memoria me trae esas palabras del Ronco, seguramente desde el umbral. El Gato me dice que mi primer deber es proteger a mi hija... ¿En qué momento llegó el Gato? Me estoy consumiendo. ¿Mi hija?, pregunto levantando la cabeza con una voz debilucha y de niña. Y de repente: Nooo, por faaaa...vor no... Nooo, imploro con esfuerzo, trato porque estoy a punto de desvanecerme.

Enderezo de golpe la cabeza: ¿Cómo saben de mi hija? Canelo habría pensado en ella. Se las habría arreglado para esconderla por un tiempo. Pero, ¿cómo se han enterado de ella? Me aterro: el Espartano tenía razón. Debí haberla mandado a La

Habana. Lo sabía. Era mi deber. Me fui demorando y demorando... Lloro de rabia contra mí misma. La veo saliendo con toda inocencia del colegio, jugueteando con sus amigas, sin pensar que esos hombres que se vienen acercando van a secuestrarla. ¡No! ¿Cómo han llegado a ella? Ha caído mi chapa, pienso. Cuando eso pasa es como si te hubieran muerto. Un combatiente sin chapa no sirve. Dejas de ser el fantasma que eras y te recome un miedo nuevo.

Doy un brinco y le pido al Gato que, por favor, corra a hablar con el Ronco, que le ordene que deje tranquila a mi hija, que Anita tiene sólo cinco años... Conforme, dice, voy a ver si alcanzo a pillarlo, dice. Lo siento levantarse con lentitud y salir de la pieza con pasos pesados. La puerta se cierra con un sonido seco.

Me despiertan las carcajadas frías del Ronco. Me debo de haber ido un momento. Están sentándose. Me alcanzó este Gato. Vamos a ver qué contái, gila maraca... El Rata me libra las manos y los pies. Lo siento respirar. Le pido agua y me dice que no, que está prohibido. Apoyándome en él logro incorporarme en el somier. Me quedo sentada ahí, desnuda.

Lo que ha ocurrido es simple. Me fotografiaron. Al ingresar detenida la primera vez, me sentaron en una silla, esposada, y me fotografiaron. No lo recordaba, pero así fue. Después me entregaron el buzo de presa. Policía de Investigaciones recibió esa fotografía. Funcionarios grises y metódicos buscaron larga y pacientemente –en esos años el sistema no estaba computarizado– en el registro del Gabinete de Identificación hasta reconocer una foto que se me parece y, la suerte les ayuda, dan así con mi nombre y carné reales. Ha caído mi chapa. Eso me cocina: ubican a mis padres, su domicilio, mi trabajo. Rápidamente en la Central se enteran de que tengo una hija, de que estudia en la Alianza Francesa, ubicado en la calle Luis Pasteur, y, por supuesto, que la identidad con la que me he presentado es falsa. Todo esto lo reconstituyo después, por supuesto.

A ver, yo estaba preparada para el tormento –o creía estarlo, más bien– y mi deber, te repito, era aguantar cinco horas. Entonces podía cantar y ya no importaba. Mis compas se habrían hecho humo. Entonces sucedería una de dos cosas: o me soltaban o me mataban. Pero ahora yo estaba adentro por segunda vez, mi chapa había caído y mi manto había caído. Cuando eso ocurre, no sé, es una sensación de desamparo atroz, es incomparable. No hay defensa posible. Porque entonces tienen cómo chantajearme, empezando con mi hija y siguiendo con mis padres. Y yo no quiero que traigan a Anita; no quiero que me vea desnuda entre estos animales vestidos, desnuda entre ellos, depilada para el tormento. No tienen derecho a obligar a mi hija a verme en este estado, no, no tienen derecho a hacerlo. Pero, ¿qué es un derecho? Entre tanto, me piden nombres y más nombres, chapas, retratos hablados, casas, direcciones... Pero al final las preguntas reconducen al Hueso.

Los momentos se abren solos hacia atrás y hacia delante. En ese estado de angustia no encuentras refugio en ti misma ni en nada que te hayan enseñado. Nada tiene sentido. Sólo restan tus gritos sofocados a medias por el paño. Me roía como culpa, mi hija.

Detuvo al Ronco. El miserable Gato entonces se agiganta ante mis ojos vendados. Su voz me calma. Su memoria. Ya te lo he dicho. Nunca he conocido a nadie con esa capacidad de recordar cada detalle de un relato, hacérselo contar de nuevo y de nuevo hasta encontrar esos puentes levantados entre dos verdades, la inconsistencia, la mentira que te acusa y muerde. Y por temible que sea se hace cada vez más tentador verlo como un ser, en el fondo, bueno, o quizás, bello y cruel. Es más difícil aceptar que ese poder ilimitado esté en manos de un ser abyecto. Los malos son sus subordinados, como el Ronco, no él. Esa suposición me ayuda a resignarme. En el fondo de ese subterráneo hay alguien bueno, ese Gato invisible del que dependo, mi *deus absconditus*. Surgen unas ganas soterradas de salvarlo para que pueda salvarme. Lo malo es que se ha ido. Otra vez estoy a merced del Ronco.

Me sorprendo sin querer buscando la falta en mí. Es un dios implacable pero justiciero, cuya ira he de haber desatado yo. Se instalará así la culpa y con ella, la voluntad de sacrificarle algo como expiación. Brotará la atracción por colaborar con él. Es el miedo, por supuesto, pero un miedo transfigurado en remordimiento. El padre omnipotente no puede ser tan malo, debiera ser posible redimir mi pecado.

Apenas volví a escuchar, horas más tarde, la voz fingida del Gato fue un alivio, una alegría, una esperanza, y me entregué a su confianza llorando y maldiciendo lo que había sido. La culpable ahora era yo que estaba poniendo en peligro a mi propia hija. Eso les dije a gritos, descontrolada. Y entonces hablé. Hablé como si ya fuera una de ellos. Se me fue quien había sido. Me abandonó como puede abandonarte alguien al que amaste y has dejado de amar. Fue un cambio de piel, de lengua. Y eso no es inocente. Una no es nunca la misma en otro idioma. Hubo dolor, pero antes. Ya no. Mi confesión terminó siendo un vómito de odio a mis hermanos, a mí misma, la de antes. Todo sucedió más rápido y a la vez mucho más lento de lo que te cuento.

Cuando después me sacaron la venda y alguien, encapuchado, creo que era el mismo Ronco encapuchado o quizás el Rata, no recuerdo, no sé bien, me mostró la foto de mi hija, me terminaron de quebrar. Nadie dijo nada. Primero fue una foto y después un video, un par de minutos de video proyectado en una pequeña cámara de televisión que alguno de ellos enchufó y puso en el suelo: ella, ella saliendo del colegio con su faldita azul. Venía conversando con una amiga y la sentí reírse. Eso fue. Necesito que ella pueda seguir riendo, me dije. Entonces me rendí. Entonces me convertí en una de ellos.

23

Al salir de allí, de madrugada, tiritando de frío y tiritando de miedo, y sucia, sedienta, fétida y sufriente, por la orilla de la venda pude ver dónde me habían tenido: Dos carros rojos, relucientes, listos, esperando la alarma. Era un cuartel de bomberos. ¿Dónde quedaría? Nunca lo supe. En la Central recibieron mi ropa, que estaba asquerosa, y me dieron el mugriento buzo de presa.

Tomasa me aprieta un abrazo. ¿Cómo es posible que sigas aquí? Me dice que no, que a ella también la soltaron y la agarraron de nuevo. Me recuesto en el borde de cemento frío de la celda. Despierto: la misma celda, el mismo buzo fétido, la misma mugre transpirada en mi piel, el mismo pelo pegajoso. La misma mujer de los jeans que nos trae el mismo caldo aguado.

Tomasa canturrea bajito *Te recuerdo Amanda*... mientras va sacando un solitario. Me habla de un oficial a cargo del departamento de análisis. Lo encuentra atractivo y distinto de los demás. El Flaco Artaza es un verdadero agente de inteligencia, me dice. No como estos otros que son canallas a tiempo completo.

De repente me dice: Me han quebrado el espinazo y necesito que se me reconozca como alguien, al menos como la puta de... Da lo mismo quién. Me lo decías antes, le digo. No me oye o hace como que no me oye... Con tal de que tenga alguien a cargo mío, dice. Sin cafiche no se es ni siquiera una puta. Si pudiera hallar algo que ablandara y enterneciera a alguno de estos cenachos. Tendría, eso sí, que obtener algo a cambio. Una ducha caliente y calzones nuevos, por ejemplo. Estamos de vuelta a lo mismo.

Me sobresaltó el ruido de la cerradura. Estaba dormida. Habían pasado varias noches, no sé cuántas, interrumpidas sólo por la llegada del vaso de agua y de la sopa aguachenta del día. La misma guardiana gorda y de jeans me llevó esposada y punteándome con la luma en la espalda hasta el segundo piso. Vái a la oficina del famoso Flaco, me dijo. A Tomasa él le gustaba, creo. Eso pienso yo: que le gustaba. Yo sólo lo había visto pasar una vez, de lejos. Pasó por el pasillo a zancadas elásticas, airoso y displicente, con elegancia de jefe.

Al verme entrar así, le ordenó de un grito que me sacara las esposas. Él mismo me sacó la venda y a mí se me arrancó el llanto. Del pequeño refrigerador que tenía camuflado en un mueble sacó una lata de Coca-Cola, la abrió y me la pasó. Yo seguía llorando. Me vino muy rebién esa coca. Pero yo seguía llorando y me sentía hedionda. Con cada gemido me dolía tanto el pecho, era como si el llanto se abriera paso con el filo de un cuchillo.

El Flaco era un hombre de nariz aguileña y enormes ojos líquidos, azules y tristones. Se movía con una soltura desganada. Me pareció atrayente cuando lo vi por detrás, mano en cintura escribiendo con la otra en la pizarra. Piernas largas. Buena facha, el tipo. Me fijé en la argolla de matrimonio. Un hombre serio, pensé. Se le había caído el pelo. Tendría treinta y cuatro, no más, y ya estaba pelado como un papá; un papá con la piel joven y sin barriga. Me ofreció un cigarrillo. Conversamos. Sentí su mirada. Nadie ahí adentro me había mirado a mí. Él sí. No puedes saber lo que es eso, es el calor del nido. Me contó que había nacido en Valdivia. Echaba de menos el río Calle-Calle. Odiaba el Mapocho, me dijo. En eso coincidimos, le dije, y se rió conmigo.

En el pizarrón, un organigrama. En el casillero de más arriba, nuestro comandante Joel. Era la misma imagen que reproducían nuestros boletines internos: sus gafas que dejaban ver sus ojos serenos y achinados; su pelo negro abundante y peinado hacia atrás; la nariz y la boca, anchas; su barba, recortada. Era una imagen que nosotros llevábamos grabada. El Flaco notó mi turbación. Una línea vertical lo conectaba con «El Hueso», que aparecía sin foto. De ahí salían tres líneas que se abrían dando origen a casilleros con nombres y fotos –casi todas muy borrosas– de los que se desprendían otras líneas y casilleros. Con el tiempo aprendí que eran copias de esas fotos borrosas las que le entregaban al Macha. En uno de los casilleros reconocí a Tomasa.

Me pidió de un modo suave, respetuoso y convincente, que lo ayudara a rellenar los casilleros con nuestras chapas. Ellos bautizaban a mis hermanos con los nombres de las calles donde los habían ubicado por primera vez. Ahí lo acostamos y ahí lo levantamos. Así informaban, me dijo, los encargados del seguimiento. Nunca supe a quién llamaban «el Antonio Varas», porque en un edificio de esa calle lo habían visto quedarse a dormir la primera vez. La foto era demasiado mala. El gardeo les permitía, a veces, observar un «punto». Lo que mejor hacían estos infames era chequear. Pero también había hermanos que se habían quebrado. Y eso el Flaco quería que yo lo requetesupiera. ¿Tomasa? ¿Briceño? ¿Escobar? ¿Cuántos más habrían caído? Quien llegaba el último al «punto», ellos eso sí lo sabían, y se ubicaba en el lugar más seguro, era el de mayor jerarquía. Así reconocían a los jefes. Los complicaban, me fijé, las enlaceras, los despistaban esas benditas viejas. Y, miradas las cosas a la distancia, debo haber sido yo quien le dio al Flaco una explicación precisa de su función. Perfeccionó los seguimientos y la ubicación de los jefes. Porque era fácil darse cuenta de que ellos concurrían a pocos «puntos» grupales, pero a muchos con enlaceras.

El casillero sobre mi célula tenía nombre: «Príncipe de Gales». En un restorán de esa avenida nos habíamos juntado con el Espartano a comer tortillas españolas. Al lado de nuestra célula, una serie de apodos nuevos esperaban que yo los clasificara. «Gladiolo» era obviamente Rafa, porque su madre vivía en la calle Los Gladiolos, donde –¿te acuerdas?– yo le había dejado una nota que no respondió. Otros eran «Colorina Curinanca», «Cuadrado Curinanca» y «Narigón Curinanca». Qué manera de

146

gardearme, dije. Y todavía con lágrimas en los ojos me largué a reír, desconsolada, y presintiendo que esto era para siempre.

Por indicación del Flaco llamé a mi madre y le expliqué que tenía que partir urgente a París –a París, figúrate tú, a París que para mí era el amor de Giuseppe– como intérprete de una delegación de empresarios. La intérprete que iba a ir se había enfermado. Era urgente, era una oportunidad, estaba haciendo la maleta a toda carrera. Una semana, mentí, estaré fuera una semana. Me tembló algo la voz. Me despedí de ella y de Anita.

Relájate, me dijo el Flaco, relájate. Tomó mi mandíbula y la hizo girar bruscamente hacia la izquierda. Me crujió una vértebra y se me escapó un grito. Luego hizo lo mismo hacia la derecha. Volvió a crujir una vértebra. Me sentí mejor. Relájate, insistió, relájate. Se ubicó detrás de mí, me tomó de las piernas y me lanzó hacia el techo. En pleno vuelo crujió violentamente mi columna vertebral. Como si se hubiera quebrado. Lancé un chillido. Pero fue un dolor rico. Él me recibió dejándome delicadamente en el suelo. Y así terminó esa primera conversación con el Flaco. Me dieron un jabón y me permitieron bañarme. Si supieras la maravilla que fue sentir esa agua calentita de la ducha resbalando con la espuma del jabón por toda la piel de mi pobre cuerpo.

Al día siguiente, el Flaco me citó de nuevo a su oficina. Me tenía una sorpresa: una *palette de maquillage* Lancôme. Así dijo él y a mí me encantó su gesto y el empeño con que mal pronunció el francés. Eso me fascinó: poder maquillarme de nuevo. Almorzamos juntos. Era algo tarde y el casino estaba casi vacío. Yo lo miraba tratando de no mirar. Su sonrisa me derretía las rodillas. Me estaba invadiendo una dulce languidez y se me escapaban bostezos. Se me secaba la boca. Se le habían quedado sus cigarrillos en la oficina. Fuimos, después de almorzar, a buscarlos y ahí lo besé. Fue un impulso. Lo besé con una calma exquisita y él supo adivinar que cualquier apuro lo estropearía todo.

24

¿Me creerías si te dijera que más de alguna salía de su calabozo de noche a bailar y a besarse con sus carceleros en alguna discoteca y que eso fue parte del horror? ¿Me creerías que Tomasa y yo lo hicimos, que a veces, como unas Cenicientas, llegamos alegremente al Oliver a tomarnos un Chivas Regal tras otro, que también fuimos a esa casona de muros de adobe y techos altos en una parcela de Malloco?

El Flaco me sacó en su Volvo flamante y –¡casi me olvido!– me llevó primero a la calle General Holley. Había muchas boutiques finas en esa calle entonces. Me regaló un montón de cosas. Yo despreciaba estas ropas, estos espejos, estas boutiques hechas para halagar la piel y los ojos. No calzaban con el espíritu acerado que exigía nuestra lucha. Pero ahora quería verme bonita, quería sentir que era una mujer capaz de volver locos a los hueones de los hombres. En Privilege, escogí sin asomo de duda un pantalón negro con su chaqueta de terciopelo y una polerita de lycra imitación leopardo que se me apegaba al cuerpo (el original, me dijo la vendedora, era un diseño de Versace). Compramos un par de anteojos oscuros. De ahí nos fuimos a Mingo a buscar unas botas de cuero suave y brillante. Estaba dichosa. Me sentía como una niña chica recibiendo regalos del Viejo Pascuero. Nunca en mis años de combatiente clandestina me habría puesto ropa así. Toda esa austeridad nuestra, te digo, la mandé al carajo. ¿Me estaría volviendo medio puta? ¿Yo? ¿La niña tímida educada por las monjas? Temblaba palpando la sensualidad de esas telas. Después, comprobando cómo las medias emparejaban las irregularidades de la piel dejando sólo la geometría esencial de mis piernas. Las medias haciendo conmigo, me dije, un trabajo estilo Cézanne. Y con la polerita de lycra contemplaba mis pechos en el espejo como si fueran yo misma. Pensé: si existiera el alma, estaría en mis pechos.

Fue el Flaco, te digo, el que me sacó al Oliver. En una mesa del fondo estaba Gran Danés. Yo lo había divisado de buzo deportivo en la Central. Tomasa encontraba que era el más guapo. Aunque, como te he dicho, le parecía más atrayente el Flaco, quizás, por cierta elegancia muy suya. Gran Danés estaba con una joven de ojos intensamente celestes y ropa de marca que le sonreía como gata siamesa acariciando su barba de tres días y su largo pelo rubio. Le hizo una seña al Flaco y se largó con su gatita drapeada a él, enorme como era, sorteando con elasticidad las mesitas apretadas del pub. Se fijó en mí y ahí, en ese mismo momento, vi que el Flaco me miraba inquieto y que mi polera de leopardo lo ponía loco. Los ojos se le iban a cada rato a donde te imaginas. Y gustarle me gustaba y me hacía moverme y reírme con mucha más gracia de la que tengo. Creo que soy más bien fomeque, pero esa noche, no. Estaba radiante.

Al salir del Oliver, el Flaco quiso comprar una botella de Chivas para llevársela. El mozo dijo que no. El Flaco, molesto, se levantó de la mesa y fue a hablar con no sé quién. Dos minutos después un señor que se me presentó muy solícito como «el gerente», nos despedía en la puerta. Nos llevábamos como regalo de la casa una botella de Chivas recién abierta que nos fuimos bebiendo en el auto, sin vaso ni hielo, directamente del cuello de la botella. Eran sorbos cortos y mi lengua recogía cada gota de alcohol dorado con fascinación.

La primera vez que me llevó a una disco –una de tres pistas que estaba de moda y quedaba, creo, en la calle Recoleta– me desaté como no lo había hecho nunca. Bailando rápidos muy lento, en plena pista, aprovechando la oscuridad y la cercanía le metí la mano al bolsillo y después le bajé un poco el cierre y deslicé una mano y lo agarré de ahí sin dejar de bailar. Eso me mató, me diría él después. Y esa cosa crecida y gruesa y firme la causaba yo, y me gustaba gustarle y me gustaba él porque me gustaba gustarle tanto y que me mirara con esos ojazos tensos y brillosos. Esa cosa me quería a mí. Y él me quería entonces así, con esa cosa tremenda y siempre extraña y que se levantaba curvándose al final para mí. De eso era yo capaz. Y, claro, cualquier otra también. Los hombres son así, lo sé. Pero en ese minuto era yo y esa cosa durísima de piel estirada y exigente y suavísima era para mí y nadie más. Y era él y no era él, y era mío y no era mío.

Y después, en su Volvo, yo era como no era yo y él era como no era él, y me gustaba eso de ser otra y de ser el Flaco otro con esos ojazos azules que me irradiaban y esa leve sonrisa, a la vez alegre y tensa, otro que era él, otra que era yo, apasionada, y con una necesidad apremiante de envolver en mí a ese Flaco íntimo y secreto que salía ahora a la luz con su torpeza que me daba risa y gusto y me hacía esperar y temblar. Y cuando estaba él acostado de espaldas y yo, entregada, levantada, me movía sobre él sintiéndolo, era angustiante que siguiera ahí y también que no fuera a seguir estando ahí o que no hubiera estado antes, siempre, y el aire se hacía poco y entonces vivir era querer siempre más aire y que faltara siempre.

25

El Flaco pagó mi entrada. Varios billetes. Un lugar harto caro, pensé. Le entregaron una llave que se metió al bolsillo. Me pasó un antifaz tipo «Zorro», pero rojo, y un colero. Eso le dio mucha risa. Recoge todo tu pelo adentro de ese tarro de pelo, me dijo riendo. Me gustas más con el pelo corto, me dijo. Y me besó la nuca. Él se disfrazó igual a mí.

Tomasa iba con un amigo del Flaco, Mauricio. Era un hombre grandote, de nariz corta y ojos pequeños, calvo, bastante barrigón, chaqueta de cuero negro brillante y jeans grises que sujetaba con un grueso cinturón con hebilla en forma de herradura. Nunca supe bien en qué trabajaba. Estábamos en una vieja casa patronal acondicionada como discoteca, y había oscuridad y champaña y, bueno, jovencitos bailando con hombres machotes y mujeres y mujeres-hombres y hombres-mujeres abrazando a hombrones y mujeronas, y uppers y poppers, sí, y, de la blanca, claro, algunas líneas y eso, y luces encendiéndose, breves, y apagándose fragmentando los cuerpos y música a todo dar.

Los hombres que voy distinguiendo a mi lado son recios, seguros, cálidos, masculinos, pero no sé por qué vulnerables, y prefieren jeans estrechos, botas y casacas de cuero negro, y debajo poleras sin mangas o, simplemente, nada. Muchos usan el pelo corto o afeitado o muy largo, larguísimo, y hay antifaces y gorros y sombreros. ¿Serán camioneros, militares, traficantes, bailarines, motociclistas, cafiches, artistas? ¿A qué juegan con ese aplomo y ternura? El mito del macho cae como una sombra sobre ellos. Les permite inventar un papel en este escenario en que estamos. Porque esta fiesta –lo noto de inmediato en mi cuerpo que al caminar ya baila– ocurre, si es que ocurre, en un tiempo que será breve, un abrir y cerrar de ojos, y en un espacio cerrado, metafórico, onírico y fugaz.

Puedo contarte lo que se me antoje. Como todo lo que pasaba en esa discoteca de Malloco. Puedo ser otra. Eso era lo fascinante. Porque ahí descubrí que no era lo que yo creía ser. El Flaco Artaza me llevó, te digo. Me llevó volando en su Volvo plateado con olorcito a nuevo. ¿Por qué? ¿Por qué necesitaba ir él y conmigo? ¿Y me ves tú, maravillada, en la barra de mármol negro de esa disco francamente *louche* con las botellas de todos los licores brillando, iluminadas al frente mío y tomándome un piscosauer con el Flaco, que sonríe mientras yo me río sola porque sí, fascinada de mi perfume, fascinada de mis pechos que presionan los sostenes Triumph –que compramos juntos, por supuesto– y sobresalen y yo contemplo de reojo desde arriba? En este momento me gustan tanto que querría tomarlos con mis manos y pasárselos delicadamente como si fueran dos tortolitas, dos conejos nuevos, dos ciervos nacidos recién.

Al salir de esa casa imaginaria el cielo de amanecida era de sal. Regresamos con Tomasa agotadas y yo sentía que subía mi angustia por mi esófago: ¿Qué pasará hoy? Y volvimos al calabozo. Al entrar vimos al Chico Escobar y a Vladimir Briceño. Iban esposados y vendados. También a ellos los habían agarrado de nuevo.

En la puerta del *Infierno* del Dante está escrito: *Deja toda esperanza tú que entras.* Yo vivía así. Había perdido toda esperanza y todavía no moría. En ese estado de abatimiento veía yo a muchos. En esos calabozos los consumía la desesperanza. Porque habían jurado combatir hasta morir antes de entregarse y los habían capturado vivos; habían jurado no flaquear y habían flaqueado. La crueldad del enemigo los había enredado y vuelto locos de espanto. ¿Qué tenían por delante? Si los soltaban no volverían a ser nunca los que habían sido. Sus hermanos los mirarían con recelo. Debían hacer una autoconfesión. Podían castigarlos y deshonrarlos. En cualquier caso, y por razones de seguridad, por un largo período, como me había ocurrido a mí, quedarían excluidos de cualquier misión de riesgo. ¿No estaban advertidos de que era mejor morir que caer en manos del enemigo? El bautismo de sangre de los viejos cristianos lava toda mancha y permite entrar directo al Paraíso. Los muyahidin, ¡vaya que lo saben! Las miserias de toda una vida se borran en un instante y para siempre. *Todo cambiado, cambiado por completo: una belleza terrible ha nacido.* Pero no habían estado a la altura.

Entonces vegetaban carentes de propósito y enfermos del alma. Sufrían –sufríamos– sin remedio. Aunque los celadores y los interrogadores ya no les hicieran nada. Habían terminado con ellos y una noche cualquiera los matarían o los largarían a la calle como a perros sin dueño. Habíamos estudiado para héroes y ahora teníamos cuerpos de jalea y añorábamos una muerte que no habíamos sido capaces de provocar.

Junto con la primera claridad del día empezó a invadir mi sueño el dolor de cabeza. Sentía la boca seca y tragaba saliva y seguía igual de seca. Al abrir los ojos en la semioscuridad de mi celda pegué un grito de animal salvaje. El corazón se me salía por la boca y yo seguía gritando. Trataba de parar y no podía: Tomasa colgaba de un barrote del ventanuco. Los ojos fijos brotaban como saliéndose de la cara hinchada. Se balanceaba lentamente. De la oreja manaba un hilillo de sangre. Cuando abrieron la puerta y la bajaron vi que se había ahorcado con un grueso cinturón negro de hebilla metálica en forma de herradura. El de Mauricio. No dije nada.

26

Entrego la dirección de una casa de seguridad. Ahí nos concentramos la noche antes de partir a cumplir la misión en la que caí prisionera. Calle Zenteno, entre Sargento Aldea y Pedro Lagos, confesé, y cuando lo hice, un temblor me remeció la cara. Se abría una grieta. La jarra estaba rota.

Nos estacionamos a unos cincuenta metros de la casa –el Rata al volante, y atrás el Ronco y yo, con un pasamontañas–. Llegaron un taxi Fiat y una Toyota azul de cuatro puertas. Uno de hombritos angostos y nariz quebrada, una mujer con la polera negra bien apretada a sus pechos y otro tipo con pinta aindiada treparon a los techos aledaños. Un hombrón inmenso y ágil pegó un salto, flameó su melena rubia y la puerta cedió con la patada. Era Gran Danés, el que me había topado en el Oliver con la mujer de ojos de gata siamesa. Una flacucha como laucha entró con la CZ en la mano, y tras ella ese Gran Danés de pelo rucio golpeando sus hombros. Desde el furgón, con mi pasamontaña puesto, yo recién empezaba a ubicar a esta banda. Después, silencio. El tiempo se me hizo largo.

Me hicieron bajar para recorrer la casa. El Ronco me preguntó cómo podía demostrar que ésa era una casa de seguridad. No había pensado en eso. No había nadie, salvo una vieja medio sorda. ¿Nos estái mintiendo, otra vez, conchaetumare? ¿Querís que empecemos toitito de nuevo? Mira que el Gran Danés no ha venido aquí a perder el tiempo... Ya viste las patadas que pega...

No le respondí. Me fui directo al closet de una pieza pequeña, al fondo, me arrodillé en el suelo, desprendí tiritando una tabla y quise decir: aquí. No me salió la voz. ¿Qué?, dijo el

Ronco. El de hombros estrechos y nariz chueca me miró inquieto con sus ojeras azules. Era el Mono Lepe. La mujer de la polera negra apretada, Pancha, Pancha Ortiz, se acercó sin miedo pero con precaución. Sus manos diestras y seguras, sus dedos carnosos, sin anillos y de uñas cuidadas, abrieron la bolsa plástica negra, sellada con huincha aisladora: eran dos largos y oscuros y flamantes AKMS calibre 7,62 de culata plegable, fabricados en Polonia. Me dan ganas de acariciarlos, me dijo Pancha con una sonrisa buscadamente sensual. Pero no puedo antes del examen de huellas dactilares. Hay armas que son bellas, ¿no encuentras tú? ¿Y sería posible separar esa belleza de su función?

Vi salir quejándose, esposada y con la vista vendada y a empujones, a la pobre vieja medio sorda que le daba manto a esa casa. Yo, desde mi pasamontaña, ya estaba metida hasta el cuello en esta guerra sucia.

Hubiera querido ser Sherezade. Hubiera debido serlo. Pero una vez que hubo caído mi chapa no supe seguir inventando.

Así empecé a colaborar y colaborar será delatar a los hermanos, darle –contrita– sus nombres a tu confesor, al Flaco o al Gato. Más que nada al Gato. Hay un vértigo en la delación. Literalmente uno se da vuelta. Y confiesa y llora y cuenta y llora nombres, fechas, lugares marchitos. Y al hacerlo desaparece el miedo al dolor y, por un instante, se reconcilia uno con ese dios terrible que exigió la inmolación. Porque ese dios funesto, esto lo descubrirá uno más tarde, le pidió a uno que le entregara el argumento de su vida y su futuro. Ha sido un pacto fáustico. Y todavía no sospechas lo que significa esa expresión, «haber vendido tu alma al diablo». Un *deus absconditus* se quedó con todo lo que podrás ser, un Mefistófeles celoso, cuyo deseo es violento y total. Hay algo mañosamente atractivo en esa muerte. Debo nacer de nuevo para el Flaco, para el Gato, soy una mujer nueva, «la Cubanita», Consuelo Frías Zaldívar, natural de Matanzas, la que está interrogando al Chico Escobar y a Briceño.

La pérdida del respeto que me tengo hará cada vez más fácil mi oficio. En los hermanos traicionados –aunque, por supuesto, no me reconocen, no verán nunca mi cara– uno lee el odio mezclado con el miedo. Se quedan estupefactos. El asunto poco a poco se corre en Hacha Roja. Hay una sentencia de muerte que ya se comunicó y pesa sobre una delatora –no saben quién es, pero yo sí–, no hay vuelta atrás, las cartas están echadas.

Y cuando un mes y medio después me dejaron salir de nuevo –antes tuve que llamar a mi madre desde «París» para justificar la imprevista extensión de mi viaje–, se me planteó un problema urgente y concreto en el que «inexplicablemente» nadie parecía haber pensado: ¿Qué se hizo la Cubanita? ¿Cómo explicar su desaparición que coincidía con mi libertad? Mi situación era peligrosísima. Sobre la tal «Cubanita» pendía, te digo, una sentencia de muerte. *El espía atrapado en nuestra organización será castigado a muerte. Lo mismo vale para el que deserta o informa a la policía.* La solución cayó de su propio peso: tenía que volver al cuartel a interrogar. La gente tenía que saber que la Cubanita seguía en acción. Lo que es yo, yo ya estaba rendida. No necesitaba motivos. Entonces las circunstancias –¿te dije «las circunstancias»?– me obligaron a regresar encapuchada y con voz caribeña. Este trabajo se añadió a mis clases particulares de francés. Empecé a ganar así exactamente un treinta y cinco por ciento más cada mes. Ya no recibía, como sabes, el estipendio de Hacha Roja. Necesitaba educar y mantener a mi hija. No quería que ella pagara por mí, que le faltaran cosas por culpa mía. La prosa de la vida es así, prosaica y cabronaza.

Y no me entregué a medias, te digo. Una vez que di el paso, lo di de frentón. Hice cursos de inteligencia. Fui una estudiante aplicada. Aprendí todo rápido. Venía preparada. Y en la ceremonia de juramento entoné el himno de la Central: «Somos los hijos del silencio...». Apenas recibí mi nuevo carné de identidad, la tarjeta de identificación de la Central y mi CZ, juré usarla. Odié a mis hermanos.

Pensaba en los miles y miles y miles de inocentes martirizados mientras nos buscaban a nosotros, los combatientes clandestinos. Nos comportábamos, me decía, como si ya hubiéramos hecho lo que esperábamos llegar a hacer; creíamos que la magnitud de nuestra esperanza bastaba para que tuviéramos razón. Ahora me irritaba haber estado escuchando arrobada al Pelao Cuyano, que había hecho un curso de instrucción militar en Punto Cero y yo no, y que decía con acento que nos hacía pensar en el Che: Mirá, Giap no había combatido nunca antes de tomar la Jefatura del Destacamento de Propaganda Armada y con sólo treinta y tres hombres, fijate, che, con sólo treinta y tres hombres, inició Giap la guerra revolucionaria en el Vietnam. Diez años después, en Dien Bien Phu, entraban en combate cuatro divisiones, unos ochenta mil hombres. ¿Qué me decís vos de una cosa así, nena? Y miraba con ojos febriles.

Nuestros análisis políticos eran ejercicios hermenéuticos. Se trataba de reconocer en nuestro presente profano la repetición de los acontecimientos arquetípicos de nuestra historia sagrada. Así vive el cruzado. La verdad nuestra era harto más modesta que la de Giap: un ínfimo número de combatientes entrenados había desatado la paranoia militar y su política de exterminio. Todo era desproporcionado: nuestra retórica de la lucha armada y la crueldad implacable de la respuesta militar. Todo esto lo vine a pensar seguramente mucho después, cuando traicionar y delatar se convirtió en una forma de venganza habitual contra ellos y contra mí. Contra mis hermanos por no haber querido captar que nos iban a agarrar de las pestañas, por haberme hecho creer en una utopía sin más destino que la derrota, y contra mí por haberme dejado engatusar por una religión que, como todas, no era sino un culto a la muerte.

Una colabora para hacerse útil a ese Moloch y facilitar sus designios. También para atajar el arrepentimiento y el odio a sí misma que genera sentirse traidora. Una necesita sentirse buena y justificar lo que está haciendo. Los culpables de que yo deba denunciarlos son ellos, no yo. ¿Qué sentido tiene lo que hacen? Es una enfermedad tanática, me digo. La verdad es que ni creen ya que su muerte sacrificial inventará un mundo nuevo. Viven pegados a un sueño que se fue. La «revolución», como ellos la recuerdan, se acabó. Están unidos a lo que murió. Se identifican con lo desaparecido. No pueden enterrar a sus muertos y resignarse a que sus sueños estén bajo tierra porque es como si se enterraran ellos mismos.

Entonces consiguen a la mala en la planta de Aquageles unos tiros, enrollan sus cables, preparan sus relojes y aceitan sus Brownings, sus Kalashnikovs. Los convoca lo fenecido. Son pocos. Son las voces ancestrales que piden sangre, venganza y sacrificio. Aunque no haya esperanza ninguna y quizás porque no hay esperanza ninguna. Eso es lo grande, me digo; lo noble, me digo y contradigo. La cosa es inmolarse. Un símbolo, un testimonio moral.

Así su lucha contra la desigualdad, la confianza científicamente ciega en la victoria y en la vida, se confunde con la muerte que los espera con su paciencia y los ata y los deja sin mañana. Lo contrario sería el vacío, la vida entregada gota a gota a una causa que no valió la pena. Entonces vivir es morir junto con sus muertos. Que me maten es fidelidad y solución. Todo con tal de alcanzar a detonar alguna bomba, con tal de hacer algún daño y no reconocer que entre tanto me cambiaron la película. Cambiar es traicionarme, claudicar, diluirme. Así llegué a pensar cuando era una con mis hermanos: Soy lo que fui y lo que fui es lo que seré. ¡Lo que fuimos o nada! ¡Lo que fuimos o la muerte! Eso. Y la esperanza, ¿dónde estaba?

Y ahora esa misma mujer trabajaba preguntando con voz de cubanita. El arma de mi rencor. No lo hice mal. El Gato estaba a mi lado. Sentía un vaho a ajos y a sudor guardado. Seguro que se repetía las camisas. Tenía una nariz algo desviada. Apretaba a cada rato su solapa con una mano pequeña y empuñada que dejaba ver los nudillos puntiagudos y la protuberante nervadura que corría de ellos hasta la muñeca, muy delgada. Eso cuando no estaba interrogando, porque entonces usaba guantes. Un doblez de carne y piel caía sobre el cuello de su camisa.

Mientras tanto, yo continuaba haciendo disciplinadamente mis clases particulares de francés, seguía acompañando a Clementina a las inauguraciones de las instalaciones de arte y llevaba a Anita al colegio todas las mañanas. La pasaba a buscar a casa de mi madre a un cuarto para las ocho. Yo salía de mi departamento en buzo a las siete veinte. Ella me esperaba con su faldita azul y su mochila lista. Nunca se atrasó. Me estaba esperando siempre. A la vuelta, yo me bañaba, vestía y tomaba desayuno. Recuerdo que mis duchas eran eternas. De repente, así como se cuelan rayos de sol entre las tablillas de la persiana, me veía en el departamento de Pauline en la rue de Bourgogne y estaba oyendo canciones de Brassens, comiendo queso camembert derretido sobre tajadas delgaditas de manzana. Trataba de imaginar la nariz larga, delgada, viva de Giuseppe, su abrazo, su risa: *Anche tra i leoni ci stanno i culatoni,* incluso entre los leones hay maricones... Intentaba inútilmente reconstruir la expresión de su cara cuando me abrió la puerta: *Voilà la plus belle!* No había caso. Los rasgos, incluso los que uno quiere, se esfuman.

Salía de la ducha con las yemas de los dedos arrugadísimas. Recuerdo que a menudo, con el cuarto lleno de vapor, negaba con la cabeza y me decía en voz fuerte como a otra persona: Estoy muy cansada, demasiado cansada. No doy más. A veces, mientras me estaba secando con mi toalla blanca, grande, espesa, pesada, me detenía sin motivo. Me quedaba mirando el techo o los azulejos del baño y pensaba en nada hasta que el frío me hacía volver. Secarme me parecía agotador. Estoy fatigada, me repetía. Estoy muy fatigada. Me costaba no volver a meterme a la cama. Algunas mañanas lo hice.

27

Aunque me costara reconocerlo, yo me había empezado a enamorar del Flaco. Me contagió. Imaginaba sus gestos. Los sentía en mí. Imitaba sin darme cuenta su modo de andar y de moverse. Me hipnotizó. Quería ayudarlo. ¿Por qué si el fuerte era él? Fui una amante sumisa, como si mi sumisión me permitiera participar de su poder. Sentí que sus manos al tocarme me hacían de nuevo, como si mi carne fuera greda fresca, esa vieja imagen que mi «yo» feminista odiaba y creía haber superado. Mi humillación me había deshecho y sólo un ser humano podía recrearme. ¿Tiene sentido para ti lo que te digo o piensas que sólo quería sobrevivir o que me había emputecido y punto? Porque yo sabía que él podía matarme con esas mismas manos, con un solo golpe silencioso. Eso me daba miedo. Él sabría cómo hacer desaparecer toda evidencia. Me recorría una excitación ligera y peligrosa.

Me veo a media luz con el corazón palpitando mientras mi lengua explora sus muslos fuertes. Tampoco él era lo que parecía ser. Nadie lo es. Por eso existía esa casa escondida en una parcela de Malloco. Y puedo saltarme detalles e imaginar de nuevo la situación para ti. Ni yo sé ya. Me dejaron irremediablemente rota y enmascarada. ¿Sabes? No puedo dejar de pensar, mientras te hablo, en lo que harás con lo que te cuento. A lo mejor tu libro será un reportaje apenas disimulado. Veo un problema ahí: el peso de lo real puede asfixiar tu novela. Y este relato, ya lo ves, es harto desagradable. No puede ser de otra manera. Una novela debiera construirse como el sueño de un poeta, ¿no crees? A lo mejor, nadie sabrá. Pero en cualquier caso lo que ocurrió, ocurrió. Puedes estar seguro. No hablo por hablar. Lo mío sigue siendo un testimonio; claro, un testimonio sin inocencia. Me elaboro con palabras para ti, me encumbro sola en mi propio aire, y eso soy, entonces, un flujo de sonido que emana de las cuerdas de mi garganta y pongo a tu alcance, nada más. Para ti no hay un afuera con el que tú puedas contrastarme. Soy Narciso que construye el espejo de agua en que se mira y tú me ves.

Haciendo un gesto a la antigua con el brazo, el Flaco me presenta a Jerónimo, un tipo alto, muy joven, menor que yo y ojos soñolientos. Estamos en la discoteca de Malloco. WILD CAT alcanzo a leer en un discreto letrero de neón, a la entrada. Jerónimo lleva una camisa morada, suelta y desabotonada hasta abajo sobre un *T-shirt* blanco. Me mira los ojos, me mira los pechos, me mira los ojos, y me mira los labios, y me mira los pechos. Le cuesta dejar de mirarme. Se sonríe, tímido o intimidado, quizás. Eso me gusta. Me invita a probar su joteado y se tienta de risa. No me gusta nada. Esa mezcla ordinaria de vino tinto y Coca-Cola se me atraganta. Él prueba mi piscosauer y lo celebra con ojos divertidos. Ya me cae bien. Me pasa su porro, que está que se acaba. Aspiro hondo. Es fuerte. El turno del Flaco. Se repite. En la pista hay parejas que bailan de a dos, de a tres, de a cuatro. Jerónimo me dice que ese guatón que baila con la morena guapa es maricón, que la morena guapa siente celos, que trata de seducirlo y nada. Se ríe con sus ojos soñolientos. Le doy otra piteada a su porro.

Quiero bailar. Ya nos estamos riendo mucho los tres. Y riendo me presenta a Conejo, que tiene una cara alargada y risa con dientes de conejo risueño. El porro de Jerónimo se extingue y yo digo que voy a llorar y Jerónimo enciende otro. Su mano de dedos cortos, gruesos. Me lo pasa. Es hierba colombiana, me dice. Estamos bailando muy juntos. Apoyo confiada mi cara sobre su hombro. Jerónimo me quita el pucho, le da una piteada y me lo pone de nuevo en la boca. Conejo es más bajo que yo. El Flaco pasa su dedo índice suave por mis labios, demorándose como si quisiera memorizarlos en su dedo. Y estoy bailando con tres hombres, la barba dura de Jerónimo a veces picando en mi mejilla.

¿Sabes? Si hubiera sido hombre, me hubiera gustado conocer casas de putas, hartas casas de putas. Yo habría sido un hueón puterazo. Siempre me han intrigado esas mujeres. El Flaco me pasa una piscola y me deja bailando con Jerónimo y Conejo. Pero yo lo agarro de un brazo al pasar, me da miedo que se vaya y vuelvo a estar con tres hombres. Bailamos en un abrazo. Viene un lento y beso al Flaco y me quedo con él, casi sin bailar, besándonos. Me empino besándolo. Una mano en mi espalda que no es de él. Siento que me tocan manos diferentes, pero yo sigo besando al Flaco. Me toma y me lleva.

Atravesamos la galería, subimos una escalera y el Flaco saca la llave que le han entregado a la entrada. Abre la puerta de un privado, un salón pequeño, de elegancia vulgar y decadente. Al fondo, una cama con baldaquín y el baño. Estamos nosotros cuatro. La música aquí no atruena, pero es la misma y su embrujo no ceja. Seguimos besándonos, bailando apenas, muy juntos, y la mano del Flaco me suelta el sostén. Jerónimo y Conejo ahora nos observan sentados o echados, más bien, en unos sillones de tapiz deshilachado que podrían ser Luis XV, copias baratas, por supuesto. Entre ellos, una mesa negra, lacada, y un desvencijado sofá de felpa negra. El Flaco saca del bolsillo una bolsita azul y un espejo ovalado. Ordena las líneas con su Master, tarjeta dorada. Veo en el espejo los orificios enormes de mi nariz empolvada. El Flaco me dice que me saque la blusa. Le digo que sí siempre que él se saque la camisa primero. Se zampa una raya y lo hace. Saberme observada me atrae. Esos ojos enrojecidos. ¿Lo haré? Le muerdo al Flaco una tetilla. Tengo los ojos cerrados. Nos movemos como en una canción de cuna.

Abro los ojos. ¿Quiénes son los que me miran? ¿Soy la misma si me gusta gustarles? Pero me gusta. Por eso estoy mirándolos yo a ellos. Los miro sin pudor. Como se examina con los ojos un auto nuevo o un toro de raza. Me agita la inminencia de un umbral peligroso. Me agita una fuerza magnética cuya dirección desconozco. El Flaco me saca la blusa. El sostén se queda sujeto sólo por el levantamiento de mis pechos endurecidos. El Flaco lo muerde y deja caer al suelo. Seguimos bailando así, tan juntos, piel contra piel. No es que oiga con los oídos. Es algo interior. Las cuerdas del bajo me recorren por dentro y vibro como si el fondo de mi cuerpo fuera la caja de una guitarra. Hundo las dos manos en los bolsillos de atrás del jeans del Flaco.

–Tienes que hacer algo por ellos –murmura en mi oído–. Míralos, no dan más, los tienes hechizados. –Y se ríe.

Jerónimo me devuelve la mirada con unos ojos muy lánguidos. El resto de su cuerpo es pura sombra.

–Diles que se acerquen –me dice el Flaco–. Diles.

Vacilo. Me demoro.

–Diiiles –insiste con suavidad el Flaco.

Me demoro. Estiro una mano floja hacia ellos.

–Diles: vengan a bailar.

Obedezco. Y al hacerlo se rompe un dique. Era cuestión de comenzar, de cruzar el límite. Estoy acezando de nervios, de angustia, de placer maldito: me vuelve loca gustarles. Mira, me digo, estoy temblando.

–Vengan a bailar –repito en una vocecita apagada. Los estoy mirando sin atreverme a despegar mis brazos de mis pechos–. Vengan.

Me rodean, me abrazan, piel de hombres en mi espalda. Bailamos lento los cuatro y me atraganta la espera de no sé qué. ¿Soy yo misma todavía?

–Muéstrate –me dice el Flaco en un soplido intenso–. Deja que te vean. Es lo que quiero, que te vean.

Y es lo que quiero. No lo sabía. Exactamente eso quiero yo. Entonces me subo al sofá y me levanto y mis pechos los fulminan. Lo veo en su mirada quebrada, en sus labios súbitamente secos que la lengua no logra humedecer. El Flaco me abre el cinturón a mordiscos. Le ayudo. La falda cae a la alfombra.

–Hazlos felices, mujer –me dice–. Sí, hazlos felices. Ahora –me ordena con una excitación arrancada al dolor.

Estoy mirando a Jerónimo fijo a los ojos. Y él me mira pero baja la vista a mis pechos y vuelve a mis ojos. Lo tengo, siento.

Van a quedarse soñando conmigo. Bajo del sofá y me acerco a Conejo, sus dientes de conejo detrás de una sonrisa que tiembla. Rozo sus pechos con mis pezones, me agacho, le abro el cinturón, y lenta, muy lentamente le voy bajando el cierre. Tiro de los pantalones. Miro al Flaco, a Jerónimo, sus ojos afiebrados, su boca entreabierta. Los tengo, me digo. Conejo, con sólo sus calzoncillos negros, está a una distancia precisa. Saco la lengua, la estiro, la siento vibrar en el aire como víbora. La mirada del Flaco está posada sobre mí. Mi lengua puntiaguda se va acercando. Yo sé lo que quiero. Mi lengua se alarga todavía. Miro al Flaco y a Jerónimo. ¡Cómo los tengo a estos carajos! Y ahí va mi lengua de nuevo llegando. Un topón, solamente, un topón y mi lengua se recoge.

Y entonces, obedeciendo al Flaco, que me lo ordena en un susurro delicado, pero urgente y con dominio, me tiendo, lánguida, en el sofá de felpa negra y siento el susurro del Flaco y se acercan esos dos hombres ajenos, obedeciendo al Flaco, esos dos hombres ajenos de cuerpos jóvenes y firmes, Conejo y Jerónimo, ellos se turnan y se cambian de lugar. Y él me lo ordena y me someto, que sí, que lo haga, musita, que sí, que siga y ellos dicen que sí en silencio y yo quiero obedecerle y complacerlo a él y a ellos, y complacerlos hasta que no quede nada de mí, salvo un borrón, y me someto con el corazón desbocado, miedo y deseo, y algo se rasga en mí y atravieso un cerco invisible y lo hago y los acepto y los abrazo hecha de agua y veo los ojos del Flaco y veo su lengua en sus labios. Pero siempre estoy con esos duros y los siento siempre por todas partes, y mi cuerpo no está nunca solo y quisiera tener más bocas y brazos y piernas porque no quiero perderme nada de ninguno y voy de uno al otro y tratamos de irnos juntos y cuesta y el Flaco no soporta más y se agrega al grupo y es al fin maravilloso.

Besar a un extraño es un placer brusco y rápido, absoluto. Nunca lo había hecho antes. Nunca pensé que lo haría hasta que me lo ordenó el Flaco y me vencí y me sometí y me encontré haciéndolo y, te lo juro, me gustó.

Esa noche me quedé con ellos y me violentaba y erizaba de placer pasar del olor y el tacto de la piel de uno a la del otro bajo la mirada intensa del Flaco, y sentir que si uno se había deshecho me esperaba otro ardiente y tenaz y lleno; me volvía loca. Me gustaba en la penumbra colmada por el ritmo insidioso del bajo ver cuerpos conectados como brazos de una estrella de mar o enredados como grandes flores de muchos pétalos. ¿Y sabes qué más? Me encendía por dentro imaginando que eran nuestros enemigos, los mismos mafiosos que nos habían derrotado y capturado y envilecido, los mismos homicidas que mañana o pasado tendidos en un tejado nos podían tirar a matar.

28

Vi combatientes derrumbados. No por el tormento sino por no haber sido capaces de soportarlo. No por miedo a que los llevaran de nuevo y los ataran y empezaran de nuevo, sino por haber colaborado. Todo eso me persiguió mordiéndome la conciencia, se quedó en mí como un mal olor persistente. Por semanas y meses y años sentí asco de mí misma. Todavía. Me contradigo. Nunca podré entenderme. Ni olvidar. No. Jamás. Pero tampoco quiero recordar. Tampoco quiero olvidar.

Ya sé que hubo otros y otras. Sabemos sólo de algunas, sabemos porque lo han confesado por escrito y con valor. Se arrepintieron y colaboraron con la justicia. Bien por ellas. No juzgo. Yo hablo sólo por mí. Lo que debe quedarte muy claro es que yo no delato a regañadientes y sólo después de los aullidos del dolor, no. Eso es normal, cualquiera lo entiende. Lorena se ha propuesto aniquilarlos. Que cuando esto termine y ella salga no quede ninguno que pueda pedirle cuentas. Yo colaboré con la repre y lo hice con ganas y juro que los hice zumbar. Colaborar es, por ejemplo, salir a «porotear». Llegamos a la hora precisa a esa plaza, a esa estación, a la vitrina de ese negocio, a esa fuente de soda, a esa iglesia habitual y reconozco a los hermanos que vienen entrando a la «zona de punto» o que ya están ahí unidos por un paquete o un mero cigarrillo en cuyo papel interior va un mensaje cifrado que pasa disimuladamente de unas manos a otras, y eso permite su fotografía, su seguimiento, o que los gorilas se les echen encima y los reduzcan de inmediato.

Ese momento era de una tensión escalofriante. Los combatientes de Hacha Roja eran corajudos y bien entrenados; eran profesionales. A veces había balazos. Era difícil captar qué estaba sucediendo. Yo tiritaba de emoción. Quería ver la cara de alguno al momento de rendirse. No era lo mismo después: vendados, pálidos, sucios, esposados, rengueando, la cara rota, medio desfallecidos. Recuerdo una noche la larga espera frente a una casa de seguridad. Se escucharon unos tiros que me congelaron el alma. De repente vi que traían a alguien a la rastra y esposado. Mi corazón empezó a palpitar como si quisiera arrancarse de mi cuerpo. Me lo traían esposado y lo sostenían el Mono Lepe y el Indio Ramírez. Pegaron su cara al vidrio de mi camioneta. Estaba acezando, la casaca desgarrada y del labio superior fluía la sangre. Buscaba en mi capucha mis ojos con sus ojos terriblemente abiertos e implorantes. Le temblaba la mandíbula. Se lo dije al Rata en un susurro: el Pelao Cuyano. Esa noche y todo el día siguiente, en la Central, oí sus alaridos. Después supe que se les había ido.

¿Habré sentido real pena por el Cuyano? Y si no, ¿por qué? ¿Me impresioné y lo contuve? Quizás. ¡Por la mierda! *Esta existencia es inmoral... Y esta vida reposa en hipótesis inmorales: y toda moral niega la vida.* Yo fui una agente implacable. Eso sé. Tenía una rabia feroz. Nunca nadie sabrá a cuántos me cagué. Fui la traidora máxima, la puta reina que se los mamó a estos conchudos...

Porque más tarde venía el interrogatorio y eso, eso yo sí sabía lo que era y ellos todavía no. Nos llegó un paquete, decían, decíamos. Yo entraba encapuchada. Me sentaba junto al Gato, que, detrás de su escritorio metálico, observaba cada movimiento, cada signo de vacilación con sus ojos apagados y verdosos. A veces quedaban miguitas de pan o el rastro de la Pepsi que había pedido. Él también se encapuchaba. Se les corre la venda, a veces, me decía, y se ponía sus guantes de goma. No fueran a reconocer sus manitos de dedos pequeños. *El poder disciplinario se ejerce volviéndose invisible.* Se ponía tapones en los oídos para amortiguar los alaridos y mantener la calma.

Soy un profesional, me dice con esa vocecita insidiosa que se ha inventado, y debo conservarme lúcido y sereno. Uno en estos oficios desarrolla cierta capacidad para anestesiar la sensibilidad. Bueno, les ocurre a los médicos... No es fácil, Cubanita, dominar esas emociones morales ni someterlas para que avance la investigación. Tampoco detener el instinto de agredir al vencido. Es una disciplina. El que pierde el control, se ceba. Como le pasa a un animal carnicero. Ocurre. A muchos ha habido que relevarlos. Como investigadores ya no servían. Fíjate que antes, antes de que se creara la Central, ocurrían cosas tan horribles que con sólo contarlas parece que uno se injuriara a sí mismo y profanara, qué decirte, lo mínimo humano que todos tenemos. Eso siento yo que no estuve nunca ahí, no me tocó ese tiempo. Tú sabes, yo sólo he estado en la Central, yo nunca he matado a nadie, yo sólo he trabajado en Análisis.

El detenido estaba con la vista vendada, de espaldas, atado, calatito. *En la disciplina son los sometidos los que tienen que ser vistos.* Todavía querían ser bravos. Me gustaba que fuera así. La gracia era ésa, quebrarlos. Ese *glissement.* Nos entendíamos muy bien con el Gato. Era una montaña rusa de terror y seducción, un juego en el que todo estaba permitido, salvo lo innecesario. Se suponía que la Cubanita los había conocido a estos compañeros allá, en Punto Cero, que había trabajado para la inteligencia cubana. No sé cuántos lo creerían. En todo caso me llamaba, como te he dicho, Consuelo Frías Zaldívar, natural de Matanzas. Mi «historia falsa», mi «H.F.», decían en la Central; mi «manto», mi «leyenda» en Hacha Roja.

Yo estuve ahí. Sí. Yo fui parte del horror. Yo viví en el corazón del mal. Yo viajé por los intestinos de la Bestia.

¿Sabes qué es lo que quiebra a un hombre, a una mujer, a la más dura? No es el dolor ni el miedo. Todo eso ayuda, claro. Lo que finalmente lo quebrará será saber que el interrogador tiene trozos de información que le conciernen y él ignora. Sobre todo se quiebra cuando el interrogador le comprueba que ha mentido. Ya nada será igual. Hay un antes y un después de ese momento.

Me gustan los duros y las duras, me dice el Gato, me gusta el desafío, cabalgar el clímax del quiebre y sacar la información enterita. No el lloriqueo de los blandos y avergonzados. Hay cosas que se me han ido borrando. Mejor. Hay cosas, sensaciones que no sabría describir sin desvirtuar. Déjame decirte que con el interrogado se produce un vínculo potente y misterioso. Hay un trabajo del dolor que va pasando del cuerpo al alma y eso tú lo percibes y anticipas la rendición. Hay que coger al vuelo esos dos o tres segundos de flaqueza porque pueden no volver en horas, me decía el Gato. A veces se da como un instante de intensa, aunque breve, comunión espiritual. Por fin, él te da la inteligencia que tú necesitas ya, ahora mismo: el próximo «punto», hora y lugar, los nombres, la célula, su jefe, la última misión. Y tú le das la paz que necesita su cuerpo.

29

Recuerdo a un hombre lampiño, de ojos chicos y negros, dientes parejos y cuadrados, brazos fuertes y cortos, piernas también cortas y musculosas. Un tanquecito. «Lechón», le decían. Tenía el pelo medio ralo. Se le veía la piel de la cabeza entre los pelos gruesos y separados. Recuerdo bien ese pelo y sus brazos tan gruesos y tan cortos y la enorme nuez en su garganta. Se suponía que había dirigido una célula de combate que hizo volar un puente sobre el Tinguiririca. Pero yo sabía poco de él y mis preguntas no iban al grano. El tipo no contestaba nada o casi nada. Se le achicaban sus ojos mongoles y entraba en una especie de trance, y cuando venían los remezones gritaba fuerte y parejo como si siguiera un ritmo despidiendo ese repelente olor a miedo que se te queda pegado en las narices. Después respiraba llenándose de aire lentamente desde el estómago hacia arriba y cerraba la boca y se le trababa la mandíbula. Le mostraban fotos de Rafa, del Espartano, de Max. No había modo de que hablara.

¿Por qué me cuesta tanto imaginármelo hoy? ¿No me reconocía en el cuerpo de ese empecinado que estaba ahí, maltratado, retorciéndose con la piel súbitamente pálida, la frente rugosa, las cejas distorsionadas, los pelos parándose, los ojos girando violentamente sin un foco, los gritos que apaga el paño? ¿A quién miraba sino a mí misma? ¿A quién odiaba, entonces, y ultrajaba?

A partir de cierto momento el que está ahí, te lo digo, parece que ya no es para ti un hombre. Sus gemidos molestan y dan rabia y crecen las ganas de castigarlo más. *Llegué a disipar en mi espíritu toda esperanza humana. He dado el salto sordo de la bestia fe-*

roz sobre toda alegría, para estrangularla. Hay que hacer que estalle su leyenda, hay que hacerlo parir, es una cuestión de orgullo ahora, no hay modo de retroceder, él debe rendirse, debe vomitar la verdad, su resistencia me injuria, es un escupo en mi cara, entonces me acerco, me acerco mucho y lo escupo, lo escupo porque lo odio y necesito vengarme de su injuria.

Que todavía se atreva a mantener su leyenda nos obliga a seguir, es un imbécil que no nos deja alternativa. Se lo digo con mi acento de cubanita y continúa como quien oye llover, hay que darle más, está tan desfigurado que parece un monstruo obsceno, un asqueroso cuya asquerosidad me ofende. ¿Por qué aguantar este olor a sudor ácido? Me da náuseas. Hay que darle más, darle más hasta que afloje, no podemos permitirle que nos venza, huele, sigue oliendo, es el repugnante olor del miedo, no creo que hayas sentido ese olor que no se parece a ninguno. Me indigno. ¿Por qué nos somete a esta repugnancia? Porque lo está haciendo a propósito, nos está provocando, buscando el odio, no quiere dar su brazo a torcer aunque es un harapo humano, pero un harapo que se me resiste y entonces me humilla, y sigue estremeciéndose sacudido como un pez fuera del agua y que no termina nunca de morir. Si se muere, qué importa, ¡al carajo!, pero sí importa, el carajo se habría salido con la suya, muerto ya no nos sirve, hay que doblegarlo antes. La voz calma del Gato me detiene.

Yo seguía sintiendo una vibración extraña. El Ronco lo hizo abofetear por el Rata Osorio, y él, nada. El Ronco sacó temblando de rabia su cuchillo y le metió la hoja entre los dientes. La cara apretada del Ronco, su furia tiñendo de rojo su cara y su cuello, la boca entreabierta, acezando, un brillo de saliva en su diente de oro. Pero nada pudo y se tuvo que guardar su cuchillo cuando el Gato, con su tono gangoso y calmado, le advirtió que tuviera cuidado, no fuera a cortarle la lengua. Algo me pasó a mí con el Lechón cuando vi la hoja brillando entre sus dientes. Había una determinación terrible en esa mandíbula cerrada mordiendo la hoja del cuchillo.

Entonces lo ataron y quedó colgando como un pollo. El pau arara, aprendido en La Rinconada de Maipú de unos instructores uruguayos, esos que combatieron a los Tupamaros, me había explicado el Gato con frialdad médica. Ellos lo aprendieron de los brasileros y ellos, a su vez, según el Gato, de los paracaidistas franceses que combatieron en Argelia. De ahí venían todas las técnicas de la lucha antiinsurreccional que se emplearon en Vietnam, me decía. Y me daba nombres de militares franceses –el coronel Roger Trinquier, el general Paul Aussaresses– que habían enseñado en la escuela de las fuerzas especiales en Fort Bragg y en Fort Bening. Uno de ellos había estado en Brasil. El Gato había pasado unos meses en Fort Bening, haciendo un curso, y otro tanto en Panamá, donde los instructores eran gringos y les enseñaban a matar y comer monos en la selva. También el Flaco Artaza estuvo ahí. ¿Y el Macha? Me dice: No, el Macha no. Producto criollo, pu. Y se ríe por lo bajo.

Cuando me llamaron, el Lechón tenía los ojos semicerrados y la mandíbula trabada del silencio.

Unas horas más tarde el carcelero me dejó pasar a su celda. Abrió la puerta y sentí ese olor a preso que impregna los muros de los calabozos. Parecía dormido. Me acerqué en puntillas y me acosté a su lado en la colchoneta, sobre la cama de concreto. Debía de tener mucha sed, y recién ahora convenía darle agua. Me agradeció apenas con un gesto. Le hice un masaje en sus brazos, sus piernas, su espalda. El tipo se dejaba hacer y no nos decíamos palabra. Sentí su piel tirante y la musculatura firme. Me gustó esa sensación de cuerpo relleno y apretado. Era rico tocarlo. Me imaginé la carne bajo la piel y pensé que debía ser rico comérsela. En otros tiempos, cuando éramos antropófagos, me habría comido esa carne a mordiscos. Noté una rendija de luz en sus ojos: me miraba. Me saqué de golpe la polera y mis pechos saltaron al liberarse del sostén. Estaba en cuclillas a su lado y hubo un destello en sus ojos y sentí que tragaba saliva. Sin moverse.

–Eres un bravo –le dije.

Me salieron esas palabras. Una sonrisa se asomó a sus labios y se desvaneció sin llegar a formarse. Alcancé a ver apenas sus dientes cuadrados. No me tocaba y yo necesitaba con urgencia sentir su contacto. Rocé su cara con un pezón. No se movió. Apreté con una mano su hombro redondo y duro. Besé una boca impávida y desesperándome lo agarré del pantalón de buzo. Y me arrodillé y le agarré los glúteos y lo atraje hacia mí. Su corazón se agitaba. Yo tenía los ojos cerrados. Tienes el sentido del tacto tan delicado como una ciega, me dijo suavemente. Pégame, le supliqué, patéame. Y me encogí en el suelo y esperé. Y él no me hizo nada. Escúpeme, por favor, méame la cara. Y él no me hizo nada. Ahora respiraba lenta y acompasadamente y ni mis dedos ni mis labios ni mi lengua podían ya contravenir su voluntariosa indiferencia. Entonces lloré y me tendí de espaldas y me abrí. Fóllame, le dije. Tienes miedo, le dije. Él se sentó tranquilamente en el suelo. Tienes miedo a que yo te guste y se te vaya a la mierda tu celo revolucionario, le dije. Mírame, por lo menos, maricón. Me estaba poniendo mis pantalones, me estaba amarrando las zapatillas. Tienes miedo a ser un hombre y te escondes en el compañerismo de tu patota. Le di una patada en la boca. Sangró un poco, pero no se movió ni dijo nada. Le tiré otra patada y salí. ¿Quién era ese hombre y qué habría hecho? ¿Se quebró al fin? ¿Qué habrá sido de él?

30

Me quedo sola a oscuras horas en el departamento, a oscuras en mi pieza y de puerta cerrada. No quiero ver a nadie. Me tiro encima de la cama. No me saco ni los zapatos. No sé en qué pienso, si es que pienso. A veces me despierto al amanecer con la angustia retorciéndome las tripas y no me he puesto ni el piyama. Me ha dado lata y me he quedado ahí vestida, echada sobre la cama. Tengo frío. Llega la mañana y me cuesta tanto levantarme.

Me retuerzo. La tierra se abre bajo mis pies. Me hundo en el mismo viejo pantano sin fondo. Es algo superior a mí. Vuelven las esposas apretando mis muñecas, vuelve la esclava de la memoria. El dolor psíquico me roba el aire. Si supiera aullar como un lobo. Si tuviera aire. El estómago se me estruja.

Si pudiera descansar. No me quejo de cómo es el mundo. Soy yo quién está de más. No me interesa la pregunta por el sentido de la vida. Es obvio que vivir tiene sentido. ¿Cómo podría no tenerlo? Lo mío no es una teoría. Soy yo la que no quiere seguir viviendo. Punto.

Fíjate tú que el Dante pone a los traidores en el último círculo del *Infierno*. Las lágrimas se les congelan como una visera sobre los ojos, lo que les impide llorar y su angustia entonces aumenta acumulándose sin cesar. Sus almas llegan ahí aunque sus cuerpos todavía sigan en el mundo. Un demonio los gobierna en la tierra mientras viven. Pero el infierno comenzó para ellos no el día de la muerte, sino el de la traición.

31

Lo perdía de repente y lo buscaba y añoraba su mirada cercana que me cubría y lo reencontraba más tarde, contemplándome. Porque lo que me atraía eran las espaldas y brazos y piernas y mentones masculinos y, por supuesto, las sonrisas burlonas y tiernas de algunos y los ojos clavados e intensos de otros, sobre todo si estaba sintiendo los ojazos azules y encandilados del Flaco sobre mí. La voz cavernosa de sus órdenes perentorias, la liberación, la dulzura de cumplirlas humillándome, y su frente reconcentrada, la dilatación de sus pupilas y el temblor en sus labios, todo eso me hacía palpitar. Yo no sabía quiénes eran los demás ni lo sabría nunca.

Uno me dijo me llamo Febo, tal cual, como Apolo, y era lo que se llama un *homme beau*. Me abrazó y me apretó contra él y sentí eso contra mi guata, contra mi muslo. Después de esa noche me lo encontré algunas veces más. Un *homme beau*. Había, ya lo sabes, cenachos, hombres y mujeres de la repre, seres infames e infamantes, monstruos, si tú quieres. Se disimulaban entre putas estilizadas y putos güenones y travestis llamativos que sólo reconocías, si es que los reconocías, por la espalda, y maricones estupendos y maricones horribles y quizás una que otra detenida que volvería por la madrugada con su cielo de sal al calabozo subterráneo que yo conocía bien, y cafiches y jóvenes de ojos intensos y viejos no tan viejos, canosos platudos aficionados a estos juegos, y simples mafiosos que se daban aires y aquí se movían a sus anchas, qué sé yo. Creí reconocer a dos actores que había visto no hacía mucho en una obra de Heiner Müller. No estoy segura.

Ahí adentro, en esa casona transformada en discoteca con hotel, resbalando en la oscuridad movediza con esos ritmos de guitarras agudas y tambores enardecedores, nos fundíamos en un solo mar de alto voltaje y el odio comulgaba con la atracción y el rencor con el olvido y la rabia con la misericordia y el miedo con la risa y la violencia con la ternura y el desamparo con la intimidad. No es verdad nada, créeme, de lo que nos enseñan.

En los baños uno conseguía sin dificultad algún upper o una raya de blanca. En uno de ellos siempre había alguien desnudo en la tina hundida y se acercaban cuerpos con cerveza en los riñones, se abrían, desenfundaban, hacían chocar un momento sus espadas, y se vaciaban en fuente. Me gustaba ver estas repugnancias, me daba risa ver a esos hombrones entrechocando sus espadas y formando, luego, eufóricos un orgulloso arco amarillo de triunfo. Y esa agua dorada la recibía alguno, alguna, como un bendecido. ¿No querías detalles? Ahí tienes un bautismo.

32

Observo al Macha en el casino. El Gato nunca entra aquí. Observo al Macha en su mesa comiendo su charquicán o sus porotos con riendas con una botella de cerveza Cristal. Lo rodean sus agentes, los hombres y mujeres de su horda. Recuerdo exactamente el cuadro. Está Gran Danés. Ya te hablé de él: estaba con la mujer de ojos de gato siamés en el Oliver, es el que derribó de una patada la puerta de la casa de seguridad que yo entregué. Es un rucio guapo y simplote, enorme de cuerpo y cabezota, el pelo largo y cuidado. A menudo se lo ve en bata de karateka. Gran Danés es cinturón negro y rompe obsesivamente ladrillos en el patio con el canto calloso de sus manazas. Está Iris Molina, una flaca chupada, de tono intrigante y mirada aceitosa y astuta. Ella entró la primera a esa casa de seguridad. Es experta en el tiro con pistola y espera quedar en el equipo olímpico. (No lo conseguirá nunca.) Está el Mono Lepe, con sus mechas de clavo, sus ojeras azules, su nariz aplanada y chueca por algún golpe feo, sus hombritos angostos. Está el Chico Marín, siempre con los labios lívidos, siempre haciendo con los ojos movimientos rápidos, abruptos y nerviosos como los movimientos de la lagartija, y con el pelo afeitado. Es anchote y grueso, un dado. Está Pancha Ortiz, de ojos ansiosos siguiendo siempre al Macha y soberbios pechos levantados, que es madre, me confesó una vez, de dos mellizos. Fue la que habló esa vez de la belleza de las armas. Está el Indio Galdámez, de camiseta transpiradora gris con manchas oscuras de sudor viejo. El Indio es atractivo, orgulloso y taciturno. Su pelo es grasiento y tiene una boa verde tatuada en el antebrazo izquierdo. Y hay otros hombres de vulgaridad no recordable y mujeres más toscas y ordinarias, de melenas rubias teñidas sin discreción y cuyos nombres nunca conocí. ¿Exagero? ¿Desde este Hogar en Ersta, Estocolmo, veo las cosas en blanco y negro? Obvio, ninguno lleva escrito en el rostro «soy un monstruo». El Mono Lepe se queda en pie si su Carmencita tiene tercianas. Le prepara jugo de limonada caliente y no se acuesta hasta que la fiebre baje y la niña se quede dormida. La lleva todos los días al jardín infantil en el Nissan 4×4 que le facilita la Central. Lo sé por el Gato.

Pero los rodea un círculo imaginario de silencio, enigma y riesgo. Comparten los verdaderos misterios de la Central. Cada uno es un baúl de secretos hecho cuerpo. Una *sociedad de sangre*. Los demás del casino los tratan con cuidado, los miran con admiración: han sido escogidos para eso. Son los obreros de la muerte. Y la muerte causa respeto, incluso aquí. El Macha le ha dicho al Flaco: En mi equipo el que no ha matado a nadie, es nadie. Aquí, Flaco, te bautiza un cadáver.

Pero el Macha casi no habla. Es tímido, es pétreo. Pero, ¿sabes? Le hablan a él. Su diferencia. Su distancia. Su contenida tristeza. A lo sumo y rara vez, la sorpresa de una sonrisa bajo el bigote tupido. Entonces, su hilera de grandes dientes parejos. Los pómulos marcados, su mentón partido, las líneas filosas de la cara, sus ojos peligrosos, sus pestañas de potrillo: todo eso me intriga. Quisiera sentarme a su mesa, observarlo de cerca, sentir su olor. Y al mismo tiempo esto, mi odio: mató a Canelo. La canalla a su cargo lo quiere con fidelidad perruna. ¿Serán celos, celos malditos, ese escozor que siento al ver cómo lo mira Pancha? ¿Y eso qué?

33

Un día viernes, recuerdo no sé por qué, pero era viernes, el Flaco me sacó a almorzar. Me llevó al restorán Giratorio, en el último piso de un edificio de la Avenida Lyon. Desde arriba se veía un buen pedazo de Santiago. Empezamos el almuerzo con el cerro San Cristóbal al frente y fuimos girando, girando sin darnos cuenta mientras comíamos un lenguado exquisito con un blanco de Santa Rita. Me sentía feliz desde esa altura. Todo quedaba atrás, allá abajo. Desfilaba delante de nosotros la cordillera nevada y el Flaco me iba mostrando el Plomo, el Provincia, el Punta de Damas, el San Ramón, nombres de montañas que jamás yo había oído y me parecían misteriosos, poéticos, evocadores. Me contaba cómo se sube la pared de El Altar, del anclaje, del piolet, del glaciar de La Paloma, del glaciar colgante San Francisco, embutido en el Cajón de Morales. Dos días habían tardado en subirlo haciendo un solo vivac. Habían dormido colgados. En la noche el Flaco despertó con un movimiento brusco y un golpe. Se le había soltado un tirabuzón y quedó pendiendo sólo del otro.

Nunca te sientes tan libre como en la montaña, me dijo, y a mí eso me pareció increíblemente profundo y verdadero. Entonces me preguntó si me atrevería a subir con él alguna cumbre no muy difícil. La idea me encantó. El aire, me decía, a mí lo que más me gusta es sentir en la cara ese aire frío, punzante y puro que sólo ha tocado el hielo de la altura. En ese instante yo sólo quería sentir la libertad de ese aire frío, punzante y puro; quería partir con el Flaco de inmediato. Cuando llegó la cuenta estábamos otra vez frente al cerro San Cristóbal. Me incorporé por encima de la mesa y lo besé. El Flaco me dio otro beso al subirnos a su Volvo plateado y tomó la Costanera hacia abajo. Íbamos rápido.

Yo me estaba imaginando de pie en medio del viento de un glaciar. Después pensé en la casa de Malloco. Me veía desfigurada en el espejito aspirando ansiosa lo que quedaba de una línea formada por su Master dorada, la misma que acaba de pagar el almuerzo, y sentía mi cuerpo tomado por las guitarras altas y el motor poderoso e incansable de las cuerdas del bajo eléctrico. Le dije que fuéramos esa noche. Se sonrió. Compartíamos ese secreto poderoso. Esa complicidad era exquisita. Creo en eso yo: en el imán que se siente al compartir un secreto peligroso. ¿No? Siempre me encantó esa prohibición que separa a los que están en el secreto de los que no. Es la droga de los conspiradores sin la cual no habría sociedades secretas ni redes en la vida clandestina ni lealtades entre los agentes encubiertos como el que me llevaba. Dobló de repente y se estacionó en las Torres de Tajamar. ¿Adónde vamos?, le pregunté. Ya verás, nena, sonrió con picardía.

Entramos a un departamento del piso doce con grandes ventanas sobre el río y el cerro San Cristóbal. Tenía una alfombra beige clara, casi blanca, de pared a pared. Un dormitorio y living-comedor. Los muros eran blancos. No había un solo mueble. ¿Te gusta?, me preguntó. Todo era luminoso. ¿Te gustaría vivir aquí? Y con voz demasiado seria para ser seria: Por seguridad, ha llegado la hora de cambiar tu domicilio, ¿no te parece?

En ese momento lo quise con pasión rabiosa y exigente. Ese departamento silencioso y vacío, esas ventanas a gran altura sobre el cerro San Cristóbal, no sé, me inundó una sensación de agudo desamparo en el instante en que el Flaco me amparaba. Me sacó la ropa e hicimos el amor frenéticamente de pie y después sobre ese piso recién alfombrado. Estoy viéndolo acostado de espaldas yo a horcajadas, sus ojos claros, su cabeza calva y joven, el pelo oscuro sobre el pecho, el beige casi blanco de la alfombra. ¿Yo? ¿Podía estarme pasando esto a mí?

Poner la cabeza sobre su pecho me lleva a una paz perfecta. El olor a cedro del jabón del Flaco me trae de vuelta la barraca de mi padre. Un hombre grande el Flaco. La musculatura de su pecho es mi almohada. Ahí estoy protegida, casi fundiéndome con él. Me apego más. Estoy feliz así.

Cuando partió, yo seguía desnuda. Le besé la pelada. Siempre lo hacía al despedirme. Dejó un llavero en mis manos y un papel doblado entre mis pechos. Al enderezarme resbaló a la alfombra: era un cheque gordo. Con eso pude mudarme del departamentito de paredes delgadas que arrendaba en Carlos Antúnez y amoblar el nuevo. En el closet instalé una pequeña caja fuerte, empotrada en la pared. Ahí escondía mis documentos y la CZ cuando venía Anita o mi mamá o la señora que hacía el aseo.

Y fue en ese piso, al que se dejaba caer él sin aviso, adonde yo lo esperé siempre, por si acaso, por si se arrancaba de su esposa, de sus dos hijas pequeñas que adoraba, yo lo sabía, por si nos perdíamos esa noche en la música disco y por entre las piezas de la casa de Malloco. Desde hacía tanto tiempo me estaba conteniendo. Una noche de esas me dejé llevar por la voluptuosidad de lo prohibido. No debí. Pero me quemaba los labios ese secreto. No debí. Pero quería al Flaco, quería retenerlo conmigo, quería su intimidad total, quería esa comunión, abrirle la puerta a un secreto que él ignoraba. Fue un vértigo. Entonces le conté lo que no debí.

Le dije temblando que el «Príncipe de Gales» fumaba cigarros habanos. Me miró abriendo los ojos, sorprendido. Quiero castigar, le digo, a los irresponsables que nos han metido en esta lucha imaginaria, pero con muertos de verdad. Lo dije con firmeza y me lo creí, necesitaba creerlo, tal como Rodrigo, cuando me abandonó, había necesitado convencerme de que la culpable era yo. El Espartano no debía fumar. Estaba prohibido. Y, sin embargo, lo hacía. El combatiente perfecto tenía ese defecto, ese arranque de rebeldía contra una orden perentoria e inequívoca de la organización. Dejaba caer la ceniza en un platillo, con sumo cuidado, y luego la tiraba al excusado. Yo sabía que era una pista valiosa. Algo debía volarse y caer fuera.

Ese dato sería importante para el Flaco, para su carrera. Y, claro, la información fue debidamente procesada. A partir de entonces apenas saltaba una casa de seguridad ahí partían con lupas a buscar ceniza de habanos. El Espartano («Príncipe de Gales», para los de la Central) caería por eso, caería por mí.

34

El Gato quería al «Gladiolo» y lo quería vivo. Eso. En el organigrama del Flaco, «Gladiolo», aparecía ahora como el jefe de una de las células que dependía del «Príncipe de Gales». ¿De dónde había venido ese dato? Habían vigilado la casa de la calle Los Gladiolos, pero el hombre no se aparecía por ahí. El tono de esa orden terrible fue perentorio. Entendí clarito. ¿Qué hacía? Así eran las reglas del juego. Pedí tiempo. ¿Cuánto? Me dieron un mes. Faltaban tres semanas para el cumpleaños de Teruca y me latía que ella iba a ir a celebrarlo a casa de su mamá que quedaba en Ñuñoa a pocas cuadras de Irarrázaval. Por Teruca quizás podría acercarme al pobre Rafa.

Me dejé caer ese día con una bandeja de dulces chilenos que, sabía, a ella le encantaban y una blusa celeste que le quedaría bien. Su mamá me recibió con mucha simpatía, pero no estaba segura de que su hija viniera. A eso de las siete y media llegó. Te has vuelto a dejar crecer tu trenza, le dije. Me encanta verte así. Ella se extrañó. Diría que me abrazó con una pizca de recelo. Su mamá apareció con una torta de mil hojas y después de cantar, apagar las velitas y comernos unas tajadas, salimos las dos a la terraza. Entonces se soltó. Me contó, fascinada, en un susurro, que estaba de novia con Rafa. Su mamá sabía. No Francisco, no. No valía la pena contarle. Porque ¿cómo le explicas por carta algo así a tu hijo? Francisco seguía viviendo en un hogar en Cuba. Pese a sus esfuerzos, Teruca no lograba mantener con él un contacto habitual. Por supuesto, no tenía ningún sentido contarle. Entonces, ¿por qué me decía a mí que no sabía cómo contárselo a Francisco? Yo sabía que Teruca cargaba con ese dolor diario: haber dejado a su hijo para no ponerlo en peligro, para estar ella misma más libre y luchar sin ataduras. Y sabía, también, que las pocas veces que se habían encontrado, en el D.F., en México, nada había resultado bien: Trato de comprenderte, mamá, trato porque te quiero y justo por eso mismo no puedo. ¿Por qué no puedes quedarte aquí conmigo? Eso le decía Francisco.

En eso estábamos cuando entró Rafa con un regalo. Lanzó una gran carcajada al verme y me abrazó con el cariño franco de antes: ¿Qué tal, guapa?, me dijo. Besó a Teruca en la boca y con ganas y se sentó a su lado, en el sofá, sujetando su gruesa trenza negra en la mano. De esa manera puedo controlar a quien mira, rió. Supongo que ya sabes, ¿no? Esta copuchenta te lo habrá contado, ¿no es cierto? Nos abrazamos los tres.

Me ofrecí para ir a comprar una botella de champaña y al fin partimos todos a la botillería. Insistí en pagar yo. De vuelta en la casa, y cuando ya se había acabado la champaña y estábamos dedicados a la piscola, me las arreglé para contarles que me estaba encontrando cada vez más a menudo marcas de tiza roja en el canto de la vereda de la esquina. Mentí. Así es que te estás reincorporando, comentó Teruca. Ya era hora, remató Rafa con la lengua reblandecida por el pisco. Y agregó sin tener por qué: ¿Dos rayitas rojas, paralelas? Exacto, le dije. Inconfundibles. Se echó un buen trago y rió: En cambio en mi célula se usa el chicle. Volvió a reírse con una risa extraña en él. Se echó otro trago para adentro. Es el miedo, me dije, el miedo. Me dejan un chicle en la pata de un escaño de la plaza Manuel Rodríguez. Ideas del Espartano, supongo, rió mirándome con ojos vidriosos. Teruca arrugó la frente y guardó silencio. Entonces ella me contó que había caído el Cuyano, que desde la muerte de Canelo había sido el jefe de su célula, la que había sido mía, que esto la tenía muy triste, muy impresionada, muy asustada, también. Yo me cubrí la cara con las manos. Temo las caídas en cadena, me dijo. Teruca había quedado descolgada por precaución. Se hizo un silencio espeso. Pasó un ángel, bromeó Rafael.

Sonó el timbre y entró un hombre alto, delgado, muy rubio, jeans y botas vaqueras. ¡El Gringo!, exclamó Rafa. Teruca y él se levantaron a recibirlo. Le entregó a Teruca su regalo y me abrazó. ¡Tantas, tantas lunas!, me dijo. ¡Tantas desde Nahuelbuta! ¿Verdad?... No has cambiado nadita. Brindamos. Se notaba muy amigo de Rafa. Me gustó la forma en que su mirada gris venía hacia mí, se iba y volvía. Chocó su copa con mi copa y se rió sin motivo, con algo del niño que se ríe de puro gusto. Después se puso a conversar con Rafa. Teruca me preguntó por mis clases de francés, por las últimas inauguraciones. La botella de pisco se nos fue rápido y fuimos con Teruca a buscar otra a la despensa. Guapo, ¿no?, me dijo apenas estuvimos solas. Mm, le dije. Mm, me dijo sonriendo. Se acordaba de ti en Nahuelbuta, en el campamento... Mmm.

Cuando me quise ir, el Gringo miró su reloj y se sorprendió de lo tarde que era. Salimos juntos caminando hasta Irarrázaval. No recuerdo de qué conversábamos. Al llegar al paradero sentí de nuevo esa mirada apegándose a la mía. Quiero volver a verte, me dijo. Dame esa oportunidad. La última vez que nos vimos fue hace años y había un fuego entre nosotros... Se me llenó la boca de risa y temblé un poquito. Se detuvo mi bus y desde la pisadera le dije: Bueno, hablemos. Le hice un gesto y el bus arrancó.

35

La plaza Manuel Rodríguez estaba vacía y todos los negocios ya habían cerrado. Eran las once y media de la noche. Con
harto miedo fui recorriendo los bancos de la plaza en busca de
un chicle. A cada rato me parecía sentir los pasos de Rafa y la
transpiración me corría por la espalda. Cuando me quedaban
sólo dos por revisar, en el escaño que queda bajo un gran cedro
azulado, distinguí una manchita blanquizca en la pata de hierro
pintado de verde. No la toqué.

La plaza Manuel Rodríguez es pequeña y recoleta. La en-
cierran cuatro calles: Plaza Manuel Rodríguez por el norte,
Grajales por el sur, Almirante Latorre por el oriente y Abdón
Cifuentes por el poniente. Y hay que mencionar una quinta,
Teresa Clark, una callejuela corta que corre de norte a sur, entre
Almirante Latorre y Abdón Cifuentes y muere en la misma plaza. Antes del amanecer, doce hombres y seis vehículos se distri-
buyeron por esas cinco calles bloqueando la plaza. Sólo desde
el viejo taxi Peugeot estacionado en la callejuela Teresa Clark
había visión directa a los escaños. En ese taxi estábamos el Indio que iba de conductor, Iris de navegante, y yo, encapuchada.
El día pasó en vano. El «Gladiolo» no apareció. El Macha mandó a comprar sándwiches y bebidas, pero no cambió al equipo
de seguimiento.

A la una y cuarto de la madrugada sentimos en medio del
silencio el motor de un auto que se detenía, el golpe de una
puerta que se cerraba y luego pasos acercándose. Yo me hundí
en el asiento trasero, mientras el Indio con Iris se abrazaron
como enamorados. El hombre emergió por la calle Grajales. En

la esquina sur-poniente de la plaza se detuvo y observó la soledad del lugar y la calma de las calles adyacentes. Desde esa esquina, cerca de la palmera, tenía la mejor visión de conjunto. Pero el Daihatsu de Abdón Cifuentes, debido a la curva de la calle que orilla la plaza, estaba fuera de su campo de visual. Lo mismo ocurría con una Toyota situada al sur de la plaza por Almirante Latorre. Ninguno de ellos lo veía a él tampoco. Te he dicho: sólo nosotros, los del viejo taxi Peugeot de callejuela Teresa Clark estábamos en posición de observar la «actividad protegida» que estaba a punto de iniciar ese hombre en la plaza. ¿Se habrá fijado él en nuestro Peugeot?

Iris me dijo: Está detenido en el punto de decisión, si es que es él. Y un segundo después: Ya, camina por la plaza, asegúrate de que sea él. Me incorporé lo justo y lo reconocí. No eran necesarios los binoculares. Esa manera de andar echado para atrás y arrastrando un poco los pies era de Rafa y de nadie más que Rafa. Se fue por el camino de maicillo hasta el cedro, que debe de haber estado a no más de cincuenta metros de nosotros. Se sentó en el escaño del chicle, miró un rato las estrellas, giró recorriendo la plaza con la vista y luego dejó caer lánguidamente una mano, tanteando la pata de hierro. Desde esa posición pudo haber reparado en nuestro Peugeot. Tendría que haber dado vuelta la cabeza hacia su izquierda. No lo hizo. Volvió a mirar las estrellas, meditabundo, se levantó lentamente, y enfiló de vuelta hacia la esquina sur-poniente a paso tranquilo.

Iris comunicó por radio que el Principal se dirigía a su auto estacionado en la calle Grajales. Se encendió un motor y un Chevy blanco pasó a velocidad normal por Grajales bordeando la plaza. Iba por su costado sur y se dirigía al oriente. La Toyota de Almirante Latorre se puso en marcha, dobló por Grajales a la derecha, hacia el oriente, y comenzó con naturalidad el seguimiento. En la noche el poco tránsito hace muy difícil la cobertura. Esa Toyota, conducida por Pancha, lo dejó adelantar. Gran Danés iba con ella. Gran Danés comunicó que la Toyota tenía al Principal bajo control. ¿Habrá notado él, entonces, los focos de la Toyota atrás y el auto Nissan estacionado a la derecha, cerca de la esquina de Almirante Latorre? Quién sabe. El Chevy de

Rafa siguió por calle Grajales hacia el oriente y tres cuadras más allá de Almirante Latorre, al llegar a Ejército, dobló súbitamente y aceleró hacia el sur. Gran Danés comunicó que habían perdido control y siguió de largo para no despertar sospechas. El Nissan del Mono Lepe, que venía más atrás por Grajales, tomó Ejército hacia el sur y pasó a ser el auto de control. El Chevy de Rafa corrió unas cinco cuadras, cruzó Blanco Encalada, giró derrapando en Tupper, siguió junto al parque O'Higgins, cruzó la autopista y se lanzó por avenida Matta hacia el oriente. El Mono Lepe nos informó de estos movimientos y aseguró que el Principal seguía bajo control seguido por su Nissan, aunque estaba haciendo maniobras de contraseguimiento. El Macha dio entonces orden de adelantarse al Daihatsu azul y tomar el control. Pero Rafa ya había doblado de nuevo a la derecha por San Ignacio y torció hacia el poniente devolviéndose por Rondizzoni, donde empalmó con la carretera al sur y aceleró a fondo. El Daihatsu quedó atrás y lo perdió. El Macha dio orden de dispersarse. Rafa había detectado el seguimiento. Nada que hacer...

Un par de días después volví sola a la plaza Manuel Rodríguez. Hacía frío y la noche estaba muy oscura. Di un par de vueltas por las calles adyacentes para asegurarme de que no hubiera vehículos ni personas sospechosas. Mis pasos resonaban en el pavimento. Me asustaba de mí misma. Igual que Rafa, llegué por Grajales, me detuve en la esquina sur-poniente de la plaza, junto a la palmera, me aseguré de que el sitio estuviera solitario y me lancé por el sendero de maicillo hacia el banco del cedro azulado. Sentía la humedad del pasto. El ruido de hojas en un matorral me hizo dar un salto y me quedé paralizada. Toqué mi arma. Un gorrión escapó revoloteando. Una vez bajo el techo del enorme cedro, me senté en el escaño como había visto hacerlo a Rafa. Miré el cielo oscuro por el que viajaban nubes más oscuras. La plaza tenía intimidad y secreto. Alargué mi mano hasta tocar el pie de hierro del banco y me aseguré de pegar bien mi papelillo con el chicle.

36

Me llamó puntualmente a la casa de un alumno interrumpiendo, como esperaba, mi clase. Lo cité sin darle explicaciones. El tono, firme y terminante, fue suficiente. Dirección, día, hora. Nada más. No sé por qué estaba tan segura de que me haría caso, pese a lo inusual del procedimiento. El «punto», la sombría plazoleta de Concha y Toro, en el casco viejo de Santiago, tenía escape por tres callecitas angostas hacia Erasmo de Escala, Maturana y Concha y Toro. Eso, pensé, le iba a dar confianza. A la una y media clavada sentí sus pisadas en los adoquines rompiendo el silencio de la noche. Y ya estaba aquí. Había entrado desde el sur por Concha y Toro. Su manera de caminar era la de siempre: pausada y un poco echado atrás. La parka abierta no conseguía disimular su barriga. La mano derecha en el bolsillo inducía a pensar en un arma corta. Desconfiaba.

No hizo ningún gesto al verme. Cerca de la fuente, y apenas pudo chequear la callecita que desemboca en Maturana, se detuvo. El Rafa observó y escuchó cuidadosamente. Me mantuve inmóvil. Le miraba las piernas. No me atrevía a buscar su cara. Entonces rodeó la fuente y se fue acercando a pasos cortos y medidos. Cuando estuvo muy cerca estiré los brazos para abrazarlo, pero él no sacó la mano derecha del bolsillo. Le besé un cachete frío. Entonces vacilé. Me dio miedo hacerlo. Sentí un retorcijón en las tripas. ¿Podía salvarlo todavía? Sí, pensé, todavía es posible. Y en ese momento fugaz, lo quise, juro que lo quise. Me siguen, le dije ansiosa.

Me contempló con una intensidad fría y atenta. Yo me desesperé, me replegué por dentro. Infórmale al Espartano que me están siguiendo, le dije atolondrada. No contesta mis mensajes. Necesito ayuda. Él me observaba desconcertado, molesto. Perdona, le dije. No supe a quién acudir. Por qué no te comunicas con tu contacto, me reprochó, por qué no sigues los procedimientos.

Algo, un brillo pasó por sus ojos tensos. Yo entonces temblé, apenas, pero temblé. No podía sostener la situación un segundo más. Todavía quería salvarlo, todavía... Miré por encima de su hombro. ¡Ahí vienen!, le dije. ¡Arranca, arranca! Y sin esperar su reacción me largué a correr como una desdichada hacia Maturana. Él cortó hacia el norte, hacia Erasmo de Escala.

Te juro que eso fue lo peor de todo lo que yo hice.

Caí al suelo, iba corriendo y oí carreras y un balazo, una Browning, pensé, y caí, y entonces sentí otro balazo. ¿Rafa? Luego oí la primera CZ. Ahora disparaban en ráfaga. Las callejuelas estrechas multiplicaban el ruido. No sentía ningún dolor, pero me llevé la mano a la pantorrilla y palpé algo tibio. Me llevé los dedos a la boca: sangre. Unos gritos, pero lejos. Ahora era la voz grave del Macha. Me estaba diciendo que no, que no me moviera. La luz de una linterna, un cortaplumas o un cuchillo, algo cortando mi pantalón. No es grave, estaba diciendo el Macha. No es grave. Esto te va a doler un poco. Me tomó en brazos y caminó conmigo a cuestas. Pancha me sujetaba la pierna que empezaba a dolerme. El Macha me recostó en el asiento de atrás de un auto. Se sacó el cinturón y me apretó un torniquete que casi me estranguló la pierna. Vamos, le dijo a Pancha. Vamos.

Yo quería saber si me había disparado Rafa. Pero no, no había sido él, me explicó Pancha, mientras mi camilla rodaba por los pasillos del Hospital Militar. Se hizo acompañar por alguien, me dijo. Rafa había corrido hacia Erasmo de Escala seguido por su guardaespaldas. Fue él quien te dio. Al llegar a la plazoleta, tiró hacia Erasmo de Escala para cubrir la retirada de Rafa, pero te vio huyendo hacia su izquierda, hacia Maturana y disparó. Seguramente quiso protegerte de mí porque tiene que haberme visto al lado del auto, esperándote en la calle Maturana. Me apuntó a mí o al Macha y te dio a ti. Eso creo.

¿Y qué fue de él, Pancha? ¿Qué fue de él? Aprieta la boca: Se fue cortado. Le pregunto: ¿Y cómo era? Me dice: Quedó poco de la cara de él. El Macha y yo vaciamos los cargadores. Estaba, cómo decírtelo, quedó todo repartido por los adoquines. Era un tipo grandote, te puedo decir. Me fijé en un trozo del cráneo que quedó tirado y el pelo era muy rubio. Tenía botas vaqueras. Gran Danés le sacó las botas. Quería salvarlas de la sangre, dijo, y se las dejó. Dijo que a él le iban a quedar bien.

Vi entonces, como en un mal sueño, lo que quedaba del Gringo que había querido salvarme, lo vi vaciado en los adoquines. Vi lo que tenía adentro y sostenía su mirada, esparcido por el suelo. Me vinieron náuseas y vomité en la camilla.

Cuando desperté de la anestesia, me habían sacado la bala y hecho unos puntos. Eso fue todo. Me quedaría una pequeña cicatriz. Y, claro, el recuerdo imborrable y quemante de Rafa junto a la fuente mirándome con esos ojos que desconfiaron de repente. Alcanzó a llegar cerca de la esquina de Erasmo Escala, supe después. Ahí, después de la curva, se atravesaron el Mono Lepe acompañado por Iris. Lo encañonaron y le ordenaron detenerse. Él disparó sin suerte. Gran Danés apareció por detrás y de una patada en la cabeza lo tumbó y lo redujo. Tres segundos después estaba esposado. Lo levantaron en vilo y empezó a caminar con dificultad hacia el furgón.

Me hicieron interrogar a Rafa. Mi voz de Cubanita. Y él, Rafa, la vista vendada... No me pidas detalles.

No se sabe de qué se quiere hablar cuando se quiere hablar de esto. Todavía me rebelo. Sé que es una rebelión condenada de antemano al fracaso, como la del Demonio. Y, sin embargo, me rebelo. Soy una renegada. Quebraron mi ser y renegué. Pero no puedo ni cambiar ni borrar mi pasado; sí odiarlo. El pasado es lo que soy sin poder vivirlo. Duele. Ya ves, he llorado. No quiero banalizar lo que me pasó. Pero tú me has convencido de que hable. ¿Para qué? Ahora pienso que se te escapa lo sádico que hay en ti. Yo no quería. Eres un morboso. Eso es lo que te gusta de mí. ¡Confiésalo! Me fuiste convenciendo de a poquitito. Y tenía razón yo: me hundo sólo yo misma en el mismo pozo de nuevo.

37

Riendo, repetía: Mi Malinche, gracias a ti caerá el imperio, mi Malinche. Y se reía con su olor a ajos. El Gato nunca me hizo ninguna insinuación. Pero creaba una situación de intimidad conmigo. Y yo lo oía desde mi atado de imposibles, retorciéndome por dentro. Me conversaba con su voz pegajosa.

Me hablaba de sus tres idas por semana al sauna, del masaje que le hacía una mujer flaquita pero de manos y dedos tan vigorosos para las diversas maniobras –el pellizco, la tijera, el tamborileo, el barrido–, de cómo lo apaciguaba el olor a alcanfor de la crema aparafinada, del papel filosmótico con que envolvía su panza para disolver con el calor de la manta eléctrica la grasa acumulada, del masaje en sus pies siempre cansados, del drenaje craneano durante el cual se quedaba dormido... O me hablaba de algún show de la tele. O de su mamacita que lo quiso tanto, tanto, de su papá, de los tangos que cantaba mientras se duchaba, del accidente carretero, una curva cerca de San Fernando, en el que habían muerto los dos juntos, de los pocos amigos que tuvo en su infancia y que dejó de ver y ya no podría ver más, de una novia alta, que le sacaba casi una cabeza, delgada, rubia, de padres polacos, a la que quiso y perdió. Por el horario de este puto trabajo, me decía, por este horario de mierda. Y bostezaba. Y me llegaba la bocanada de ajo. Y, poniendo un codo en la mesa, sujetaba su cabeza. Era un nostálgico ese maldito Gato.

Me habló de una infección que se había agarrado hacía poco. No sé qué, alguna enfermedad venérea, claro. No me dijo cuál. La enfermera lo había hecho entrar a un baño y le había explicado cómo hacerse el examen. Él no podía creerlo. Lo dejó sólo con dos férulas en la mano. Se bajó los pantalones y los calzoncillos. Miró la punta de la varilla de metal recubierta en algodón. Tiene que entrar el algodón entero, le había ordenado ella. Es una pulgada, no más, dijo, y dejó junta la puerta. Se encontró con su cara en el espejo. Se vio muy pálido. Pensó pedir una camilla. Miró su miembro y se había achicado hasta la insignificancia. Entonces le dio vergüenza. Imaginó el gesto de desprecio de la enfermera si lo ayudaba. Tomó ese miembro de niño y empezó a forcejear. Se doblaba entero, el pobre, por evitar esa penetración contra natura, entonces le dolía atrozmente y el pequeño diablo se le escabullía entre los dedos como una lombriz sintiendo el anzuelo. Él resoplaba desesperado. Era imposible que entrara, un elemental problema de diámetros y volúmenes.

¿Necesita ayuda? Era la enfermera. No, respondió tratando de aparentar calma. No, muchas gracias. Y ella, fríamente: Le pregunto porque se está demorando mucho. Hay gente esperando. Logró clavar la férula medio centímetro. Se le escapó un aullido. Recuerde que hay que meter el algodón enterito. Si no, tendrá que repetir el examen, le dice ella. Ahora su moco de pavo colgaba penetrado por una flecha. Pero no era suficiente, si no avanzaba más habría que repetir el suplicio. Fíjate tú: él usó esa palabra. Entonces lo empujó hacia adentro y escuchó un quejido animalesco, me dijo. Se estaba sintiendo mal. Se sentó en la tapa del excusado, sujetó bien al escurridizo bichito con la mano izquierda, respiró hondo, cerró los ojos y con la derecha hizo avanzar esa flecha cruel. Creía sentir cómo se rasgaban por dentro sus tejidos más sensibles. El corazón dio un salto que seguramente lo salvó del desmayo. Le estaban tocando la puerta: No se olvide que son dos, se necesitan dos muestras. Al salir estaba tan blanco que la enfermera lo hizo tenderse en una camilla.

Este clima de cercanía con él me hacía reír, me asqueaba, me intrigaba. Pero una vez que yo salía de ese subterráneo de olores húmedos al viento de la calle, me pesaba como te puede pesar un poncho que se pasó de agua sucia.

38

Supe que un detenido de Hacha Roja al que no vi había entregado una dirección. Ya estaba totalmente recuperada de mi herida. Mandaron a un equipo a chequear el dato. Revisaron la basura y encontraron ceniza de cigarros puros y una cabeza fumada. El tabaco estaba todavía fresco. Me cuesta creer que un cuadro como el Espartano haya podido cometer tamaño error. Es como para sospechar que quiso que lo cogieran. Una vez nos tocó levantar una casa de seguridad que había sido marcada. A nosotros se nos encomendó esa misión de extrema urgencia. Se juntaron en el lugar dos células. La nuestra se encargó de retirar todo objeto comprometedor. La otra célula era de seguridad. Venían con armas cortas y un arma larga. Los agentes de la repre estaban en camino. Podía ser necesario disparar. Y esta Lorena estuvo ahí. Para que veas.

Era una casa de dos pisos, reja alta, blanca, me acuerdo, con entrada de autos y garaje. Vivía ahí un matrimonio de viejos que servían de manto para normalizar el domicilio. En el patio de atrás había una bodega. No sé adónde quedaba porque nos llevaron en el piso de un auto. Pero por algo que oí al pasar parece que estábamos en Quinta Normal. Teníamos pocos minutos. Hubieras visto la prolijidad, el esmero y la velocidad del Espartano. Nos cuidaba el Espartano. Para comenzar nos obligó a ponernos los guantes plásticos que traía para nosotros. Fuimos echando en grandes bolsas negras, de basura, los relojes, los rollos de huincha aislante, los clavos y tornillos y bolones de acero, los alambres, alicates, destornilladores, un martillo, y unos tiros de hydrex. Bueno, y el parque. Después pasamos paño para borrar huellas.

Los agentes podían llegar en cualquier momento. Obvio, se me olvidaba, lo primero que sacamos fue el trotyl que estaba almacenado ahí. Rara vez disponíamos de explosivos de uso militar. No recuerdo que haya habido orden de emplearlo. Todo eso partió altiro en un auto a cargo de Canelo. El Espartano revisó con linterna que no quedara huella de nada. Luego nos pidió a Teruca y a mí que revisáramos una vez más. Entonces cómo pudo olvidar esa colilla que lo acusaba es algo que no me explico.

El Macha me pidió que los acompañara. Partí caracterizada y con mi pistola de servicio, mi CZ de 9 mm. Me pidió, cuando ya estábamos en la camioneta, que identificara al «Príncipe de Gales», me dijo que la foto era difusa, que no quería equivocarse. Había sucedido más de una vez. Al salir y mientras esperábamos que se abriera el pesado portón del patio de la Central, vi al Gato, su caminar lento, cansado y cabizbajo, las manos en los bolsillos del abrigo, de regreso a casa.

Partí con una fascinación que me reprochaba, algo había en el Macha que atraía y espantaba, que enternecía y aterraba. La frase corta. La voz gutural. La innata autoridad con que se imponía. Su silencio de animal solitario. Sus ojos negros en los que yo veía a la muerte.

Era cerca de medianoche cuando estacionó la Toyota blanca 4×4 doble cabina en la calle Juan Moya, detrás de un destartalado camión Ford sin nadie adentro. A su lado, Iris. Yo, atrás, con los binoculares. Los vi revisar los cargadores y ponerse motas de guaipe en las orejas. Me gustó sentir de nuevo mis palpitaciones antes de la acción. Estaba viva. La intensidad repletaba el momento. Me recomía *una sed de enemigos y de resistencias y de triunfos.*

El Espartano vivía ahí como pensionista. El problema era que había otros pensionistas más, dos estudiantes y, desde luego, la viuda, la dueña de casa que no sabía nada de las actividades clandestinas del «Príncipe de Gales». Eso es lo que se había logrado averiguar. Había que evitar que murieran inocentes y cogerlo a él vivo.

Dobló la esquina tranquilamente. Estaba a unas tres cuadras de nosotros y se acercaba con la misma chaqueta azul, ordinaria y ajada, del restorán del Mercado. Lo reconocí de inmediato: su solidez física, su aplomo de hombre que marcha seguro en este mundo. ¡Ése es!, exclamé. Le pasé los binoculares al Macha y se quedó mirándolo mientras caminaba hacia nosotros. Luego se los dio a Iris y también ella lo estuvo observando. El Espartano se detuvo en la puerta de la casa, sacó desaprensivamente una llave del pantalón, miró mecánicamente a la derecha y a la izquierda, y entró. No se comportó como el profesional que yo esperaba. No hizo el contrachequeo debido. No observó con atención la presencia de ese viejo camión Ford y de la Toyota, detrás. Ese descuido le impidió percibir la amenaza.

Entonces nos bajamos de la Toyota, caminamos hasta un pasaje y subimos a un techo de poca pendiente. Se había estudiado el terreno. Subimos Iris y yo. Nos ayudó el Macha, pero él se quedó abajo. Gateamos, Iris delante de mí, hasta quedar en la casa vecina a la del Espartano. No sé cómo nadie se levantó. El tejado de zinc hacía ruido. Desde nuestra posición dominábamos el jardín, iluminado por dos faroles, y un ala de la casa en «L». Vimos una luz encendida al fondo. Iris estaba muy atenta. El baño, me dijo en una vocecita que apenas yo podía oír. El baño común de la pensión, me dijo.

¿Quieres otro vaso de jugo de frambuesas? Está bueno, tómate otro no más. Ahora, mientras te cuento, me impresiona esto a mí: el Espartano tenía que compartir el baño. ¿Y qué habré sentido en ese momento? Nada. Salvo que estaba nerviosa, salvo que tiritaba. Se apagó esa luz y se prendió otra, al lado. El dormitorio, me dijo Iris. Se apagó la segunda luz. Iris miró su reloj. Esperamos que pasara un largo minuto. Iris se incorporó sin hacer ruido y con una linterna pequeña hizo un juego de luces. Iris miró su reloj. Y continuó la espera. Ahora, treinta minutos, me susurró. Hasta que se duerma. No podíamos hablar ni movernos. En situaciones así a mí me empieza a picar la espalda, se me duerme una pierna, se me escapan bostezos y salvas de estornudos. Todo eso me pasó a mí en ese techo maldito. No a Iris, claro, que me censuraba con el desprecio de sus ojos aceitosos.

De repente, miró la hora, estiró su cuello y se incorporó lenta, elástica y silenciosa como una pantera hasta quedar agazapada detrás de la cornisa. La imité. Desde su nueva posición desenfundó su CZ y le sacó el seguro. En ese mismo instante, una pisada rasguñó el pavimento de la vereda. Después de un nuevo silencio se escuchó un leve gruñido metálico. Iris no desvió la mirada de la pieza de la luz apagada. No se veía nada. La casa estaba en paz. Pero lo que es el ruido de la ganzúa buscando la combinación, lo sentía clarito cualquier oído experimentado. Hasta que la cerradura cedió y la puerta giró. Se oyeron apenas unas pisadas livianas, muy suaves, en el piso de tablas. Un pequeño foco de luz intensa y sola vacilaba avanzando por el interior. Se acercaba a la pieza de la lámpara apagada minutos atrás. Iris estiró su cuello y tomó su arma con ambas manos, su nariz olfateando la noche, los ojos escrutando el movimiento de ese solitario haz de luz.

Un golpazo, una patada en la puerta rompió bruscamente la calma de la noche. Después se oyó un disparo de revólver, un ventanal se hizo añicos, se escucharon gritos, el foco de luz giró buscando y hubo otro tiro. Vino una pausa tensa en la que sólo sentí mi corazón rebotando en su caja. Y entonces, el rafagazo de un AKM.

–¡Nos jodieron! –exclamó Iris sin mirarme.

Otro rafagazo.

39

Iris levantó sin prisa los brazos empuñando su arma con las dos manos y esperó. Vi pasar una sombra por el patio hacia el fondo. Se agachaba y cubría a los que venían de atrás, disparando. Después era relevado por otra sombra y echaba a correr. No eran meros estudiantes esos dos estudiantes. Sabían combatir. Iris apuntó con calma. Ahí, con su cara aguzada, era un zorro. Creo haberte dicho que era una tiradora experta. La mejor del equipo. Uno de ellos, llegando al muro, pareció dar un paso en falso, se frenó titubeando cerca de un farol y se azotó contra el suelo: Iris. Quise imitarla.

Tal como nos habían enseñado no puse en la mira el punto ciego de la otra figura, sino que un poco adelante, y disparé, pero mi sombra siguió corriendo. Había errado. En medio del ruido y la confusión reconocí al Espartano. Era su manera de moverse. Ya había salvado el muro y escapaba por los techos de la casa del fondo. Era él. No sentí ninguna culpa, ninguna, ni siquiera al mostrárselo a Iris. A mí me saltaba el corazón imaginando lo que pasaría. El otro se dejó caer resbalando por la techumbre de zinc. Y el Espartano seguía moviéndose inestable, vacilante al pisar, seguía yéndose por los traicioneros techos. Yo quería ver cómo lo agarraban vivo. Me reí, se me escapó una carcajada indomable. Entonces desapareció seguido por una ráfaga. Nos dejamos caer del techo y corrimos. Un Datsun rojo pasó a nuestro lado a toda velocidad hacia la avenida Dublé Almeyda. Seguro que se robó ese Datsun, me dijo Iris. El Espartano había roto el cerco.

El Macha nos esperaba en la Toyota con el motor andando.

Estaba sucio, despeinado y en la frente tenía un corte. El tráfico por Dublé Almeyda, aunque escaso a esa hora, lo protegía al Espartano. Iba solo. Lo perseguimos por Vespucio hacia el sur. Al Macha, que conducía, le molestaba la sangre en la ceja. Iris le ató un pañuelo en la frente. Los autos que pasábamos parecían inmóviles. Tan rápido íbamos. El Espartano hizo como que doblaba hacia el oriente y, quebrándose, tomó hacia el poniente, derrapando, y arrancó por avenida Grecia. No podían tirarle. Por los demás autos. No podíamos. Yo hubiera querido darle con mi CZ aún virgen. Se me salía el corazón por la boca. Yo era otra, estaba desatada, estaba enceguecida. Antes de llegar a Vicuña Mackenna largó por la ventana una granada de mano que explotó a metros de nuestra Toyota y las esquirlas astillaron el parabrisa. En la esquina, el Espartano giró a la izquierda derrapando con cuatro pistas repletas de autos subiendo por Grecia contra él y enfiló hacia el sur. Dejó un enjambre de bocinas, frenazos, autos enredados los unos con los otros. Humo y olor a caucho quemado.

Lo perdimos y ahí cometió un error: debió haber doblado y tomado otra calle. Por alguna razón siguió a toda velocidad por Vicuña Mackenna. El Macha, apenas logramos salir del embrollo de autos, pisó el acelerador de esa 4×4 pichicateada con pistones más grandes y carburador arreglado para que corriera más y no tardamos en divisar la cola del Datsun. Íbamos ganando terreno. La Iris se descolgaba buscando el ángulo, medio cuerpo afuera de la ventana. Nos aproximamos al Datsun y el Macha, al segundo intento, logró darle un topón cerca de la rueda trasera. Era una técnica que nos enseñaban en el campo de adiestramiento de La Rinconada, pero nunca pensé que serviría para algo. Funcionó.

El Datsun saltó a la vereda, corrió unos metros capeando apenas un árbol, raspó ruidosamente un muro, se bandeó y en ese momento oímos en la radio del vehículo una voz perentoria que me sobresaltó: Por órdenes superiores se ordena la inmediata detención de la Toyota y la suspensión de la persecución. ¿Me copian? Por órdenes superiores se ordena..., repitió. El Datsun del Espartano recuperó la calle y se nos perdió huyendo hacia el sur.

Un Volvo plateado se nos atravesó por delante. El Macha se bajó y fue hacia él, su casaca de cuero negro entreabierta. Iris cortó el motor. El Macha golpeó el vidrio del Volvo con la cacha de su CZ. La puerta se abrió muy lentamente y apareció la figura espigada, distinguida y serena del Flaco. Por supuesto, yo le había reconocido la voz. El Macha se guardó el arma en la espalda, metida en el cinturón. Distinguimos la voz opaca del Macha mirando al Flaco para arriba: Tenemos jefes aculados. ¿Y vos ahora erís uno más de ellos, Flaco? ¿Me oís lo que te digo? El Flaco miraba por encima de la cabeza del Macha con una expresión indefinida, y una sonrisa gélida y constante que no le conocía. Pero empezó a gesticular con su calma de siempre explicando algo. Te estoy diciendo, me decía Iris... A ver, ¿cuántas veces nos ha pasado? Huevás del Macha. Se tira por su cuenta y de arriba lo desautorizan. ¿Por qué veníamos tan repocos?... Entonces se me vino a la mente la figura del Gato, cabizbajo, con las manos en los bolsillos del abrigo, arrastrando los pies, mientras esperábamos que se abriera el pesado portón.

El Volvo partió y el operativo se dio por concluido. El Macha sacó el botiquín, cortó con la tijera de su cortaplumas suizo un pedazo de gasa, abrió el frasco de agua oxigenada y, mirándose en el espejo de la Toyota, se limpió la herida. Era un tajo superficial, pero había pequeños trozos de vidrio adentro. Iris le ayudó a extraerlos con las pinzas del mismo cortaplumas. Había una astilla que había penetrado de lado y que al ser forzada a salir, por su forma de rombo irregular, rompía la carne. A Iris, que se ayudaba con una linterna, le costó extirparla. El Macha se echó unas gotas de yodo, se puso un parche, se ordenó la ropa, se peinó y nos convidó alegremente a tomarnos una cerveza en un boliche cercano que él sabía que estaba abierto a esa hora. Quedaba por la misma avenida hacia el sur, a la altura del paradero 20, en la calle Santa Amalia, nos dijo, frente a una cabina telefónica. Él debía volver más tarde a la Central para informar de lo sucedido. Después Lisandro Pérez Olmedo tendría que presentarse, como tantas veces antes, en la correspondiente comisaría número 18 de Carabineros y hacer la declaración de rigor: «En circunstancias en que el individuo XX, cédula de identidad tanto y tanto, domiciliado en la calle Juan Moya, número tanto y tanto, haciendo caso omiso de la orden de arresto, huía por el patio trasero descargando en ráfaga un AKM, debí neutralizarlo para lo cual hice uso de mi arma de servicio...». Lanzó una carcajada.

Lisandro Pérez Olmedo todavía tenía tiempo para una cerveza. No parecía preocupado por lo que estamparía con su firma en una declaración que sería después archivada en los expedientes de ese juicio en el Décimo Tercer Juzgado del Crimen de Santiago. Iris se ofreció para hacer ella el trámite porque cualquier estudio balístico demostraría que el disparo provenía de un techo y no desde el suelo. Lisandro Pérez Olmedo desechó el argumento con otra carcajada. ¿Quién dice que yo no trepé a ese techo? Tú de aquí, a dormir, le dijo. Es una orden, le dijo.

Nos estábamos tomando unas garzas, te digo, en la fuente de soda de la calle Santa Amalia. Por la ventana yo veía una cabina telefónica desamparada junto a un poste de alumbrado con el farol roto y sin luz. Cuando Iris le preguntó por qué la orden superior y qué había ocurrido con el Flaco, el Macha hizo un gesto desdeñoso, arrugó la frente y se sumió en un largo sorbo de cerveza. Te van a poner una anotación negativa en la hoja de servicio, le dijo Iris. Malazo para tu ascenso. El Macha repitió el mismo gesto desdeñoso con la boca. En su bigote negro brilló una gotita de cerveza. La primera corrida de garzas se fue en un santiamén y ya iba yo en mitad de la segunda cuando Iris se incorporó. Quería ir al baño. Me levanté para dejarla pasar. En ese segundo exacto reconocí al Espartano. Se acercaba a la cabina telefónica con el pelo muy revuelto y la casaca sucia. Las coincidencias se dan. No siempre, claro, pero a veces, y son determinantes.

¿Podía quedarme callada? Se me salía el corazón por la boca. Comprobé que nadie se fijaba en mí, particularmente. ¿Por qué hice lo que hice? Apretando mi garza muy fuerte con mis dos manos y mirando la mesa con mantel plástico floreado, lo dije con una voz que recuerdo aterrada. Ahí está el «Príncipe de Gales», dije. Ahí, en la cabina telefónica. Esperaba que el Macha saliera corriendo a meterle un balazo. Pero no. No se inmutó. Seguimos tomando cerveza como si nada hasta que volvió Iris. Entonces le pasó las llaves de la Toyota y le dio orden de seguirlo. No ocupes la radio, le dijo. ¿Está claro? No ocupes la radio de la Central. Llámame desde un teléfono público cuando puedas. Te mandaré otro móvil de apoyo. Apenas el Espartano colgó, salió ella tras él. El Macha y yo terminamos calmadamente nuestras cervezas.

Recién entonces me atreví a preguntarle si realmente había pensado que en la pensión podía reducir al «Príncipe de Gales» solo y sacarlo esposado a la calle. Asintió con la cabeza. Pero no estaba durmiendo. Ni siquiera acostado, dijo. Y mirando un punto distante e indefinido: El hombre estaba vestido, haciendo tiburones a oscuras y con el arma a mano. Los otros dos también estaban vestidos en sus respectivas piezas, cada uno con su AKM preparado. Raro, ¿no?

El seguimiento se mantuvo día y noche durante más de dos meses. «Lo acostaban y lo levantaban.» Se ocuparon tres autos y nueve agentes que se iban rotando. No lo perdieron de vista casi nunca. Esto permitió trazar toda una malla de contactos. Alguien fue seguido después de un «punto» en el que, por llegar el último y ubicarse en el lugar más protegido, reveló su primacía respecto del «Príncipe de Gales», y luego entró a un departamento de la calle Viollier. En la foto del «Viollier» identifiqué a Max: sus ojos chicos, su pelo oscuro y tieso. Dos veces el «Príncipe de Gales» se les perdió, las dos veces en la Vega yendo a un «punto». Se les escabulló entre tanta gente y tanto puesto de verduras y frutas. Pero lo reencontraron en el mismo mercado. Fue un seguimiento organizado por el Macha a espaldas del Flaco Artaza.

41

Entre tanto, Clementina publicó un libro que recopilaba sus reseñas y presentaciones. La invitaron a París a dar un ciclo de conferencias. Me acordé de Giuseppe. Le compré un regalo –un libro de fotografías de la Patagonia– y le escribí una tarjeta. Clementina aceptó encantada mi encargo. Cuando fui a despedirme de ella, llevaba el regalo en mi bolso. En el último momento me compliqué y no se lo quise entregar. Me chupé. Las conferencias de Clementina fueron todo un éxito. Una editorial se interesó en publicar un libro con sus artículos. A su vuelta nos juntamos con tres amigas más a celebrar y comentar su viaje, su triunfo. Me sentí incómoda almorzando con ellas. Yo estaba acostumbrada a fingir, pero ese día, levantando una copa con ellas, me costó, me dolió, me compadecí de mí. Me separé de ellas entristecida.

Por la noche –otra de esas muchas noches en Malloco en las que el Flaco se me perdía– me volví a sentir triste y me encontré bailando, medio borracha, con dos mujeres que nunca había visto y me parecieron lindas. Mi «mestizaje», tú sabes, mi «hibridez», como diría Clementina, nació con el pecado original de la violencia. Y ellas se movían con gracia y nos reímos juntas y nos abrazamos y creo que nos besamos un poco. Mi recuerdo es confuso. Después subimos a un privado especial, que era la novedad de la casa, y riéndonos y tocándonos con cariño nos dejamos caer en una cama de agua. Soy Josefina, me dijo una; soy Josefa, me dijo la otra. Soy María José, dije. Todas mentimos.

Alguna cerró la puerta y flotamos en lo dulce y lo espeso y en la penumbra nos fuimos palpando como quien toca una chirimoya o una pera por ver si está madura. Nuestros movimientos fueron lentos y persistentes; nos envolvía una red de ternura y silencio. Un zapato de taco, una media que me había atraído mientras bailábamos ahora se transformaba en una barrera, una pared por superar. Cada descubrimiento de la piel era un hallazgo, como si ese perfil, esos senos, esa cintura fueran la silenciosa partitura de una música que se interpreta por primera vez. Era la hora de la belleza mía, la de mí misma, y yo estaba orgullosa de habérmela apropiado.

Es fácil besar a una mujer; con qué naturalidad la mano imagina un hombro o un muslo que se convierte en ese hombro o muslo de ella y lo protege; como si de mis manos pasando dependiera su permanencia y su piel, como si sin el contacto suave e insistente de otra piel, ella se marchitara y se cayera a pedazos. Y era como si el roce continuo de esas manos fuera reconstituyendo una cáscara invisible, un huevo en el que se incubara un cuerpo transfigurado. Nos palpábamos dejándonos ir sin apuro, propósito ni temor. El momento futuro temblaba como la llama de una vela en la oscuridad, y era espera y sorpresa.

En algún momento lloré y Josefina me acunó y Josefa lengüeteaba mis lágrimas, y lloré más y lloramos las tres abrazándonos, escondiéndonos cada cual en la otra. Y después nos largamos a reír y nada existía sino nosotras tres riendo enredadas sobre esa cama de agua. Hasta que volvieron los besos y un amor lento. Después me fijé en los ojos de Josefina y de Josefa, esa mirada serena y vaciada.

No se es «lesbiana» ni «maricón» ni «sádica» ni «hetero» ni «masoca» ni «leal» ni «traidora» ni «héroe» ni «villana»… Hay que *destruir el lenguaje para tocar la vida.* Una solamente hace ciertas cosas. *Nunca nos bañamos en el mismo río.* Ahí, en esa casa de luces y sombras dionisíacas conocí falos grandes y alargados, y anchos y cortos, y rectos y curvos, en fin, las mil y una formas en que pueden presentarse estos diablillos. El de ese tal Febo era puntudo. Recuerdo otro que tenía eso que sube por debajo muy grueso y notorio. Cada falo es diferente, ¿sabes?, y tiene una personalidad propia, es expresivo e individual como puede serlo en la cara, una nariz.

Energizada por anfetaminas o viendo gracias al amyl el poder violento de la luz y las palpitaciones de mi corazón a todo dar, yo podía soportarlo todo, abrazarlo todo, aceptarlo todo, desearlo todo y la piel de mi alma de bestia omnívora que suprimimos se fascinaba, se arrojaba al vértigo. Era la noche del gran «Sí». *Nada es verdadero, todo está permitido.* Porque somos bárbaros disfrazados; eso somos. ¿Por qué digo «bárbaros»? Los escitas, dice Heródoto (¿o no era Heródoto?), compartían sus mujeres y fornicaban en público como los animales. Por eso eran bárbaros. Entonces me corrijo: somos animales carnívoros mal disfrazados y sin inocencia. Eso fue lo que perdimos con el Paraíso: la inocencia animal. Nos miramos desnudos y nació la vergüenza. El infierno es un espejo del que no puedes apartar la vista.

42

Recibí un llamado de la Central. Debía presentarme con urgencia en la oficina del Macha. Me recibió el Indio Galdámez, con su camiseta sin mangas, transpirada y maloliente, luciendo sus músculos de creatina con su boa verde. Me siento en el sofá de plástico café, imitación cuero que hay en la sala. Él vuelve a su partido de tacataca con el Chico Marín que, anchote como un cuadrado, lo espera rascándose la cabeza rapada. Sobre el tablero de ajedrez, Iris inmovilizada. Al frente suyo, el Mono Lepe. Ha perdido tres peones y un caballo. Observa alarmado y se agacha y casi toca una de sus torres con su nariz chueca y hundida. Pancha mira la televisión. Lo requetesabe. Esa polera negra le hace buena facha. La típica mina ordinariota, pero de buenos pechos que le gusta a los hombres. Hay varias sillas dispersas, una mesa de centro con dos ceniceros de cobre, las colillas retorcidas adentro, y un florero con flores artificiales. Oigo la voz del Macha. Ladra por teléfono.

Te repito: es una huevá. No, insiste rugiendo tras un silencio. Reventar la operación ahora no tiene sentido. Silencio. No. No quiero echar a perder un trabajo de seguimiento que ha tomado meses. Silencio. Enojado: ¿Y qué querías? ¿Que esperara una orden cruzado de brazos? ¡Claro! Y ahora te parece bien y ahora quieres aprovechar la situación. Silencio largo. ¿Y por qué fuiste personalmente a abortar la captura? Silencio. ¡Claro! ¿Me estás amenazando? ¿Cómo? ¿Qué? ¿Que me cagué en los procedimientos? Por favor... Silencio. La situación ha cambiado. Ésa es la razón. Ahora es prematuro. Estamos obteniendo inteligencia muy valiosa, Flaco. Estamos a punto de... Silencio. Más sereno: Te repito: sería una grandísima huevá. Se van a fondear. Silencio. Sí. Ése no es el tema. Estamos listos. Reuní a mi gente apenas... Silencio. Entonces estoy recibiendo una orden. Es algo definitivo. Una orden. Silencio. Conforme. Silencio. Sí. Irá. Bien. La orden se cumplirá de inmediato. Silencio. Sí. Conforme. Déjame decirte: ustedes, los de arriba, son unos conchudos. Pero la misión se llevará a cabo de inmediato.

El Indio Galdámez me hace pasar a la oficina. Detrás de su escritorio, el Macha me saluda con indiferencia. La pieza es pequeña, el piso de linóleo grisáceo huele a cera. La ilumina un solo tubo de neón. Me siento. Nos separa su escritorio. Busco alguna huella personal. No hay una foto, un cuadro, un pisapapeles, nada que diga algo de él. El lápiz a pasta que veo encima es un vulgar Bic amarillo que descansa sobre un bloc. A un costado, una percha con un colgador de ropa sin ropa y un estante metálico con algunos archivadores. Detrás de él, la radio y una sólida caja fuerte empotrada en la pared. En la esquina de esa caja cuelgan la sobaquera con su arma de servicio, su CZ de 9 milímetros Parabellum, y un pasador para cargadores pero sin los cargadores.

–Te necesito –dice con esa voz grave suya–. Vamos a reventar el seguimiento que le hemos hecho al «Príncipe de Gales» y al «Viollier». Órdenes superiores. No podemos equivocarnos. Te necesito ahí. Te insisto: no podemos equivocarnos. Los queremos vivos. ¿Estás dispuesta?

–Por supuesto –digo–. Por supuesto. ¿Cuándo?

Miró su Rolex.

–Son las once y media. Saldremos dentro de diez minutos. Anda a que te caractericen. Tienes contigo tu arma, ¿no?

–Sí –dije indicando mi cartera.

Y cuando iba a abrir la puerta:

–¿Tú le contaste al Flaco o al Gato que le teníamos puesta una cola al «Príncipe de Gales»?

Negué con la cabeza.

–Te creo –me dijo sombrío–. Pero ahora da igual. No hables con nadie. Nos reunimos en el patio de estacionamiento en diez minutos. ¿Está claro?

En el pasillo me encontré con el Gato. Venía cabizbajo, como siempre, avanzando con lentitud y pesadez. Me fijé en sus gastados pantalones grises, en sus zapatillas viejas que usaba sin calcetines. El Chico Marín pasó por mi lado, me tiró del pelo, se rió con sus ojos saltones, y siguió de largo como sin ver al Gato. Cuando olía ya su olor a ajos, me vio y me sujetó de los hombros contra el muro.

43

–¿Adónde vái Malinche?

–A Caracterizaciones.

–¿Y? ¿Por qué? ¿Te llevan a un operativo?

Sonreí enigmática.

–No me gusta nada. Es peligroso. Tu lugar está aquí, conmigo. Lo otro lo puede hacer cualquiera. ¿Te lleva el Macha, no es cierto?

Me sonreí.

–¿Seguro que la operación está autorizada?

Asentí con la cabeza. Hizo un movimiento brusco e inesperadamente veloz. Ya no tenía mi cartera y me dolía atrozmente el brazo torcido en la espalda. Lo manipulaba él desde mi muñeca dolorosamente doblada. Hizo todo esto con una destreza y agilidad impensable en un hombre tan gordo como él.

–Tú te venís conmigo –me susurró–. Tú pertenecís a mi sección. Vamos. Vamos a ver si existe la tal orden. –Y lanzó una carcajada.

No afloja la muñeca, pero sí el dolor. Bajamos al sótano. Huelo el cloro del piso. Lo deben haber trapeado recién. Enciende la luz. Me hace sentar, guarda mi cartera en un cajón de su escritorio, tira al basurero una Pepsi vacía y un papel de envolver sándwiches, se deja caer resoplando sobre su silla y llama por el interno.

–Vamos a cerciorarnos –dice–. Y no me mirís con esa carita acontecida... Te estoy protegiendo, Cubanita.

Pidió que lo comunicaran con C3.1. Yo sabía que era el Flaco. Le dijeron que le devolvería la llamada en un momento. Yo le expliqué que la operación estaba por comenzar, que no podía atrasarme, que no tenía cómo justificar mi ausencia.

–¿Se trata de peces gordos?

–No sé.

–Aunque no sean peces gordos es bueno que se lleven a cabo estas operaciones, ¿sabís tú? Hay que mantener contacto con el enemigo. La red terrorista está diseñada para evitarlo, salvo cuando ellos asestan el golpe sorpresivo y arrancan. Y, claro, hay que descabezar al movimiento. Eso sabemos. Los subversivos se desparraman cuando caen los jefes. «Matando a la perra se acaba la leva.» Pero no debís participar tú en estas cosas, Cubanita. Tú andái a la siga de aventuras, ¿no es cierto? La droga del peligro. No te conoceré yo, cabrita... Pero no. No es prudente ni conveniente.

El Gato estaba convencido de que ya me iban a descongelar del todo, de que mis compas me habían estado probando, de que me encomendarían muy luego misiones de importancia y quería que yo fuera su informante. Esperaba cosas grandes, me imaginaba yo... Y entonces, sin haber por qué, después de un silencio corto, puso un codo en la mesa y se sujetó la cabeza con la mano y me lo dijo.

–Es como si yo no existiera –empezó a decir recogiendo con la uña unas miguitas de pan que habían caído del papel de envolver sobre la cubierta metálica de su escritorio–. Los mismos agentes de aquí me desprecian. Me evitan en los pasillos, miran pal otro lao si me ven cruzando el patio. Tú viste recién a ese Chico Marín, pu... Tú viste cómo me quitó la cara ese pendejillo. No quería incomodar a nadie, me dijo. Por eso no entraba al casino. Se hacía traer sus Pepsis y sus sándwiches de frica, sus lomitos con tomate, palta, lechuga y mayo del boliche de la esquina. Devoraba todo aquí en su escritorio en la misma sala subterránea de los interrogatorios. Por no molestar... Y eso que a algunos los conocí de cabros... Pero no son nada las balas las que deciden esta guerra mugrienta, ¿sabís? Ellos lo saben. Son estos datitos, estos trabajitos cochinos. Esta pega es como la del verdugo.

Vuelve a recoger miguitas con una uña un poco larga y no

muy limpia. Su vientre se derrama como una ola sobre la superficie de metal. Todos desconfían de todos aquí adentro. ¿Será por eso que el Gato se confía a una extraña como yo?

—¿Quién no lo sabe? Sin el siniestro verdugo, me dice, la sociedad no existiría, pero nadie quiere verlo en sociedad. ¿O no? ¿Serán acaso los angelitos los que construyen el orden social? ¡Qué lindo sería! Lamentablemente hay que usar el terror, hay que usar el mal, hay que usar lo más vil y carajo que esconde el ser humano. Después, claro, esos métodos se condenan y las barbaridades que permitieron abandonar la barbarie son castigadas. ¿O no? Se las deja atrás, se las olvida, ya no son na necesarias, pu. Como dice el periodista en la vieja película de vaqueros esa, se me va el nombre, al final se imprime la leyenda; no la historia. ¿Qué creís tú? —Sonrió achicando los ojos con aire felino—. ¿Tú pensái, Cubanita, que los dueños de los aviones y de los barcos y de los bancos y de las minas de cobre y de las fábricas de tallarines y de helados saben que alguien como yo existe? ¿Tú te creís que saben que su poder se iría a la mierda sin nosotros, los que estamos aquí en estas mazmorras oscuras y húmedas como si fuéramos guarenes de alcantarilla? ¿Tú te creís que esa iñora que sale por la mañana a comprar se le pasa por la cabeza que nosotros protegemos esa larga cadena que le permite a ella encontrar en la feria sus tallarines, su arroz, su botella de aceite? ¿Tú te creís que esa jovencita linda en la luz de la mañana, en el lago, en bikini, deslizándose en esquíes de fibra de vidrio en la estela de una lancha con un motor fuera de borda de 150 hp, sabe de mí? ¿Tú te creís que se imagina que la tarjeta dorada de su papi cuelga de un hilo delgado e invisible que la une a un ser «abyecto» como yo? Ni qué hablar de los intelectuales que analizan la «coyuntura política», que llaman. ¿Qué me decís tú de esos pajeros?

¿Ha borrado mi pasado o quiere que tratándome así yo lo borre? Siento su respiración en el cuello y esta obscena cercanía me repugna.

—¡Tanto informe inteligente que nos toca leer! Ellos lo saben todo, son «politólogos», escriben sobre el poder. Cómo no, si son inteligentes y lo han estudiado todo y en las mejores universidades de Europa y Estados Unidos. Claro, ellos lo entienden todo, salvo una cosa: el poder del miedo. De eso, los intelectuales no saben na. Y nosotros, sí. Soy harto profesional, tú me conocís. Lo que acorrala al hombre que está en pelotas, amarrado y vendado no es eso en que se transformará su cuerpo. Aunque lo imagina o cree que lo imagina, todavía no sabe lo que es brincar hecho lenguas de fuego. Pero eso a los duros, a los bien adiestrados los ablanda, sólo los ablanda.

Un temblor me recorre la espalda. Me falta aire, es el comienzo de una fatiga. Me pregunta qué me ocurre. Digo que nada. Él continúa:

–El interrogatorio es un arte. Yo sé llevar a quien sea, al más pintado, al lugar de la desesperanza. Ahí cede y se rinde. ¿Te escandalizo?

Calla. Se me aleja el malestar. Saca del cajón un sándwich, desenvuelve el papel con calma, lo observa y le hinca los dientes con premeditación. Un hilo de mayonesa resbala por una de sus comisuras. Mastica con energía y concentración. Suaviza el tono:

–Y nadie se escapa. Nadie. Es el hecho. Es lo normal, lo humano. Por eso no deben sentir culpa.

Y entonces yo:

–Tengo que irme, me deben estar buscando.

–Tengo que protegerte. Es mi obligación.

–Gato: me consta que la operación está autorizada. No sólo eso: la orden viene de arriba.

–Ése fue el cuento que te contó el Macha, ¿no?

–Oí la conversación por el citófono.

Frunce el ceño.

–¿Cómo así?

Mientras esperaba se oía la conversación.

–El Macha es gritonazo pal teléfono. Eso es cierto.

–Sí; lo escuché clarito.

Llama otra vez por el interno. Oigo la voz de la secretaria al otro lado. Lo demoran, le piden que espere, C3.1 está hablando con otra persona, se comunicará con él en un momento. Me mira, baja los ojos al sándwich y le planta otra mascada precisa y resuelta.

–Nadie, como dice el Ronco, naiden. Es el hecho, es el hecho. –Y continúa como si tuviéramos todo el tiempo del mundo–. Me tocó uno, tal vez dos que no. Me acuerdo de un médico del Frente. Apenas empezábamos a darle le venía un ataque epiléptico. Dos médicos de aquí lo chequearon y requetechequearon. No tenía nada. Una reacción histérica, dijeron. No hubo nada que hacer. Ése no habló nada. Excepción que confirma la regla. Cada persona tiene su punto flaco. Es cuestión de descubrirlo. El Macha, por ejemplo, tiene a Cristóbal. Se desvive por ese cabrito. Desde que se separó de su señora ha tenido mujeres; pero nunca mujer. ¿Me entendís? Cristóbal es su incondicional. El mejor amigo de ese cabro Cristóbal es su papá. A veces lo trae pa acá y lo lleva a disparar al polígono. Balas de verdad, pues oye. Lo quiere mucho al niño ese. Lo saca a pasear en su Harley Davidson, paseos largos, oye, lo lleva a acampar, lo lleva a pescar al sur, al Yelcho. Pesca con mosca. Eso le gusta harto al Macha. Le gusta mucho pescar al Macha.

Hurga con su dedo meñique en la oreja izquierda y luego observa el cerumen extraído con suma atención. Continúa masticando con unción.

–¿Qué me decís tú? Yo siento que nuestros adversarios son respetables. Eso creo yo, que los he conocido como desechos humanos, la madre delatando al hijo y el hijo a la madre, perdida ya toda dignidad. Pero aun así los considero respetables. No es una estimación recíproca, ¿sabís tú? Eso duele. No me gusta caminar por este barrio. Yo llego en bus todas las mañanas. No tengo auto. Si hay una emergencia me mandan a buscar. Pero lo normal es que entre y salga caminando por estas calles mugrientas, un hervidero de vehículos malolientes que se apretujan y miles de peatones de aspecto pobretón. ¡Qué diría mi madre si me viera pasar volviendo del trabajo! Este patio desamparado, las cagarrutas de las palomas en el suelo y en las carrocerías jodiéndoles su pintura a los autos y taxis clandestinos que se usan para los seguimientos... –La mayonesa resbala por su mentón–. Y afuera, entre los bocinazos y frenazos –me sigue diciendo–, los papeles tirados, los restos de cajas de cartón humedecido y maloliente, los pedazos de frutas y verduras aplastadas que cayeron de los cajones y se pudren en la calle, la ordinariez, ¿sabís tú?, los tarros de cerveza abollados que nadie recoge, las manchas de aceite en el pavimento con parches de alquitrán, los muros rayados con palabrotas y carteles despedazados pegados sobre otros carteles despedazados, el kiosco donde venden cigarrillos, maní, dulces y chocolatines en medio de la bulla de las máquinas, el gemido ruinoso de las palomas y los meados de gatos flacos y soñolientos, esos gatos en los huesos que no terminan nunca de desperezarse, y los techos cochinos, el humo negro de los motores de los buses, sus frenos que rechinan y chirrían y le hacen perjuicio a los oídos, el boliche ordinario de la esquina, siempre con el televisor a todo volumen, donde venden mote con huesillos y al que yo no entro jamás por precaución aunque de ahí son estos sándwiches y mi Pepsi, el ruido cansado de los camiones viejos, el aire pesado y picante debido al óxido de nitrógeno y al monóxido de carbono y al ozono y al hollín cancerígeno de los motores Diesel...

–¡Gato! Debo irme. Me esperan. Es urgente.

Se queda callado. Le da otro mordisco al sándwich. No puedo evitar ver en su boca abierta el resultado de la empeñosa trituración de sus muelas. Lo que es él parece estar divisando algo muy remoto.

–¡Qué diría mi madre si me viera en medio de la inmundicia de este barrio! –Y mira al techo. Está buscando mi lástima. Al mismo tiempo, está siendo sincero–. Ella, que era tan fina, ella que hacía bordados tan delicados que envidiaban mis tías, que eran mayores que ella, las dos, y competían con ella sin lograr igualar jamás los encajes de sus inmaculados manteles. Si ella viviera: ¿podría yo tolerar este trabajo? ¿Qué podría yo decirle? La Central a mí me debe demasiado, oye. Yo no estuve antes, tú lo sabís, yo te lo he dicho, yo no estuve cuando ocurrió lo peor, lo tétrico, lo que es tan horrible que muchos no pueden creer que ocurrió. Y eso pensaban los de entonces, que nadie o casi nadie iba a creerle a las víctimas. Y los muy cercanos, los que creyeran, mejor, porque a ésos, justo a ésos, había que dejarlos escarmentados. Eso fue antes que se creara la Central. Yo empecé este trabajo de mierda aquí. Y a mí me deben harto, oye. Aunque soy un mandado más como el Flaco Artaza, que me manda a mí y también al Macha, que llegó después que yo. No lleva tanto tiempo el Macha en esto, después de todo. Y aquí nadie se manda solo. De lo contrario quedaría la pelería no más, nos iríamos a la chucha sacándonos la cresta entre nosotros mismos. ¿Entendís? El Mando. Claro. El Mando nos da órdenes que quisiéramos no recibir, ¿no es cierto? Yo no nací pa esto. Quiero decirte: no soy lo que hago. Porque, por la puta, son compatriotas nuestros, es muy duro, ¿veís tú? –Arrastra su vocecita tentando mi conmiseración, lo cree posible, quisiera ser tratado como víctima–. Pero –dice con un gesto digno–, yo he cumplido con mi deber, he obedecido. Ésa es mi honra. Donde me ordenaron estar, aquí en esta cloaca, yo he obedecido sin juzgar. La responsabilidad es de quien nos da las órdenes. Lo mío, cumplirlas. Verticalidad del mando. Compartimentación. Como debe ser. Como me enseñaron. Aunque igual yo me las arreglo para saber lo que pasa. Pero yo no he inventado nada, ninguna técnica, ningún procedimiento. No es que me guste lo que hago y se me anden ocurriendo a mí las huevás, ¿me entendís? Tú lo hái visto. Hay que contener el asco, a veces... Pero es lo que me tocó y si no fuera yo, sería otro. La orden está, hay que cumplirla. Así y todo, a mí, a mí, nadie quiere verme. Ninguno de los de aquí adentro, te digo.

»El Macha es distinto, ¿sabís tú? Es el único que me mira a la cara. Me pregunto: ¿me tendrá miedo? Él, que es tan corajudo, que dicen... Me convida de tarde en tarde a tomarnos una cerveza bien heladta a un boliche que hay por ahí, cerca del mercado. Hablamos como no podemos hablar con los que trabajan directamente con nosotros. Por la compartimentación, ¿me entendís? Yo no sé quién es el Rata. Sé su chapa. No sé quién es su mujer, ni sé de sus hijos. No debo saberlo. Aunque no sé por qué me late que es un rati. Tampoco él sabe nada de mí. Nuestro himno debiera decir "somos los hijos de la soledad". Nadie vive más solo que nosotros, oye, y me mira con ojos vaciados. De tanto desconfiar, desconfías de ti mismo. Te pones a pensar en el enemigo casi como un igual, casi como un hermano. También él ha de estar muy solo en algún cuartucho de alguna pensión de por ahí viviendo su perra vida clandestina. Su presencia que siempre está viva en tu imaginación, te acompaña desde lejos. Si fuera posible... Tú sabís: el odio y el amor se convierten. Después te dices que no, que obviamente no es así, que es todo entero, tu enemigo. Y sin embargo... El Macha no sabe realmente quién es Iris ni el Chico Marín. No sabe... En cambio, por estar en departamentos diferentes, con el Macha Carrasco podemos hablar. No mucho, pero algo. A pesar de que sólo conocemos al otro por su chapa. Pero yo sé quién es su hijo, eso sí. Hablamos de fútbol; hablamos de su padre que era camionero, que manejaba un Ford con acoplado, y al que él veía repoco. Hacía fletes al sur el papá del Macha y por eso paraba poco en la casa. No se llevaban bien. Mi viejo, me dice él, me metió a la Escuela Militar para enderezarme. Así menos se vieron. Mi viejo no me tomaba en cuenta, dice él. Le hizo falta su viejo al Macha. Quizás por eso haya salido tan reamachado. Digo yo.

»Del trabajo es pocazo lo que hablamos. Aunque algo. Desprecia. Desprecia a nuestros "jefes aculaos", desprecia las condecoraciones, las presillas, no confía en nadie... Si hay un hombre solo, es él. Yo creo que no se imagina lo que le pueden llegar a hacer sus "jefes aculaos". El día menos pensado se aburren de tolerar que se salte los procedimientos, se aburren de que por exceso de "celo profesional", como dicen, llegue y parta, por ejemplo, a detener al "Príncipe de Gales" por sí y ante sí, sin autorización de naiden, como dice el Ronco... Yo creo que ni se le pasa por la cabeza a él una cosa así. Tampoco a Iris ni a Gran Danés ni a los demás que le siguen ciegamente. El Mando tiene sentimientos encallecidos, oye. Para el Mando todos somos desechables, oye. No sólo los terroristas. Todos. Y en primer lugar, los que hacemos esta pega.

Sigue masticando y masticando concentradamente. Examina lo poco que queda del sándwich y larga un tarascón en el lugar exacto.

–El Macha vive sin ayer ni mañana. Esos hechos de sangre

en que vive envuelto se suceden y lo tragan. Podría haberlos soñado. Está aislado en un presente que queda separado, te digo, de lo que sucedió antes y le sucederá después. Quizás vive como si estuviera muerto. Piensa: esto hay que hacerlo, hay que hacerlo y punto. Mañana nadie nos va a comprender. Nos entendemos, ¿veís tú? Alguien, dice, da la orden: a limpiar la alcantarilla del edificio que se tapó. Y alguien tiene que abrir y mirar las canaletas de la recámara, alumbrar con la linterna, ver pasar los mojones navegando en esa agua espesa y hedionda, alguien debe meter por ahí la tripa metálica y destapar. Las manos que van estirando la culebra eléctrica quedan pasadas a esa pestilencia. Somos y seremos nadie, Gato, me dice.

»¿Sabes qué me comentaba el otro día, el jueves pasado, creo que fue? Lo malo de estas Cezetas, Gato, lo malo es que son demasiado rápidas. Tú tirái y las balas atraviesan tan rápido que el hombre sigue moviéndose, ¿no?, parece vivo, no termina de morir, sigue abriendo y cerrando la boca el pobre huón, y tú entonces le seguís dando. Cuando el tipo se queda por fin quieto, le hai vaciao ya todo un cargador... Lo que es yo, Cubanita, tú sabís, yo nunca jamás le he disparado a nadie. Ni Dios lo quiera. El Macha sospecha que alguien de arriba protege las redes terroristas, que no quiere liquidarlas de una vez por mantener la amenaza, la justificación, me dice, me pregunta. Y me observa. Como tratando de calarme. Digo yo, no sé... ¿Sabís que tiene remala puntería el Macha? Pero se acerca, sujeta el arma a la altura de sus ojos y le tira al hombre entre el ombligo y el cuello. Se acerca mucho y eso, claro, hace toda la diferencia.

Sonó el citófono. El Gato repitió la orden que yo había recibido. Silencio. Quería asegurarse de que la operación estuviera autorizada, dijo.

–Conforme –responde sumiso–. Era sólo porque con el Macha Carrasco, nunca se sabe... Inmediatamente –agrega rendido–. ¡De inmediato!

Corta atolondradamente y se agacha para sacar mi cartera del cajón.

–Que vayas. Te esperan. –Y al entregármelo–: Claro, ahora

sí. Se me olvidaba: es el mes de las calificaciones... ¡Este Flaco! –exclamó–. No se le va una.

Se pasó la lengua para recoger la mayonesa de los labios –la del mentón seguía ahí–, me sonrió como una esfinge y movió sus dedillos delgados en el aire.

44

Lo interceptaron saliendo como a las ocho de la mañana de una casa bajo observación. Venía tranquilo y de lo más corriente. No se preocupó de averiguar si lo estaban gardeando. Otra vez, ningún intento de contrachequeo. Nada. Vi lo que sucedió segundo a segundo desde mis binoculares en un falso taxi detenido a cuadra y media. Apenas lo reconocí caminando hacia mí, hice la seña convenida. El Macha salió de otro auto que estaba más cerca, se le fue encima y lo encañonó de frente. Los separaban no más de cuatro metros. Me hubiera gustado ver ese intercambio de poder en las miradas. El Espartano intentó sacar su arma. Pero Gran Danés brotó de algún lado, dio un salto y le plantó una patada en la cara. El Espartano cayó, pero se enderezó y, la cara chorreando sangre, corrió hacia una camioneta sin hacer caso de las balas del Macha que pasaban silbando cerca. Te he dicho que lo querían vivo. Metió la llave en la chapa. El Macha agujereó los neumáticos y la camioneta del Espartano empezó a inclinarse suavemente. Alcanzó a abrir la puerta. Viéndose perdido, se metió en la boca el cañón de su SIG-Sauer y disparó.

Me gustó. Un tipo cojonudo. El Espartano no podía rendirse: «El pecado no es hablar sino dejarse agarrar vivo». Esa pasta espesa, mezclada con líquidos viscosos, costaba creerlo, esa licuefacción repugnante era lo que quedaba de la cabeza que antes se inclinaba sobre un tablero de ajedrez y veía jugadas que ninguno de nosotros era capaz de ver. Y si él era eso, entonces mi hija, yo, cualquiera. Quedó exhibido con impudicia, vuelto al revés, como animal reventado. Y me acordé del Fonseca n.º 1 envuelto en papel de arroz transparente que me había regalado en el restorán del Mercado Central. Y me acordé de la muchacha que lo esperaba en Quivicán enrollando hojas de tabaco.

Esa misma noche cayeron tres dirigentes de Hacha Roja, entre ellos el «Viollier». Ya muerto me hicieron reconocerlo: era Max, sin duda. Estaba casi intacto. Fue en la esquina de Argomedo con Raulí. Iba entrando a la «zona de punto». No obedeció la orden de detención, dijeron. Mentira. Lo asesinaron a mansalva. No alcanzó a disparar. No fue como con Rafa y el Espartano. Ni siquiera intentaron agarrarlo vivo. El Macha se le atravesó y lo encañonó cortándole el paso. Iris, desde la vereda del frente, le metió un solo tiro de 9 mm en la sien. Una vieja que acababa de llegar y sintió las balas se echó a andar por calle Raulí, la dejaron escapar y le pusieron cola.

45

Vamos a Wild Cat, me dice, vamos. Y en el Volvo me regala un perfume Christian Dior –un frasco pequeño, para andar trayendo en la cartera– y me pasa después una línea sobre su tarjeta dorada. El Flaco es atrayente, pero, tú sabes, el fuego del comienzo se ha ido debilitando. No si vamos al antro de Malloco. Ahí vuelvo a vibrar entera. A veces, me voy con el Flaco al privado con los sillones Luis XV y el sofá de vieja felpa negra. Y con la blanca vuelvo a arder quemando mi desesperanza, mi resentimiento, mi retorcida melancolía. Entonces recibir, bajo la mirada del Flaco, a Jerónimo y a Conejo es matarlos para resucitar yo. Y el Flaco me ama entonces con una pasión nueva.

Y entonces fuimos y lo perdí al poco rato. Me fui al bar y me tomé dos piscolas. Lo busqué hasta que me aburrí de buscarlo. Bailé con un tipo grande y un poco fofo que me apretaba y no me gustó. Me regaló un antifaz negro, suave y flexible. Es italiano, me dijo. Me dio un par de líneas. Nos abrazó un muchacho de pelo rapado, amigo de él, y bailamos así, los tres. De repente ellos dos se estaban besando. Volví al bar y me estaba tomando otra piscola cuando el Flaco apareció riendo con un tipo más joven, moreno, no muy alto, delgado, de anteojos oscuros. Había mucha complicidad en las risas de esos dos. Entramos a la sala de sillones imitación Luis XV y el Flaco sacó su espejito. El otro seguía el ritmo de la música y jalaba y a mí me miraba serio y seguía bailando. Ya tienes la punta de la nariz del antifaz blanca, rió el Flaco. Sabía qué quería de mí. El tipo se acercó. El Flaco me dijo que sí, que sí con esa voz sombría que me sojuzga. El otro se rió. Yo ya estaba entregada.

Entonces lo reconocí sin dudarlo y de inmediato. Lo reconocí por el olor. De nuevo usaba camiseta, pero ahora sin mangas y sus brazos eran más duros de lo que recordaba. Me miró en la oscuridad, pero no se acordaba de mí. Me saltaba el corazón sintiendo el abrazo de mi captor y la mirada pegajosa del Flaco. Ahora era yo la nerviosa. Le soplé algo al oído. Te recuerdo, le dije. Te vi una vez y tú usabas una polera verde. No contestó; no creo que me oyera. Me mordisqueaba los pezones y me los raspaba con ternura y en la oscuridad me los miraba pasmado y volvía a mordisquearlos. Estaba concentrado ahí. Era lampiño. Me gustan los hombres lampiños. Rodrigo era lampiño. Los griegos no esculpían los pelos de los hombres, salvo los que deben estar: en la cabeza y por allá abajo. Las formas destacan en una superficie continua y lisa. Los pelos interrumpen la belleza de los músculos. A mí en ese momento me estaban gustando los pechos de él, me estaban gustando que quedaran desnudos y libres de pelos que la lengua rechaza.

Por eso lo entendí, entendí su fascinación porque yo también le besaba sus tetas masculinas. Tienes los pezones grandes y redondos como monedas. Fue lo único que me dijo. Fue en la calle Moneda, le dije. ¿Te acuerdas? Tú me encañonaste. No creo que me oyera. Parecía muy drogado. Acezaba en mi oreja igual que ese día de temor. Era el mismo, no cabía duda. Pero ese día en la calle Moneda estaba muy nervioso, podía escapársele un tiro. Y yo sentía el frío de la boca de metal en la sien. Yo estaba más serena que él. Me metió una cosa larga y delgada, como de toro que me llegó hasta muy adentro. Me estremecí. Como buen torito se fue en un dos por tres. Y eso sería.

Cuando volví del baño, ya no estaban. Se habían ido esos dos. Me fui al bar. Pedí un tequila.

Y por ahí, vagando, encontré una pieza en penumbras con celdas, como un gimnasio con máquinas, como una cámara de suplicios y camas de cuero negro con amarras, y esposas, antifaces, abrazaderas para apretar pezones y tetillas, argollas que algunos se ponían en el falo, látigos, por supuesto, y fustas y cadenas varias, en fin, la parafernalia clásica de esta tribu.

Entré a otra pieza oscura y pequeña. Había una cruz a la que te ataban, y te azotaban y escupían. Y yo vi a un hombre de antifaz, uno de esos hombres de edad indefinida, bajo, papada, pelo largo, musculatura que alguna vez fue trabajada y ahora es un oleaje blando, un hombre barrigón, de espíritu descompuesto y febril, buscar ese lugar de transformación, de muerte y resurrección, y situarse ahí en el papel del esclavo. Reconocí su olor a ajos. Él estaba ahí. Tenía la voz alta del fingidor. Mi confesor, mi todopoderoso, mi invisible, mi aliado, mi cómplice, mi jefe, mi corruptor estaba ahí con sus labios lacios en los que brillaban gotitas de sudor. Al principio no me atrevía a mirarlo por miedo a que, pese a mi máscara, me reconociera. Mi corazón se aceleró, sentí la ansiedad apretándome el estómago. Debía irme, quería hacerlo y no; me quedé petrificada ante esa figura mortificada. Al fondo de su antifaz tenía los ojos enrojecidos y hueros y no percibía mi presencia.

Retrocedí y me di la vuelta hasta quedar mirando su espalda. Era ahí tanto más bajo y guatón e insignificante... Me vi tendida, atada, desnuda, vendada imaginando que quien me presionaba con sus preguntas y castigos era una bestia bella y cruel. Me confundí entre los que rodeaban al crucificado. Era él, sin duda. Hay una memoria de la carne. Era mi *deus absconditus* al que yo me había inmolado tratando de imaginarlo bueno. En ese momento me vino una arcada, pero me contuve.

Después me fueron contagiando una mujer y un muchacho fortachón y un flaco feo, de pelo largo atado como cola de caballo. Lo castigaban turnándose una fusta. Al rato yo misma reí de gozo, como una tonta, y lo escupí por la espalda y quise azotarle. De veras, no quería, en ese momento, vengarme de él. La venganza real, cuando llegara, si llegaba, sería muy distinta. Pero yo no conocía ese arte y me apartaron.

Ahora otro joven de ojos hundidos y cara chupada, que no había notado, toma el látigo. El crucificado lo mira con ternura implorante. El otro, con distante severidad. ¿Se conocen? ¿Será un detenido? ¿Será un delator como yo aunque ahora sea el amo? Lo he visto, me parece que incluso he conversado con él. Un preso. Pero no puedo asegurarlo. Tal vez un agente o un puto, quién sabe.

—Más, más fuerte —pide el azotado con confianza.

El otro no cambia su ritmo. Se investigan con los ojos en los ojos. Al cabo de un rato la piel se ha ido relajando y el azotador le da más fuerte, pero siguiendo un ritmo constante. Yo observo fascinada. Los músculos se contraen. El otro grita de dolor; parece querer parar el juego. ¿Por qué no lo hace? *Ser como los condenados a la hoguera a los que se quema y que hacen signos entre las llamas.* El azotador suda y sigue dándole, quizás un poco más fuerte todavía. Se saca de un tirón la chaqueta de cuero que larga al suelo y se queda con una polera negra sin mangas, sudorosa y apretada en la que presionan sus pechos. Me gustan sus clavículas delgadas, femeninas. Reanuda los azotes a un ritmo más lento y más violento. Su cara dulce y enrojecida brilla por la transpiración. No es un orgasmo genital; es un viaje por zonas desconocidas de la mente. Se contemplan como en una exploración hipnótica. Ya no hay gritos sino un abandonarse al amor de cada azote.

—Más, así, así, más —exclama la víctima—, eso es, sigue, sigue, sigue.

En su espalda han brotado puntos rojos que se alargan como gotas. Vuelve el contacto de sus ojos y es como un hilo tenso a punto de cortarse; ven algo el uno en el otro que yo no puedo ver, una fosforescencia, una aparición.

En algún momento todo cesó. El Gato fue desatado. Temblaba y vacilaba acezando. Se sacó el antifaz y le corrían lágrimas por la cara y sangre por los hombros, las costillas y la espalda. El joven lo ayudó a sentarse en el suelo. Cúbrete, le dijo, solícito, cúbrete, y le puso sobre los hombros una toalla húmeda y se sentó junto a él. Los dejé a los dos tiritando abrazados en el suelo debajo de esa toalla y me precipité a los baños a buscar con urgencia una línea.

Esa inversión era un juego cruel, pero consentido. Completamente diferente, al horror unilateral, al poder impuesto de un cuerpo sobre otro. Nos enseñan a avergonzarnos de nuestros instintos. Nuestra hipócrita educación, esa mordaza. Hay un placer tiránico en la degradación de uno mismo. También somos eso. En el submundo de esa casa oscura y embrujada lo viví con frenesí, como quien vuelve a un Paraíso perdido, que no es el esterilizado y anodino paraíso del *Génesis,* sino que un desatarse cruel y delicioso, un arrebatarse en el ardiente y confuso mar de los orígenes, una fusión súbita con el animal salvaje que nos habita y nos prohibimos. En ese pozo conocí el fondo de la verdad que negamos, que inventamos. No «La Verdad», sino instantes de vehemencia, verdades vertiginosas como mordiscos o quemaduras, pasiones momentáneas que viví con hondura y exenta de perplejidades.

Le digo al Flaco: Te voy a dejar y me voy a retirar y voy a formar una empresa de seguridad. ¿No crees que sea capaz de formar una empresa de seguridad y ganar plata?

Y él: Por supuesto. Puedes formar una empresa y ganar mucha plata. No tengo la menor duda.

Y yo: ¿Y sabes qué voy a hacer con la plata?

Y él me mira con ojos de pregunta y me quedo esperando.

Y yo, sonriendo: Voy a comprarme un penthouse, mejor dicho, un pene-house.

Y él: ¡Ah! ¿Sí? ¿Eso es que lo que quieres?

Y yo: No es que lo quiera; lo necesito.

Y él: Un pene-house...

Y yo muy, muy seria, aguantando la risa: Exacto. Para poder tener varios penes en mi house.

Y él, riendo: Entonces necesitas varios penes...

Y yo: Sí. Una noche uno; otra, otro. Perdérselos todos, salvo el tuyo, es una falta de consideración.

Y él: Eres infiel desde adentro tú. Te nace.

Y yo: ¿Quién te lo ha dicho? Lo que pasa es que soy otra con cada hombre que me gusta. Por eso no siento culpa. Simplemente, soy otra.

Y él: Te gusta cambiar de hombre, entonces.

Y yo: De pene.

Y él: ¿Ah, sí?

Y yo: Claro, estamos en la época de la diversidad. Todos los días lo mismo, aunque sea caviar iraní, cansa.

Y él: ¿Has probado el caviar iraní?

Y yo: Nunca. Pero leí en alguna revista que era el mejor caviar. El beluga iraní. Y ¿sabes algo más?

Y él: ¿Qué cosa?

Y yo: Los quiero con plata. Estoy aburrida de la cosa medio pobretona; ya pasé la etapa de los tipos recios y atractivos como niños fuertes, pero al final, medio pobretones, como tú. A ver, ¿cuánto puede llegar a ganar un oficial de inteligencia? Se acabó. Yo ahora quiero penes duros, grandes, gruesos y, ¿sabes qué más?, llenos de plata por dentro. Eso quiero.

Y él: ¿Pero quién quiere eso? ¿Tú, realmente? ¿O es que quieres casarte y estás pensando en tus hijos, en que tengan una buena vida?

Y yo: Quizás sí, quizás no. Pero sobre todo la que quiere ese pene-house es la que estás pensando y te callas. Sobre todo, ella.

Y el Flaco se largó a reír y me dio un beso que interrumpió su propia risa. Me arrancó el vestido y me besó los pezones y caí sobre la cama y me penetró sin sacarme el calzón.

No te lo voy a negar: al Flaco Artaza yo lo quise. Si no, no hubiera tolerado hacer lo que hice, creo ahora. ¿Alguien puede entender eso? Era un hombre que me gustaba, para él yo era alguien, se hacía cargo de mí. Tenía problemas con su señora, sospechaba que había otra mujer. Tantas veces que volvía de madrugada o, de frentón, no volvía. Trabajo, decía él. Ella dudaba. Pero el divorcio era impensable. Sus dos niñitas estaban primero. Yo lo requetesabía, no me hacía ilusiones. Es decir, me las hacía y me lo negaba.

47

De repente, al Flaco le atormenta el futuro. Me cuenta: «A los terroristas hay que exterminarlos. Estamos en proceso de desratizar el país». Eso le había dicho el director de la Central esa mañana. Él le había pedido una audiencia para «representarle» –usó exactamente este término– algunas cosas. El Flaco no estaba de acuerdo con lo que pasaba. Es imposible juntar al que me habla con el que está conmigo en la casa de Malloco. Claro, lo mismo pasará conmigo, con los demás que van. Se cruzan por mi mente imágenes de Wild Cat y me dan ganas de estar con él allá. Pero él habla de sus problemas, sentado en el sofá de cuero negro bien sobado del living del departamento de las Torres de Tajamar. El cielo sobre el cerro San Cristóbal va perdiendo su luz.

Es una conversación que jamás tendría con su señora esposa, ni con señoras como su señora esposa. Parte del atractivo que tengo, para él, es que conmigo se puede hablar de estas cosas como si no fuera mujer y, a la vez, como si no fuera un hombre. Es un huequito donde nace una intimidad cálida y para él, novedosa. Porque no ha tratado antes a mujeres como yo. Porque para él –para ellos, en verdad– la mujer no participa de este mundo abierto y cruel, está fuera de la «Historia» y absorbida por completo en la *petite histoire* de la familia. Me sigue hablando con voz cansada y yo pienso en mis largos y tediosos sábados y domingos solitarios, imaginándolo a él, a él yendo al supermercado y al cine con su señora esposa. ¿Se seguirá acostando con ella? Me había mostrado una foto. Yo misma se la pedí. Necesitaba tener una imagen en la que anclar mi imaginación. No era nada de fea la hueona. Me dio harta rabia.

Para capturar a un solo combatiente, me está diciendo con la frente arrugada y voz contrita, se martiriza a demasiada gente, a meros revoltosos, a cabros izquierdosos se los trata como a terroristas. Y no lo son, pues, son simples opositores; no enemigos militares. Pobres cabros. Las ven verde. Estamos confundiendo al Frente Opositor con el Frente Subversivo... En cada chequeo los equipos de asalto se dejan caer de noche en una casa y agarran de chincol a jote. Me jugué las pelotas, yo le hablé pan, pan, vino, vino al director. ¿Se las habrá jugado realmente, pienso? Al director no le gustó lo que oía. Lo que vamos sembrando así, le dije, es terror, claro, y luego odio y más odio. Al final nadie nos va a creer nada. Ni siquiera que había grupos de terroristas entrenados... Porque se mata a sangre fría a personas que nunca fueron terroristas... No niego que el miedo logre una «victoria» militar, pero es una victoria pírrica. Se consigue a costa del fracaso político y de la vergüenza moral.

No sé qué me contestó el director. El Mando, el Mando... ¿Pero qué busca el Mando?, le preguntaba yo. En su respuesta no hallo nada concreto. Lo nuestro no es conquistar un territorio sino a la población. En este conflicto lo principal es ganar la batalla de las imágenes. ¿Sabes tú?, me sigue diciendo el Flaco. Vivimos en un mundo de puras interpretaciones. Y abre sus largos brazos invitándome a la comprensión. Porque eso es lo que me está pidiendo, que lo encuentre bueno. En medio de la mugre y el asco, hay un hombre justo y que me ama. Me aprovecho de la situación y le pregunto por qué lucha. Es algo que me intriga en él, en todos ellos. ¿Qué los mueve realmente? ¿Bastarán los ritos sagrados de «la orden» y «el Mando»?

Mi pregunta le molesta. Lo he sacado de sus nobles cavilaciones. Me contesta de memoria, rápido, maquinal, me lanza su demonología enterita: que ellos luchan a fin de que no se adueñen de la Patria los que defienden un sistema que levanta un muro en Berlín para que la población no se arranque; y que son los mismos sujetos que el 39 apoyaron el pacto de Hitler y Stalin, los que escribían panegíricos a Stalin y luego a Brezhnev, los que el 56 apoyaron la invasión de la Unión Soviética a Hungría, los que el 68 apoyaron la invasión de la Unión Soviética a

Praga y –cosa increíble– acudieron a defender, aquí en Santiago, la embajada soviética de los que en esos días fueron allí a protestar en contra de la invasión; los que se entrenaron en Cuba, en Vietnam, en Bulgaria y recibieron y siguen recibiendo fusiles AK-47 y M16 y FAL y lanzacohetes RPG 7... ¿No se le hallaron al MIR, ya al comienzo, algo de doscientos AK embarretinados en balones de gas? Mientras tanto en Europa creen que son palomas socialdemócratas... ¡Bobos! Nunca entenderán el doble juego de estos ladinos. ¡Les meten el dedo en la boca! Ya los engañó Castro y no aprendieron. ¡Bobos! Porque esta guerra irregular es contra la Cuba de Fidel Castro. Porque es Cuba la que quiere desestabilizar Chile y de Cuba vienen los hombres adiestrados y las armas que encontramos en arsenales y barretines. De Cuba y de la URSS. Me dice: Detrás, acecha siempre el oso ruso... No, no, me dice jactancioso, aquí no se les va a dar la cosa como en Nicaragua; como en Irán, como en Vietnam. No, no. Aquí les vamos a volar la raja... Está en juego la libertad. ¿Y la democracia?, se pregunta él mismo. Vendrá, no todavía, pero vendrá.

Le digo que una actitud así, tan reactiva, carece de poesía. Sonríe con la simpleza del hombre simple y literal que, en verdad es y que causa en mí cierto desdén y, al mismo tiempo, incierta ternura. Entonces me habla otra vez de la pureza y la libertad que da la montaña. Si tú conocieras la belleza del Alto de los Leones. Un verdadero obelisco de 5.660 metros de altura. Paredones de roca lisa, cortes verticales de más de mil metros. ¡Uno de ellos tiene 2.200 metros! El famoso alpinista alemán Federico Reichert, que exploró los Alpes, el Cáucaso y los Andes, dijo en su libro de 1929 que el Alto de los Leones «nunca perderá su virginidad, pues la inaccesibilidad de su cumbre parece quedar fuera del límite de lo posible». ¿Te lo imaginas? Sin embargo, después del ascenso de los italianos Gabriele Bocalatte y Piero Zanetti en 1934, somos varios los que hemos alcanzado esa cumbre. Créeme: ésa sí que es poesía, me dice, poesía incontaminada.

Pero tras ese momento de exaltación regresa la frente ceñuda y el tono anterior, atribulado.

Está aburrido de lo que hace, me dice. Está asqueado, me dice. Lo mío es la «inteligencia», me dice. Lo mío son las grabaciones secretas, los seguimientos de meses, las fotos tomadas desde falsas ambulancias y falsos taxis, las huellas dactilares, las confesiones debidamente corroboradas, los micrófonos escondidos detrás de la placa de un enchufe, las grabaciones de un teléfono pinchado, las armas que se hallan en los barretines, los documentos que transformo en información clasificada... Pero, claro, las evidencias no son nunca más que la punta del iceberg. La realidad hay que imaginarla. Pero donde la imaginación crea, la razón poda. Para eso estamos, para eso nos preparamos, para investigar. Pero aquí ha habido mala inteligencia, disparos a la bandada, falta de profesionalismo y simple barbarie. Crueldad de lobos en jauría.

No quiero decir que todos ellos sean mansas palomas. No. Y yo sé que el Mossad elimina terroristas y, a veces, también se equivoca. Lo sé bien. Hemos tenido instructores del Mossad en la Central que hablaban un castellano correctísimo. Tipos inteligentes, te diré. Y los ingleses hacen lo mismo. ¿Que no me crees? Por ejemplo, el año 1978, camino de Gibraltar, te digo, tiradores del SAS y del MI5 asesinaron a tres terroristas del IRA. Tres. No les dieron oportunidad de rendirse. Bueno, y los norteamericanos... No sólo en Vietnam. Después, en el Líbano... Pero aquí no hay proporción. La gente del Macha lucha porque por qué no, ¿me comprendes?

Le contesto: «Pero no es culpa del chancho, sino de quien le da el afrecho».

Me observa con una mueca desdeñosa en los labios.

Sé lo que estás pensando... Y, sí, tienes razón, me explica mostrando las palmas blancas de sus manos. Le ha dolido. Muchas misiones le llegan directo de C-1, dice. Me saltan porque saben lo que pienso, ¿te das cuenta? y su tono se adelgaza para ganarme. Y el Macha se siente el Macho de los machos, ¿no? Ahora habla en son de burla. El pequeño capo de esa mafia sólo obedece órdenes de macho y sólo da órdenes de macho,

¿no? Él entra el primero a la casa de seguridad más peligrosa. Quiere correr riesgos. ¿Y sabes para qué? Para aplacar la culpa. Eso balancea algo las cosas, se figura él. Se salta los procedimientos para atacar con poca gente, incluso ha entrado a una casa solo, y entonces comete errores, como ocurrió cuando se le escapó el «Príncipe de Gales». Se le arrancan los que quería agarrar o pitearse al muy hueón... Que es para evitar filtraciones, dice, para evitar accidentes, que en casas chicas el fuego amigo es un riesgo grande, dice, que sólo confía en su gente y en nadie más, que aquí hay un topo, que alertan al enemigo, que le tocó investigar el asesinato del coronel Vergara, y eso habría sido imposible sin un dato que venía de adentro... Eso dice. Yo le pido pruebas y no las tiene. Pero, claro, a él, tú sabes, le tiraron a quemarropa y la bala quedó ahí. Demasiado cerca de la femoral para extraerla. Entonces le duele. Entonces cojea un poco. Pudieron haberlo muerto, pero no lo mataron. ¿Fuego amigo? ¿Traición? No se sabrá nunca. Eso. La verdad es que a él un muerto más no le quita el sueño.

Se toma las rodillas con las manos. Está abatido. Esta mierda viene de arriba, me dice en voz apenas audible. Por eso nadie le pone freno. Mi queja cayó en el vacío. El director quiere más poder, para lo cual necesita más presupuesto, para lo cual necesita agigantar el peligro enemigo. Y el jefe de más arriba, ¿crees tú que no piensa igual?

Niega con su cabeza calva de piel lisa, suave y reluciente que me gusta besar al despedirme. Está lamentando de antemano lo que me va a contar.

Y tú, un escritor que no estuvo ahí, ¿lo que te cuento te permite ver la situación, la equivocidad de ese momento mío con el Flaco?

Escúchame, dice, y baja la voz hasta que queda en un hilo. Escúchame bien. Es un secreto para ti y nadie más. Hace un par de semanas al Macha le dieron la orden de organizar un operativo para un asunto feo. La orden no era detener al sujeto, al terrorista, ¿me entiendes? Estaban por partir. Estaban en el casino tomándose unas gaseosas: Gran Danés, Iris, Chico Marín, Pancha Ortiz, el Indio... El Macha no sabía quién era la víctima, nada, ni la menor idea. Tenía una foto, una dirección y una orden, eso. Tú sabes cómo se hacen estas cosas. Y él escuchaba rodeado de su gente, y callaba como siempre.

Le pregunté: ¿Y tú, Macha, qué piensas al tener que cumplir una orden así? Se hizo un silencio. Contéstame, insistí yo. El Macha se echó para atrás balanceándose calmadamente en la silla. Después de una pausa larga me miró directo a la cara y me dijo:

Flaco, dime, viejo: ¿Qué le hace una cacha más a una puta vieja?

Todos largaron la carcajada. Yo no me reí nada.

Y él: Déjame vivir a mí con esto encima, viejo. Otros no pueden. Tienen un futuro que cuidar. Lo que es yo, nada.

El Flaco volteó los ojos hacia arriba y se rió él, entonces, con una risa fría.

El Macha es un asesino. Eso me estaba diciendo el Flaco. Así es que eso era lo que me atraía de él. Que fuera eso. Pensé: el Flaco lo envidia. Porque el Macha es un animal sin escrúpulos. Es más primitivo, más puro.

Y entonces me la largó. Fue así, sin preámbulo: Me separé, me dijo. Dejé a mi mujer. Yo, la tonta, pensé que me tomaba el pelo y me reí. No te rías, me reprochó. Hay dos niñitas y una mujer sufriendo, con el alma rota. Respeta eso, por lo menos. Perdón, le digo. Perdona, Flaco, es que... Ellas lloran cuando las paso a buscar, quieren quedarse en casa de su mamá... Ella les ha lavado el cerebro, me sigue diciendo. Me querían tanto. Es inimaginable que no... Las veo sólo dos horas por semana y a veces ni siquiera eso. Que les da lata, dicen, o que tienen tareas del colegio. No me pueden perdonar. ¿Debo ir a juicio? Ella me dice: ¿No fuiste tú el que se fue de la casa? Mi abogado me dice que esto se arregla con plata. Pero, ¿de dónde mierda saco la plata? Un ascenso; es lo único.

Suspiró con una pena... Entonces lo abracé y acuné en mis

brazos. En ese momento, ahí, en el sofá de cuero negro, sí que lo quise de veras y pensé que viviría con él, y me vi en su Volvo llegando a la playa de El Quisco y me vi después en la montaña, y nos reíamos felices en ese aire puro y helado que él amaba tanto. No más sábados y domingos solitarios, pensé. Nos besamos con un sentimiento suave e intenso. Me resbalaban las lágrimas. Y las lágrimas que yo imaginé acumulándose en sus ojos, si es que existieron, se quedaron adentro de sus ojos.

48

Pancha Ortiz se estaba maquillando. Apenas me saludó. Con el lápiz todavía en la mano estiraba sus labios al espejo esparciendo el rouge para que quedara parejo. Tenía los labios harto más gruesos y sensuales de lo que hasta entonces había notado. La blusa negra, abierta, dejaba al descubierto esa hendidura, que les gusta a los hombres, y parte de esos pechos insolentes de ella. Sacó de la cartera un frasco pequeño de perfume y se roció el cuello y la vi, los pechos girando, y contemplándose en el espejo como si estuviera sola en el baño. Sola o conquistando a un hombre. Se despidió de mí con un beso que no alcanzó a rozar mi mejilla y se fue dejándome confundida en una nube de perfume. Recién entonces capté qué me había confundido: el perfume era Christian Dior y el frasco era igual a los que me regalaba siempre el Flaco.

Salí caminando rápido al patio sombrío. Alcancé a verla subiendo a su Nissan. Las oficinas de arriba, donde trabajaba el Flaco, estaban apagadas. Busqué su Volvo plateado sin encontrarlo. Tomé un taxi y traté de que siguiera al Nissan, pero lo perdí a las tres cuadras. Cuando entré a mi departamento en las Torres de Tajamar me fui directo al baño. Un dolor se me estaba metiendo a las tripas.

¿Por qué andas tan de malhumor?, me dijo el Flaco al día siguiente. Me contestas comiéndote una uña, me dijo con la sonrisa en los ojos. A los pocos días, muy temprano, lo vi besándose con Pancha en su Volvo plateado. Llegaban juntos y él la miraba. Juré cortarlo en seco. Y lo esperé. El muy mierda no llegó esa tarde a mi departamento.

Entonces, sin pensarlo, al día siguiente por la tarde subí al segundo piso y me presenté en su oficina. Me hizo pasar con esa amabilidad cariñosa de él. Me senté en la silla, frente a su escritorio. Apenas lo tuve delante y lo sentí mirándome a los ojos con esa sonrisa leve y esquiva, me desesperé. Lo vi mirando así a Pancha y eso me volvió loca. Se me saltaron las lágrimas, me llevé las manos a la cara, me dejé caer llorando a mares de la silla a la alfombra dura que había sobre el piso de su oficina. Me quedé tendida boca abajo y él se me acercó hablándome al oído, diciéndome las mismas cosas que, seguro, le decía a Pancha. Trató de besarme, de que volviera la cara y yo que no, que no, que por ningún motivo.

De repente sentí sus dedos fuertes en mi columna, la aplastó y sonó y la volvió a aplastar más arriba, en un punto preciso, y volvió a sonar. Eran las mismas manos, pensé una vez más, que podían matarme con un solo golpe silencioso. Seguía siendo para mí una sensación apaciguadora. Me levanté y él me besó en la boca. Le devolví el beso, pero cuando sentí su mano subiendo por el muslo me desprendí de él y salí de su oficina.

No me llamó. Yo lo esperaba. Me quedé tantas tardes, y sábados y domingos enteros en mi departamento por si se aparecía él. Pasaron semanas.

Anita me contó con ojos alborotados que la mamá de Leila, su amiga del colegio, tenía una pieza llena de puertas y esas puertas eran los closets donde guardaba su ropa. Fue en uno de esos sábados lánguidos de ese tiempo. Anita, si estaba conmigo, podía convertirlos en una maravilla o un desastre. Porque si por algún motivo le venía una pataleta no había nada que hacer, salvo devolverla a casa de mi madre.

La mamá de Leila, me dijo ese día, es la embajadora de Marruecos. Y Leila, cuando su mamá no está, le saca unas llaves chiquititas que ella esconde entre los guantes y con esa llavecita abre la caja fuerte. Y la caja fuerte está en otro closet, el de los zapatos. La mamá de Leila tiene miles de zapatos y los guarda en sus cajas y detrás de las cajas está la caja fuerte. Ella le ayudaba a sacar las cajas con mucho cuidado. Leila abría la caja fuerte y sacaba montones de anillos, collares y pulseras y aros de su mamá. Es como el tesoro de una princesa, me dijo sonriendo con la cara radiante de alegría. Como un cofre de la cueva de Alí Babá, le digo. Me dice: Sí. Y Leila, me dice, se las pone y se mira al espejo. Y con su gesto dibujó en el aire esas joyas que brillaban en las manos, el cuello, las orejas de su amiga. ¡Parece una princesa de verdad, mamá! A ella le prestaba, a veces, un collar de perlas.

Mamá, me dijo, llena de entusiasmo. ¿Cuándo me vas a mostrar tus anillos y aros y pulseras? La miré sorprendida. Porque tú también tienes todo eso guardado. Y yo sé adónde. Corrió a mi pieza, abrió el closet y me mostró mi pequeña caja fuerte empotrada en la pared. A ver, ábrela mamá. Yo quiero ver tus anillos y pulseras. Le puse las manos en los hombros. Pensaba en la oscuridad de mi CZ en reposo. Como siempre, minutos antes de que Anita llegara, la había dejado ahí con mis documentos de la Central. No, le dije, yo no tengo joyas, Anita. Pero mamá, entonces qué guardas ahí. Cartas, le dije, documentos. ¿Cartas de amor, mamá? ¿Cartas que te escribía mi papá? Y Anita me miró con ojos redondos. Déjame verlas, mamá. Mamá... Déjame ver cómo era la letra de mi papá. Otro día. Otro día, Anita. ¡Mamá, por favor! Cerré el closet.

La noche en que el Flaco, por fin, llegó y, como siempre sin aviso, tenía mi plan listo y decidido: coquetear como una desatada y después, nada. Que se quedara jodido, que se quedara añorándome. Él traía una botella de vodka Absolut y una latita de caviar beluga iraní. Era de los que decía que los rusos ni el vodka lo hacían bien; sólo las armas. Por eso el Absolut. Nos sentamos y al segundo vodka sueco nos estábamos besando y besando y él me estaba sacando con urgencia la polera y los jeans y lo demás. Yo no podía aguantar la idea de que Pancha se hubiera acostado con él. ¿Cómo podía ser si yo era tanto mejor que ella?

Yo estaba sobre el sofá, caída de espaldas. Él se arrodilló al frente. Él me puso así. Yo sabía por qué. Y lo dejé hacer. Y yo me abría y giraba siguiendo a esa lengua consumida por la sed. Y él hundió dos dedos. Y yo me tocaba los pechos. Y él volvía con la lengua insaciable. Yo llevé mis manos hasta abajo. Y de repente me arrebató el compás de mi cuerpo y se escapó de mí y me fui, me fui de golpe y por completo. Después me puse a llorar.

Él no comprende. Quiere que deje de llorar. ¿Por qué? ¿Por qué no me deja llorar si yo quiero llorar? Se enoja. No me deja tranquila. No hay nada que explicar. Me rindo. Le digo: ¿Por qué tienes este poder sobre mí? Me haces algo así y yo me voy como una hueona. Me humilla ese poder que te he dado. Él se larga a reír y me sujeta el pelo. Eres bonita, me dice después de inspeccionarme con su mirada juguetona, tierna, irónica. Eso es todo: eres bonita. El hueón conchaesumadre sabe que cuando me pone esa carita me derrito.

Pero ya sé, le digo. Me voy a buscar a otro hombre que me haga olvidarme de ti. Me dice: Ojalá tires con él como tiras conmigo. Le digo: Soy yo la que sé tirar, se lo enseñaré todo. Se ríe. Además, como sabes, será rico, le digo. Tendrá harta platita. Se ríe con menos ganas, ahora. Le digo: Llega una edad en que la plata de un hombre pasa a ser casi lo único que a una mujer le importa. Ya no se ríe.

49

Una semana después al Flaco Artaza lo habían ascendido. Las anotaciones positivas por la «eliminación» –era el término que se empleaba– del Espartano y de Max hicieron eso por él. Dos golpes muy fuertes para Hacha Roja. Lo sacaron de la Central. Era lo que quería. Quedó encuadrado en Inteligencia Militar. El Flaco dejó la Central y se esfumó de mi vida sin decir ni siquiera adiós. ¿Necesito decirte lo que sentí?

Pero como a los cuatro meses me llamó para convidarme a almorzar. Me subí a mi Nissan rojo en el estacionamiento y, al echar a andar el motor, miré... ¿Cómo? ¡Si es el Macha! Iba a pocos metros míos caminando con su leve cojera, sin sus Ray-Ban, custodiado por seis hombres armados. Dos de ellos llevaban armas largas. Se detuvieron junto a una Chevrolet negra, doble cabina, con vidrios polarizados que no había visto nunca en el estacionamiento.

El que iba adelante se acercó al Macha y le habló. Era un tipo moreno, grueso y de bigotes cortos. Yo tenía los vidrios cerrados y no lo oía, pero vi. Quiero decirte que yo vi al Macha llevando su mano atrás, al cinturón bajo la casaca de cuero oscuro, lo vi con mis ojos entregando su CZ. Lo hizo sin ninguna ceremonia, como quien devuelve las llaves de un auto cualquiera. Luego vi cómo se dejaba esposar, las manos mansitas atrás, ninguna resistencia. La Chevrolet negra de vidrios polarizados partió llevándoselo velozmente, seguida de un falso taxi Peugeot.

El Flaco me llevó ese día a comer ostras al Azócar. Llegué todavía medio tembleque por lo que acababa de ver, pero no quise tocarle el tema. Nos reímos, lo pasamos rebién en esa vieja casa chilena con su patio con claraboya. Las ostras estaban maravillosas. Cuando después de varias copas de Sauvignon Blanc me atreví a contarle lo que había visto, cómo se habían llevado al Macha esposado, arrugó la frente y me aseguró que no estaba al tanto de asuntos de contrainteligencia, que su nueva destinación tenía que ver sólo con inteligencia estrictamente militar en países vecinos, países del norte, añadió con una sonrisa para que me quedara bien claro. Y cambió de tema.

Nos besamos en su Volvo, y me convidó a viajar, un viaje intenso y breve, dijo, sólo unos tres o cuatro días en la pureza del aire de la montaña. Me habló de un lugar único, de unos montes cerca de las Torres del Paine llenos de estalactitas, un lugar que todavía nadie ha fotografiado, me dijo, esculturas de hielo hechas por el viento. Me derretía por ir y, sin embargo, le dije que no. Contemplándome con ojos tristes y lánguidos me dijo que yo era muy bonita, que nos merecíamos una despedida de verdad. Le dije que había pasado demasiado tiempo para que ser bonita me importara, que cuando era más joven sí hubiera agradecido ese piropo. Mentira. No quería sufrir, le dije, le supliqué. Ese viaje, cuando terminara, me iba a dejar peor. Y eso era cierto. Él insistió, pero no cedí.

Me acompañó hasta mi departamento. No lo hice pasar. El golpe de la puerta al cerrarse. Me encogí. Como si se hiciera añicos un inmenso ventanal. Cerré los ojos. Cuando sentí sus pasos alejándose por el pasillo, me largué a llorar. Por meses y meses esperé su llamado. Nunca llegó.

50

Me estoy sintiendo cansada... Fíjate que en ese tiempo jamás se me pasó por la cabeza que acabaría mi vida así, sola en un hogar sueco o en el extranjero... Una alumna mía me ayudó de pura buena persona. También existen las personas buenas. Se contactó con la madre de Teruca y le dio mi recado: que me estaban siguiendo y había resuelto exiliarme por razones de seguridad. No era lo más valiente, pero qué diablos, la decisión estaba tomada. Ella le pasaría esa información a su hija Teruca y ella la comunicaría a mis hermanos, a los que quedaban, extendiendo una cortina de humo sobre mí. Y mientras eso estaba ocurriendo en Chile, yo venía volando.

Apenas llegar a Estocolmo me dieron trabajo en el Berlitz. Todas las mañanas dejaba a la niña en el colegio, me tomaba el metro, me bajaba en la Gamla Stan, aparecía en la calle Gamla Brogatan y a los pocos pasos estaba en el número 29. Por años ésa fue mi rutina. Enseñaba francés a alumnos avanzados y estudiaba sueco, becada. A mí me ayudaron harto aquí. No es verdad que los suecos sean fríos. Pienso en mi amiga Agda Lindstrom que nos alojó en su casa durante todo el primer mes. Era abogada. Se mató. Un accidente en auto. Un año y medio después de mi llegada. Algo horrible. Era una mujer delgada, no muy alta, la piel blanquísima, el pelo castaño oscuro y los ojos grises. Para mí fue una hermana mayor. Franca, directa, seria, fíjate que al comienzo me pareció distante, quizás dura. Pero a los pocos días descubrí a un ser de una generosidad y delicadeza excepcionales. Lo que supo de mí fue sólo lo que yo quise que supiera. Me presentó a sus amistades, todos profesionales. Me entendía con ellos en francés. A los dos años dominé el sueco. Claro que jamás tendré el acento de Anita.

Recuerdo mi primera caminata por los muelles. Agda quiso acompañarme, pero preferí ir sola: la paz de ese mar, la transparencia del aire, la nitidez de los colores, el cabeceo de las embarcaciones. Caminé hasta el puente que cruza a Skeppsholmen y me detuvo la belleza. Tocaba con la nariz la incertidumbre de mi futuro, como si la incertidumbre fuera un viento con olor a mar y me empujara. Quise guardarme la isla para otra vez. Veo a una mamá pasándole una escobilla por el pelo a su hija. Con qué cuidado, con qué atinada lentitud, con qué infinito cariño. Y el pelo largo y rubio casi blanco de la niña va cobrando vida y brilla. ¿Me habría peinado alguna vez así mi madre?

Llegué en septiembre y el tiempo muchas veces estaba bueno. A la hora del almuerzo me iba con un sándwich a la plaza de Kungsträdgården, y las hojas amarillas de los olmos rozaban suavemente mi pelo o mis hombros al ir cayendo. Las recogía del pasto y estaban húmedas y yo me quedaba mirando su nervadura persistiendo todavía.

51

Roberto era seis años menor que yo. Un brasilero alto y guapo. Nos conocimos en la cafetería del Berlitz. Resultó que era amigo de Agda y eso facilitó las cosas. Fíjate, se me olvida cuándo empezamos a salir. Eso es raro. Eso dice algo. Recuerdo su primer regalo: un perfume de ámbar. Por supuesto, ya le había hablado de mi fascinación por esa sustancia misteriosa que mi imaginación desde niña vinculaba a los vikingos y al mar Báltico. Después me regalaría un collar precioso, las piedras llenas de luz interior. Roberto..., con su castellano de acento portugués, sus sonidos tan suaves y tiernos, tan lleno de eñes cariñosas.

Yo lo llevé al Kungsträdgården y le hablé de las hojas amarillas de los olmos que me acompañaban durante mis almuerzos solitarios del primer tiempo y de cómo me iban sanando cuando al caer, me tocaban un momento. Ahora esas hojas eran de un verde claro y luminoso y en el pasto crecían pequeñas anémonas silvestres, blancas y azules. Su voz me abrigaba. ¿Qué más podía querer que quererlo y me quisiera? Nos gustaba mucho caminar, perdernos por las calles conversando y riéndonos. Me gustan los hombres con sentido del humor. Creo que importa más que la belleza, fíjate tú. Con un hombre con el que te puedes reír las puertas se abren solas.

Y con Roberto crucé por primera vez el puente de Skeppsholmen pisando las tablas de madera. Ahí nos besamos. Caminamos abrazados hacia el Moderna Museet. Roberto me hablaba y se interrumpía de golpe para besarme, me hablaba de lo que íbamos a ver, del brillo de las *Brillo Boxes* de Warhol y del increíble poder del color naranjo de su silla eléctrica, que nadie, decía, jamás antes de Warhol había visto un naranjo así porque el verde musgoso de la silla lo hacía el más naranjo de todos los naranjos, y de la sensación de movimiento en la cara de la «Mujer con el collar azul» de Picasso, de sus dibujos de aves –una avestruz que corre, una gallina de veras gallinácea, un gavilán, gavilán, una inolvidable paloma en vuelo– y del chivo embalsamado con un neumático atravesado de Rauschenberg, de su aspecto de macho primitivo doblegado por la civilización, del símbolo de la sexualidad y de la tragedia, del dios del desenfreno, Dioniso, transformado por el aro en víctima, del malestar de sus instintos sometidos, de la nostalgia en su cabeza pintarrajeada. Nos demoramos mucho porque ya me estuviera hablando de la inolvidable paloma en vuelo de Picasso o de la tragedia del macho cabrío de Rauschenberg en la modernidad, nos deteníamos una y otra vez a besarnos dionisíacamente. Cuando por fin llegamos el museo, ya había cerrado. Nos contentamos con seguir besándonos y correr y abrazarnos y volver a correr entre las figuras alegres y coloridas, esas mujeres redondeadas, saltarinas y poderosas, de Niki de Saint Phalle. Creo que las han retirado de ahí. Alguien me lo dijo. Ojalá no sea cierto.

Por meses le dedicamos un fin de semana a cada isla del archipiélago. Fue una época maravillosa esa con Roberto. Me llevaba a bailar y a nadie vi yo nunca bailar como él. Bailaba cualquier ritmo con una alegría espontánea y agraciada y contagiosa, siempre daban ganas de salir a bailar con él. Bailaba a veces de pie, casi sin moverse, bailaba sentado moviendo sólo la cabeza y los hombros. Pero el que fuera más joven que yo me inquietaba. Por supuesto, no podía comprender mi pasado. Tampoco yo, la verdad. Era un hombre de piel tersa, mulata. Me quería.

52

En Estocolmo había muchos latinoamericanos exiliados, víctimas del espanto. Me hice de varias amigas. Mireya, una sobreviviente de la lucha de los tupas del Uruguay, Claudia, cuyo marido había sido apresado y nunca más se supo de él, y María Verónica. Las tres habían sido capturadas y las habían hecho mierda. Rehuíamos el tema. Preferíamos hablar de los hijos, del último «Papanicolaou» de cada una y Mireya, de su climaterio que empezaba recién. Las demás la escuchábamos tratando de disimular nuestra alarma. Y, claro, discutíamos de política. Un camino era sumarse al ecumenismo de los derechos humanos. La batalla del papel sellado, de los abogados, y sus interminables juicios.

¿Qué otra arma nos queda sino la denuncia moral?, decía María Verónica. Y, enrojeciendo de pasión mezclada con una risa medio desvergonzada que era muy suya: Nosotros íbamos a hacer la revolución de la única manera posible: con sangre y paredón. Ustedes, militarotes de mierda, se nos adelantaron y nos jodieron. Ahora pagan ustedes. Porque la sangre la derramaron ustedes y la crueldad de ustedes no tiene perdón.

Y Claudia interrumpiendo sus carcajadas y mirándola seria: Pero no, no es así. Jamás les hubiéramos hecho a ellos lo que ellos nos hicieron a nosotros. Además para mí no se trata de una mera arma, sino de algo superior: la verdad, la justicia. Mireya objetaba entrecruzando los dedos: El precio es cortar con el ejemplo del Che. Su sacrificio no muere. Como no muere el de Santucho, el del Inti Peredo, el de Miguel Enríquez, el de tantos... Y Claudia, ceñuda: No creo que todo ese dolor haya hecho menos pobres a los pobres. Me apena, pero la verdad es que ya no puedo creerlo. Y Mireya: ¡Por la mierda! Su gesto quedó; y quedó por su generosidad moral.

Y Mario, que era profesor de historia y al que habían hecho papilla en la ESMA: Vos, Claudia, querés que nos pleguemos a la causa de los derechos universales y ahistóricos, ¿no? Y de veras, no como una posición táctica. ¡Bárbaro! Y yo qué sé... El problema, viste, es que se sitúan en un más allá de la lucha de clases, un más allá metafísico. Son pavadas idealistas, querida... Mirá tú –dice tocándose la barba negra con algunas motas blancas–, el primer caso de interrogatorio bajo amenaza que registra la literatura está en Homero, en la mismísima *Ilíada*. ¿No me creés? Es un espía troyano y se llama Dolón. Ulises y Diomedes lo capturan. Una vez que Dolón hubo cantado y mientras suplica piedad, Diomedes, rompiendo la promesa, ¡zas! *Aún emitía sonidos,* dice Homero, *cuando su cabeza rodó por el polvo.* La puta que lo parió, carajo, el poder es así, implacable.

Sin embargo, no fue esa tendencia, la de Mario, sino la más pacífica de Claudia la que prevaleció entre nosotros. La verdad es que yo seguía estas discusiones con repoco interés. Estaba enamorada y mi amor llenaba los días y sus noches.

Empezaron a llegar noticias de esas manifestaciones en la iglesia de San Nicolás de Leipzig, los lunes a las cinco de la tarde, la gente en procesión con velas y banderas: *Ohne Gewalt,* Sin Violencia. Algunos se atrevieron a cruzar de Alemania a Hungría. Nadie les disparó. Entonces cruzaron muchos más. Poco después se desmoronó el Muro de Berlín; vi en la televisión cómo derribaban una estatua de Lenin. Se vino abajo como un gran castillo de arena ese gran castillo de Kafka al que nunca terminábamos de llegar. La verdad, qué poco sabíamos de él. Desapareció el mundo en el que yo había nacido y crecido, esa Guerra Fría que dividió a Berlín en dos y al planeta en dos, esa maldita guerra de los imperios que llegó hasta el culo del mundo, a Chile, y nos contagió y nos partió por el eje. Para una persona como yo ese conflicto y esa guerra era el mundo; no uno entre otros mundos posibles, no uno que pudiera llegar a desaparecer para ser sustituido por otro, con otros conflictos y otras guerras. Es difícil entender lo que eso significó para gente como yo. Es incomprensible. Todo lo que te estoy contando es incomprensible. Te hablo de una forma de vida que se fue. Te hablo desde un basurero de ideales rotos, ilusorios y perdidos.

¿Sabes? Nosotros, los de ambos lados, vivíamos en el interior de un idioma que está olvidado. Han quedado las inscripciones, pero ya nadie puede descifrarlas. La verdad es que los de entonces ya no sabemos reconocernos. Aunque digamos lo contrario... Ya no existen personas como yo. ¿Eso creo? ¿Me contradigo? Siempre habrá jóvenes como los que fuimos. Quizás. Siempre habrá quienes luchen por la igualdad. Sí. Y contra la Gran Ramera. Seguro. Siempre habrá vidas a las que la muerte transformará en símbolos de la esperanza humana.

Pero nuestra retórica, ese lenguaje que era el hogar de nuestra utopía, el lugar de nuestro no lugar, se acabó. Porque esa retórica y la liturgia del monte con sus caminatas, fogatas y guitarreos, ese lenguaje adictivo, te digo, fue la fragua de la hermandad entre desconocidos clandestinos que sólo sabían –o debían saber– su chapa, pero estaban preparados para morir juntos mañana mismo. Esto la gente de hoy no se lo cree: la grandeza interior que hacía vibrar el alma al sentirse parte de la vanguardia, de los elegidos.

Por esos días Claudia me convidó a conocer a un muchacho, un joven universitario chileno que venía de Cuba a estudiar por unos meses. (¿Quién podría hoy imaginar el sueño que en ese tiempo encarnó Cuba para nosotros?) Se llama Francisco, me dijo. Su madre perteneció a Hacha Roja y él se crió en un internado con un grupo de niños cuyos padres ingresaron clandestinos a Chile a combatir. Claudia no sabía nada de esa experiencia. Fue una medida de seguridad, le explico. Era conveniente para evitar la extorsión moral. Ella abre los ojos. Y de repente me están temblando las manos y le digo a gritos: ¡Era indispensable! De otro modo ¡cómo! ¿No te das cuenta? ¡En qué mundo de angelitos vivías tú, boluda! Claudia me mira y enmudece. Perdona, me dice, perdona. Me callo, por supuesto, que debí enviar a Anita a ese hogar de hijos de combatientes en La Habana y nunca lo hice. Me callo, por supuesto, el precio que pagué por ello.

El pibe, me dice Claudia acongojada, le guarda rencor a su madre. Te diré que tiene unos ojazos oscuros maravillosos. La entiende, dice él, pero no quiere volver a verla. La entiende perfectamente, dice, pero a la vez no puede aceptar lo que hizo. Ha tratado y vuelto a tratar, pero no puede, dice. No fue mi mamá, dice, y ya no podrá llegar a serlo nunca. Es lo que ella no comprende, ella cree que ahora sí. Ella dice que ahora me necesita, que podría, al menos, ser una especie de tía. Pero eso también es imposible, dice él, porque no es mi tía sino que es mi mamá que no tuve, dice él. Para mí es mejor no verla. Eso dice.

Claudia me pide que yo, como chilena, hable con el muchacho, que le hable de nuestra lucha, que trate de explicarle, que trate de reconciliarlo con su madre. ¿Sería ese Francisco el hijo de Teruca? No quise conocer a ese joven, busqué un pretexto para no encontrarme con él. No quería ver su cara. Tuve miedo. ¿Qué habrá sido de él?

Claudia me llamó para cancelar un almuerzo. Me ha surgido un problema de última hora, se excusó. Encontrémonos la próxima semana, me dijo. Yo te llamo para fijar el día. No me llamó. La telefoneé y nunca la encontré. Lo mismo me ocurrió pocas semanas después con Mireya. Con Mario nos tomamos un café. Fue muy simpático. Quedó de llamarme y no lo hizo. Debe de haber sido entonces, creo, cuando llegaron rumores sobre mí y empecé a ser dejada de lado. Nunca pude averiguar cuánto sabían o qué se rumoreaba de mí exactamente. Lo cierto es que mis amigas dejaron de llamarme. No me importó tanto. Era, por fin, una mujer libre y feliz. Roberto seguía enamorado de mí y se llevaba bien con Anita. A mí eso me bastaba.

53

De puro intrusa encuentro en su escritorio un sobre y mi corazón da un salto. ¿De puro intrusa? No. La verdad es que desde hacía tiempo ella era otra. La sentía distante. Quería preguntarle: ¿Por qué se te olvidó cómo abrazarme? ¿En qué momento mi cuerpo se te hizo ajeno? Me daban ganas de abrazarla y no me atrevía. No como antes, al menos. La sentía tan desapegada.

Y yo conozco esa letra, ¡cómo no!: es de Rodrigo. Así me entero de que, después de todos estos años, ha ubicado a mi hija y se cartea con ella. El asunto no me gusta nada. Anita, presionada por mis preguntas, me confiesa que se va a Chile a vivir con su padre. Por un tiempo, me dice al ver mi cara deshecha por la pena. Digo dos o tres tonteras para disuadirla: que los estudios en Suecia son tanto mejores, que le conviene graduarse aquí... Me dice que parte la próxima semana: Mi papá me mandó los pasajes. Lo dice como si tal cosa, como si su papá hubiera sido siempre su papá. Su inocencia me golpea. La abrazo, sujetando apenas el reventón de las lágrimas, y le digo que yo siempre querré para ella lo mejor, que ella debe vivir donde sea más feliz. La estrecho en un abrazo largo, apretado, terrible que interrumpo de pronto para correr a mi pieza. Me tiro en la cama, la almohada de pluma en la boca. Si mi llanto brusco pudiera ahogarme.

Me derrumbo. Hay que aprender a vivir de nuevo. Sin Anita. Con esta tristeza. Me llama por teléfono al día siguiente de llegar a Santiago. Está dichosa. Su padre tiene una casa con un enorme jardín, trabaja de corredor de propiedades, su mujer es encantadora, también sus hermanos. Aló, aló. ¡Aló! Aló, mamá, ¿estás ahí? No puedo hablar. Si abro la boca romperé a llorar.

La nostalgia me carcome. Por la mañana, al preparar mi desayuno, me parece verla sentada a la mesa comiendo su muesli con miel de abejas y leche fría, el pelo echado hacia delante tapándole la cara del sueño. Por la tarde, después del trabajo, me sorprendo hojeando álbumes de fotos, tarjetas postales, cuadernos, certificados de notas del colegio. Cuando llegaba, de vuelta de la oficina, ella corría y se me colgaba del cuello antes de que me sacara el abrigo y apegaba su carita calentita a la mía, que venía helada por el viento con nieve. Como antes, me cuesta levantarme. Demasiado. Trato de seguir durmiendo y tampoco puedo. Me espera el silencio, y en las tardes, el mismo silencio al volver.

Pienso en mis padres. La de veces que habrán estado esperando una carta mía... Les escribo tarde, mal y nunca, es la verdad. No quiero. Tampoco me interesa leer las suyas. Hubo sobres que no abrí en semanas. Pienso en Anita mirando un sobre mío antes de abrirlo llena de desconfianza. Pienso: tal vez prefiera no abrirlo. De hecho, no contesta a mis cartas. Pienso: cómo se relacionará con Rodrigo. Me vuela de rabia esa amistad súbita que me la arrebató. No me gusta. Se parece a su padre, su nariz, su facha delgada, sus piernas un poco curvas, su sonrisa inquietante, sus ojos tranquilos. Se me vienen a la cabeza imágenes incestuosas. Mi terapeuta se interesa por ellas. Les da la vuelta: soy yo la que está ahí con mi padre. Son explicaciones. Entender no basta para conjurar el fantasma. Anita, eso es lo que me importa. Y Anita no está conmigo. Me ha abandonado tal como lo hizo su padre cuando ella empezaba a formarse en mi vientre. Nunca lo imaginé. Yo la empecé a querer desde entonces. Él no. Él nunca quiso conocerla. Hasta ahora, hasta este capricho súbito. No es justo. Con ella me arranca el alma.

Cuando sueño con ella –y ahora me ocurre a menudo– siempre es una niña y estamos en Estocolmo. Nunca en mis sueños se me aparece como la mujer que ya es, siempre como era. Me despierto: ¿Podrá ser verdad? Me asomo a su pieza. Todo tal cual: la misma colcha, las cortinas, los libros, la ropa en su closet, sus discos. Sus fotos, sus fotos de niña me hacen sufrir. Es la misma que me visita mientras duermo. Trato de convencerme de que la niña de esas fotos ya no existe, ha cambiado y no podría ser de otro modo, jamás volverá a ser la de antes. Habrá que resignarse a otra. Guardo las fotos. No quiero sufrir. Las guardo todas salvo una. Estamos aquí en Estocolmo y se nos ve tan felices con un barco de fondo. Tanto tiempo para nosotras dos. Como nunca antes, como nunca después. Estoy sufriendo mucho, me digo. Trato de olvidarla y no puedo. ¿Se puede odiar a una hija? Me sorprendo empezando a odiarla y me espanto.

Si me atreviera a preguntarle: ¿eres mi hija todavía? ¿Qué pasaría si le hiciera esa pregunta por teléfono? Debiera aceptarla como es. Debiera quererla tal cual es. Pero sería más fácil si no hubiera cambiado tanto. No puedo dejar de pensar que la verdadera es otra, la que perdí, la que ella dejó escapar.

54

Y ella no está. Quien está conmigo es Roberto. Sin él no sé qué hubiera sido de mí. Su acento me acaricia y adormece. No quiero hacer el amor, quiero que su voz me apacigüe, quiero que me cante al oído *Bésame, bésame mucho / como si fuera esta noche / la última vez...* Y él sonríe y empieza a cantar muy bajito, casi en un murmullo que me arrulla. *Que tengo miedo a perderte, / perderte después.*

¿Podría alguien acogerme si yo no puedo acogerme? Eres demasiado suspicaz, demasiado susceptible, me dice Roberto. Es cierto. Me doy cuenta. Gracias a la terapia me doy cuenta de todo. Pero darse cuenta no basta. Mi terapeuta me pregunta si me considero la hija de un padre buen mozo y ausente y de una profesional inteligente que quería que yo fuera la belleza que ella no fue. A mi psiquiatra le gusta mucho preguntar. Demasiado. Él desde su silla, atrás, y yo más abajo, en el diván. Él arriba y yo abajo. Y pregunta con tono neutral. Como si yo no le contestara a él sino a Dios. Soy sólo un caso. No estamos conversando. Me presta un servicio profesional. Para eso le pagan, es obvio, para oírme.

Me pregunta si siento que mi mamá me ha fallado, si me siento culpable por no haber sido capaz de evitar que mi papá se fuera de la casa y se casara con otra, si me siento despechada por mi padre, si por eso me atraen los hombres rudos y sus pistolas... Yo lo dejo preguntando. Incluso aquí en Estocolmo hay que soportar estas banalidades. Eso a cambio de que me dé una receta con somníferos y antidepresivos que de otro modo no me venderían en la farmacia. La cabeza se me va a otra parte.

Me dice que «los terroristas» padecen de «ansiedad flotante», que padecen «disfunción de la personalidad», que para estabilizar el «yo» se unen al movimiento, que la causa colectiva pasa a ser mayor que el «yo». Ahora soy yo la que pregunta: ¿Y?

Y está Roberto. Sigue estando, sigue llevándome los fines de semana a recorrer islas. Un día me convida a Gotland. Cuarenta minutos de vuelo. De ahí vamos a Faro. Roberto quiere que vea las piedras con grabados vikingos en Bunge. A ti siempre te encantaron los vikingos, ¿no? Pero me impresiona más la belleza de unas vacas de piel lavada y brillante, un viejo molino de viento hecho en piedra, y, claro, las rocas. Caminamos por una playa de piedras y se levantan esas extrañas, oscuras esculturas de rocas solitarias talladas por vientos milenarios. El mar es gris oscuro o muy blanco. Me sobresalta la sirena de un barco. Son las tonalidades, me digo, la atmósfera espiritual de *Persona*. Se me ocurre que debiéramos averiguar adónde queda la casa de Bergman y pasar por delante. Pero, menos mal, lo descarto antes de proponérselo a Roberto. Habría sido capaz de dar con ella y tocar el timbre.

Sé que no soy capaz de suscitar amor, le digo sin haber por qué y me apoyo en una de esas rocas desamparadas. Siempre sé que seré abandonada y traicionada, lo merezco. Pero él me acaricia en silencio, él quiere redimirme. Cree que su amor puede salvarme. Quisiera creerte, le digo.

Sé que me miento. Quiero que alguien me perdone y ame sin reservas y tal como fui y soy y seré. Pero tengo miedo. Me defiendo. No quiero atarme. Roberto me gusta mucho. Lo necesito, pero quizás por eso me cuesta. Por no ser rechazada me defiendo de antemano. Exijo demasiado, soy insaciable, lo sé. Exijo amor incondicional y absoluto a cambio de nada. Quiero que primero me amen porque sí. Entonces podré amar yo. Quiero exhibir mi miseria y se me ame en primer lugar por ella. No quiero sólo ser amada. Además alguien debe pagar, alguien debe sufrir por mí y eso le toca al que quiere amarme ahora. Eso le toca, aunque yo no quiera, a Roberto.

Someto a pruebas al que me ama porque no le quiero creer su amor, y doy poco porque temo decepcionarlo, latearlo. Estoy tan insegura. Me escondo en mí misma.

Roberto me habla. Me dice que no estoy bien, me dice que estoy enferma, que debo tomarme mis pastillas. Es tan inocente Roberto a veces... Le digo que cómo lo sabe. Me dice que por mi cara. Que cómo es, le digo. Me dice que no me va a gustar. Insisto. Dice que me veo estragada, a veces, con la carretilla caída, respirando con dificultad por la boca, la mirada vaciada como si estuviera viendo la nada. Le digo: ¿La nada? ¿La muerte? Me largo a reír y me miro al espejo. No veo lo que él ve. Estoy flaca, chupada, bolsas oscuras bajo los ojos, fea, en suma. Eso es lo que estás viendo, le digo, que estoy fea. Ésa es mi «enfermedad» que te preocupa tanto. Dice que no.

Pero me da miedo no gustar y ser castigada. Roberto es atractivo para otras mujeres. Yo me doy cuenta. Más que estar con él, lo que quiero es que no esté con otra. Me consumen los celos ante la sola imagen de él con otra mujer. Entonces lo castigo. No me ama lo suficiente. Eso es lo que siento y le digo. Hubiera querido que me amara hasta disipar mis celos y temores. Peleamos y nos reconciliamos. Obvio. ¿Quién no?

Una noche maldita, de pura rabia, antes de que se meta a la cama, doy vuelta el vaso de agua en el lado de Roberto. Cuando siente la humedad fría se enfurece. Lo he obligado a dormir en el sofá. Desde entonces las peleas se repiten cada vez con mayor frecuencia. Nos podemos pasar semanas sin hablar. Y lo logro: Roberto, la única persona que tengo, se cansa y me abandona. Soy otra vez lo que soy...

Trato de que me salve mi trabajo de profesora en el Berlitz. Vuelvo a pasear sola bajo los olmos del Kungsträdgården. La nieve virgen sobre los olmos desnudos. Necesito ser acogida por un ser humano para poder ser un ser humano. De tarde en tarde me convidan algunos de los viejos amigos de Agda. Son muy amables, me llevan a ver alguna obra al Dramaten o a la Folkopera y a cenar y no sé por qué suele ser jueves y comemos crepes con dulce de arándanos y después me dan buen coñac. Vuelvo a mi departamento viendo doble.

Este sol apagado de noviembre en Estocolmo, estas cuatro horas de luz. *Y regresa mi pasado. Y mi pecado está siempre delante de mí.* Y visto desde este viento y estas tinieblas, mi pasado es incomprensible para mí. ¿Pastillas? ¿Quieres que te dé la lista de somníferos y antidepresivos que me echo a la boca cada día? No te voy a negar que tomo más vodka del que debiera, tomo vodka Absolut todos los días y bastante, pero no soy alcohólica. Eso no.

De repente, me animo y parto de compras. En H&M me meto al mostrador y me pruebo ropa diferente. Todo me queda fantástico. En la caja debo devolver un vestido. Mi tarjeta se ha copado. Paso frente a una tienda de discos. Me compro los *Nocturnos*. El piano de Arrau. Para cuando me vuelva la pena, me digo. ¿Pero qué está ahí? Georges Brassens: *La Mauvaise Réputation*. Salgo con esos dos cedés. Dejo las bolsas en el pasillo de mi departamento y corro a oír Brassens. La undécima canción: *Il suffit de passer le pont, / C'est tout de suite l'aventure! /...Je n'ai jamais aimé que vous.* Giuseppe haciendo *omelettes* en su pequeña cocina. Se detiene de repente y levanta la copa de *champagne* con una sonrisa traviesa. Suspiro. Recojo lentamente las bolsas del piso y empiezo a probarme uno de los vestidos nuevos. No. Ahora no me gusta. Me sigo probando. En el espejo de mi pieza ya nada me queda bien. Me engañaron las luces del mostrador, me digo. Me veo espantosa. Bostezo. Debiera ir a cambiar todo esto. Estoy exhausta. Mañana, me digo, y me dejo caer en la cama.

Me obligo a pasear bajo los olmos del Kungsträdgården. Sobre sus ramas desnudas, una capa de nieve que dura. Se desprende un trozo y cae con una fatalidad indiferente. Febrero. La poca luz que hay viene de abajo. Hay belleza en estos olmos iluminados hacia arriba y en este mar que en tiempos antiguos era un bosque y en esas abejas, iguales a las de hoy, que hace millones de años quedaron atrapadas en el ámbar. No es que no la perciba. Es que esa belleza ya no me conmueve. Sé que está ahí y debiera tocar mi sensibilidad, pero mi sensibilidad está ahora embotada.

Esta *malaise* es así, agobiante. No hay lugar para esa distancia irónica detrás de la cual los señoritos elegantes ocultan su miedo a sentir con las tripas. Aquí hay pathos y hay mal gusto. Es *la sensación de ser un vidrio frágil, de estar cargando el cuerpo.* Y están los mordiscos del desasosiego. De noche, pesadillas. Y cuando despierto gritando y transpirando es que sentía la respiración del Ronco en mi oído. Luego, el desvelo. Veo el color de los cuervos que pintó Van Gogh volando sobre un trigal, *ese negro de trufa...* Entonces vuelve la garra negra adentro del estómago y me chupa el abismo y viejas escenas del horror se me vienen encima como autos negros buscando atropellarme. Y regresan esas antiguas Erinias, como si esos episodios negros, vivísimos, estuvieran ocurriendo ahora. Vuelve el olor a miedo: fuerte, agudo, azumagado, viejo, repugnante. Vuelven voces, portazos. Nos ha llegado otro «paquete», grita el Rata y el Ronco se ríe. Y vuelvo a ver, como si estuviera ocurriendo en este momento el trapo, la espuma... No puedo controlar las palpitaciones, y sudo y sudo sin poder dejar de mirar lo que no quiero ver. Lo sé, estoy en Estocolmo y escupo su cielo. Soy la perra tiñosa que nadie quiere como amiga, me digo. Y pese a todo, soy orgullosa. Te lo he dicho: me contradigo yo.

¿Por qué no me escapé antes de sus garras? ¿Por qué no un día antes de entregar a Rafa? El paso del tiempo no puede deshacer lo que hice. Soy la que quisiera borrar de mi vida. ¿Que me perdone a mí misma? ¿Cómo podría darme yo lo que sé que no merezco? *La desgracia ha sido mi dios. Me he tendido en el fango. Me he secado al aire del crimen.* Recelo y mi recelo se hace ácido en mis tripas. ¿No odio todo lo noble? ¿Será mi encono una forma mentirosa de consuelo? Porque ahora me duele en los ojos la luz que irradia un hombre bueno como Roberto.

Entonces, ¿sigo admirando a Canelo? Como todo inocente no sabía que era inocente. ¿Será porque es el sacrificado? Como si al desafiar a la muerte, la matara. Su libertad hecha destino. *¿Quién habla de victorias? Resistir lo es todo.* Y hubo mujeres que pasaron por el mismo lugar de espanto que yo, o incluso peores, que los hubo, por supuesto. Hoy viven con la dignidad de las rocas porque fueron de una pieza. Al salir, dar testimonio les dio un sentido. Fue el caso de mi amiga Claudia, por mencionar una. Y hubo muchísimas como ella.

Un instante, cada instante presente, es una cicatriz hecha ventana. Todavía aquí en Estocolmo, a veces, quisiera que alguien me diera un balazo. Puede ocurrir. Quizás me buscan para matarme. Pero no, nadie me busca. Me recrimino. Entonces me vienen a mí ganas de matar a alguien, a cualquier desconocido que vaya pasando a mi lado por la calle. Para importarle algo a alguien. Si nadie me ama, que al menos alguien me tema. Frustración, me digo, me contradigo. Esto dura.

Tú no comprendes a esta Lorena que escuchas: yo bebo el cáliz de mi propia abyección. Es dulce y amargo mi cáliz como un vicio. Un largo resentimiento puede proteger y sostener. Puede llegar a ser religión. ¡Ja! Me viene risa, pero se me seca al llegar a la boca.

Debo dejar esto que me congela. ¿Cómo? Lo haré, pero no todavía. Lo haré. ¿Lo estaré haciendo ya? El sufrimiento no me ha purificado. Soy una prisionera. Soy una arrastrada. Si pudiera llegar arrastrándome hasta la puerta. Si pudiera abrir el cerrojo de esa puerta. Si pudiera. Si tuviera la llave. Tendría que haber llegado hasta la puerta. Tendría que haber puerta. Pero sobreviví. Sobreviví hecha un gusano, pero sobreviví. Estoy viva. Hecha mierda, muriéndome pero todavía viva aquí en Estocolmo.

55

He venido sólo a verlo y de sorpresa. Y no más llegar al aeropuerto Charles de Gaulle me lleno de ánimo. Llamo a Giuseppe esa misma tarde. Por años y años he guardado su número escrito en una clave personal. No me atrevo a dejar mi nombre en la grabadora. ¿Y si no está en París? Al día siguiente llamo otra vez. Me contesta una voz de sueño que podría ser de cualquiera. De repente, reconozco mi nombre en un grito. No puede creer que sea verdad, me dice. Ha tratado tantas veces de ubicarme, me dice. Nos quedamos de encontrar a las cinco en un café.

Llegué antes y quise verlo entrar. Lo esperé temblando al otro lado de la calle. Lo reconocí y el corazón me dio un salto. Su pelo estaba completamente blanco. Su melena seguía tupida. Caminaba resuelto, pero iba un poco agachado. Se sentó a una mesa cerca de la entrada. Lo seguía viendo por la ventana. A los pocos segundos había sobre ella una botella de vino blanco y dos copas. Él había llegado adelantado.

Decidí pasearme un rato por la calle. Transpiraba. Recordaba su sonrisa abriéndome la puerta de su departamento: *Voilà la plus belle!* Entré al baño de un café cercano y me eché perfume, repasé mi pintura y me escobillé el pelo. Crucé el umbral con cinco minutos de retraso. El corazón se me salía por la boca. Me detuve un instante con la puerta giratoria a mis espaldas. ¿Esperaba que él diera un grito y corriera a abrazarme? Pasé lentamente entre las mesas, reconocí su mismo perfume de siempre, Giuseppe, me dije. Pero a él no le dije nada y me senté al fondo en un taburete del bar. Ordené un whisky. Entonces lo miré: su elegante nariz ahora sostenía un par de anteojos y su cara era una tupida malla de arrugas. Giuseppe seguía siendo un hombre muy atrayente. El vaso tiritaba en mi mano. Volví a sentir la antigua llamarada, *l'antica fiamma*.

Él tomó su copa y bebió un trago largo. Se arregló el pelo con la mano. Giró su cabeza blanca y recorrió las mesas. Sus ojos apuntaron por fin al bar. Estábamos tres hombres y yo sentados en esos taburetes. Sentí sus ojos escaneando mi cuerpo. Bajó la vista y bebió otro poco de vino. Eso fue todo.

Al pasar muy lento junto a su mesa sentí otra vez su mismo perfume.

Todavía a veces me pregunto: ¿Y si me hubiera quedado unos segundos más? ¿Y si le hubiera hablado?

La pasión de Anita por su padre duró unos diez meses. Entonces me anunció por carta que se había ido a vivir con dos amigas de la universidad a un departamento en el centro de Santiago. Me insinuó en una conversación por teléfono que su señora era demasiado celosa. Ahora se veían todas las mañanas porque él –padre modelo– la pasaba a buscar para llevarla a la universidad. Y entonces llegó diciembre y dos días antes de Navidad, al abrir la puerta del departamento, sentí música. Vi una sombra en el pasillo y oí un ¿Mamá? Fue algo mágico. Pasé de golpe de la tristeza a la alegría total. Nunca he recibido ni recibiré mejor regalo de Navidad. Fueron días maravillosos. Fuimos al cine, a comer a nuestros restoranes favoritos de antes. Fuimos juntas a H&M a comprar un suéter que ella quería. La encontré tan mujer, tan bonita. Nos encontramos las dos frente al espejo al volver.

–Estoy canosa –le digo al ver la extrañeza en su cara.

–No –me dice–. Eres canosa.

El envejecimiento pareciera llegarme de fuera. Es un disfraz, una máscara que me desfigura. La juventud, en cambio, me nacía de adentro. La vieja canosa del espejo no soy yo. Es una visitante invasora que ocupó mi cuerpo. Algo así intento decirle.

Anita salía en las noches con sus amistades de aquí. Pero

quería ser chilena, me dijo. Se acostaba tarde y yo ya estaba dormida. Al levantarme, cada mañana, veo su puerta cerrada. Sé que ella está ahí, dormida. Entonces, lento arrastro lento los dedos por su puerta, acariciando la madera por no querer despertarla.

Y como llegó, partió. El quince de enero tomó el avión de vuelta a Chile. Sólo entonces caí en la cuenta de lo poco que me había contado de ella, de su vida real. Estudiaba negocios en una universidad nueva, privada, que yo no conocía. ¿Y su padre? Nada. No me dijo nunca nada de él.

56

Retrocedo: la vieja enlacera que esperaba a «Viollier» el día que lo mataron entra días después a una casa de cambio en la calle Monjitas. Lo hace en dos oportunidades en el mismo mes. Pancha, que la sigue, tiene la osadía, la segunda vez, de entrar también. Ve que la hacen pasar a una oficina interior. Sale pronto. La nota tensa. Trata de averiguar qué oficina sería. No es posible. Regresa a la Central para informar.

Me la topo en el pasillo. Sigue avanzando casi sin saludarme. Su polera negra que le hace buena facha. Me citaron, le digo. Se encoge de hombros. Sigo tras ella. Veo al Chico Marín. Me sonríe a la fuerza. Sus ojos de lagartija. Continúa hablando a media voz con el Mono Lepe. Sólo el televisor hace bulla. Iris va y lo apaga.

Se abre la puerta de la oficina del Macha y aparece Gran Danés. Se ha puesto un traje oscuro. El pelo rubio cae espumoso brillando sobre sus hombros. Nunca lo había visto de corbata. Se saca lentamente unos Ray-Ban iguales a los del Macha. Nos va mirando uno a uno de izquierda a derecha. Nadie dice una palabra. Cuando sus ojos salen de los del Indio Galdámez y entran a los míos tratan de calarme, de decirme yo te conozco, cabrita, y se devuelve. De repente, mira al techo y dice: El Macha está detenido. Contrainteligencia. Pido, exijo –se corrige– absoluta confidencialidad. Se le ha abierto un sumario. Quien está a cargo de este equipo ahora soy yo. Y hasta nueva orden. Estoy interino. ¿Alguna pregunta? Silencio. Entonces, continúen con su trabajo.

Regresa a la oficina y cierra la puerta. Pero se arrepiente y llama a Pancha. La hace pasar. Ella me echa una miradita justo antes de cerrar. Nos dispersamos sin hacer comentarios. Ha caído el Macha. *Fait accompli*. A rey muerto, rey puesto.

Gran Danés ordena un seguimiento a todos los que trabajan en esa casa de cambio. Se toman fotos de gente entrando y saliendo. No se gana mucho. Gran Danés manda a dos falsos técnicos de la compañía de teléfonos: el Mono Lepe y el Indio Galdámez. Entran a las oficinas interiores. Ven salir de la gerencia a una vieja. Avisan a Gran Danés. Ordena que pasen a revisar la línea. No les permiten ingresar. Esperan. Cuando los dejan entrar, no hay nadie. Alguien escapó de ahí, pareciera, ¿no? Avisan. Afuera esperan para sacarle una foto. Nadie.

Gran Danés me manda llamar. Me cita urgente a su nueva oficina, la que era del Macha. El mensaje me llega con varias horas de retraso. Algo me huele mal. Me encuentro con el Gato en el pasillo. Viene llegando. Son las seis de la tarde. Que él no sabe nada, me dice con la cabeza gacha. El nuevo C3.1 no le tiene buena, me dice. No es como el Flaco, me dice con una sonrisita de complicidad que me carga. Pero pronto se dará cuenta de lo que valgo. Siempre es lo mismo... Al Macha sí que lo tienen jodido, me dice. En las noches, me dice misterioso, siento que este edificio está crujiendo... Y en un susurro, pícaro: Cuidadito con Gran Danés. Ese rucio la tiene demasiado grande... Si no me crees pregúntale a Pancha. Me lo contó ella misma. Y se larga a reír.

Abro la puerta de la oficina: no es Gran Danés, es el Macha. Me está mirando con sus ojos pestañudos. Me hace sentar. Nos separa su escritorio.

–¿Tú aquí? Te vi salir del estacionamiento custodiado y con esposas –le digo sin más y me río.

Lanza un suspiro despectivo:

–Me están haciendo un sumario. Eso es todo. Uno más...

Muchas veces, como ahora, sus ojos no brillaban, eran opacos. Eso me desafiaba, ese velo trágico. Gira y abre la caja fuerte. En la esquina, la sobaquera con su CZ.

–Llegó esta carpeta –me dice en tono cortante y brusco–. Información clasificada sobre la casa de cambio de la calle Monjitas. El dueño y gerente se llama Juan Isidoro Zañartu Cortínez. Pero Juan Isidoro Zañartu Cortínez murió a los cinco meses de vida hace cincuenta y nueve años. Con ese nombre falsificaron el carné y con él sacaron el rol único tributario. Porque el rol es válido. ¿Sabes algo de esto?

–No –le digo.

–¿Nada?

–Absolutamente nada.

–Tienes que llegar a él. Tienes que dar con él.

–¿Cómo?

–Tu problema –me dice.

–Se fotografió a todos lo que llegan a trabajar ahí por la mañana, ¿no es cierto?

–Afirmativo –me responde con lata.

–¿Y también a todos los que salen por la tarde?

–¿Qué te hace pensar que somos tan rehueones?

Se ríe.

–Tiene que ser uno de ésos. Averigua el carné que corresponde a esas fotos. El que no tiene carné registrado, ése es.

–Ya lo hice, mujer. –Y se ríe con unas carcajadas cortas y bajas–. Del Gabinete de Identificación me informan que todos tienen su carné válido y ninguno es Juan Isidoro Zañartu Cortínez. Mira.

Me muestra unas hojas con fotocopias de los carnés y las fotos tomadas al entrar y al salir de la casa de cambio. Una de estas mujeres trabaja para nosotros, dice aburrido. La infiltramos hace pocos días. Es «aseadora». Pero no ha conseguido nada. Observo las caras. Reconozco a la mujer de anteojos que me prestó un lápiz Bic negro para firmar el recibo en la casa de cambio el día del asalto. Está «arreglada», nos dijeron entonces.

–¿En qué piensas?

–¿Tienes los planos del edificio? Puede haber un ascensor privado y estacionamiento subterráneo.

Se da un golpazo en la frente. En la sonrisa veo brillar sus dientes blancos y parejos.

–Te llamaré.

El día en que me mostraron la foto no pude creerlo.

–Está en silla de ruedas –me dijo el Macha–. Se nota apenas el respaldo ahí, ¿ves?

–No, no sé. Puede que sea una mancha, una sombra en el muro...

–Aquí, en esta ampliación, se ve más nítido.

Y, ahora sí, puedo distinguir el metal de una silla de ruedas. Lo que es él, es un caballero distinguido, pelo canoso, entradas profundas, nariz perfilada, labios finos. Debe de tener unos sesenta años.

Me produjo una violenta impresión verlo. Me contuve. El Macha debe de haberlo notado. Miró la hora en su Rolex.

–Acompáñame –me dijo, colocándose sus Ray-Ban y la CZ en el cinturón.

Un par de minutos después rodábamos a ciento veinte kilómetros en su Harley Davidson del sesenta y seis bajo los plátanos orientales del Parque Forestal. Yo sentía su olor y el olor de su casaca de cuero negro y el triángulo duro de su espalda en mis pechos. No pensaba en nada. El viento del atardecer en la cara, su olor y el de su casaca de cuero pegándose a mis narices y mis pechos en su espalda. Eso era estar viva y punto. ¿Qué edad tendría yo entonces? ¿Veintisiete? ¿Y él? ¿Treinta y dos, treinta y tres? ¿Explica algo eso? Veo su CZ sin cartuchera, sujeta por el puro cinturón. Un vértigo: ¿Y si la saco y lo encaño no? ¿Si lo hago detener la moto y lo mato y me arranco en ella?

Nos detuvimos en la calle Agustinas. El Macha me ofreció un cigarrillo. Nos fumamos dos cada uno y me pasó una Minolta.

–Tienes un cuello muy bonito –me dijo de repente.

Me reí, sorprendida.

–Delgado y largo –dijo.

Un furgón Volkswagen blanco emergió del subterráneo. Disparé mi primera foto. El Macha pisó la palanca de encendido y lo seguimos. El furgón subió una cuadra, dobló y bajó varias cuadras por Monjitas, dobló a mano derecha y luego subimos tras él por Compañía. Otras dos o tres fotos. La patente. Media cuadra después de Plaza Brasil desapareció tras un portón metálico. Compañía, calle de casas viejas de fachada continua. Pasamos lentamente por el frontis. Otra foto. Una casona grisácea de fines del XIX, balcones, adornos de estuco, barrotes gruesos en las ventanas, la puerta de calle al medio.

–Ahí –me dice el Macha–. ¿Has estado ahí alguna vez?

–Jamás. Tiene alarma –le digo.

Salimos disparados cuando dan la verde. Vamos rápido. Vamos por la Costanera a la orilla del parque. Los autos quedan atrás. La inclinación de la moto en la curva. El aire violento en la boca.

–¿En qué piensas? –me dice.

Se ha sentado en el suelo, la espalda contra mi sofá de cuero negro.

–Salud –me dice levantando la copa de cristal.

–Salud –digo, y presiento sus ojos buscándome y no los miro.

Miro la espuma de mi cerveza. Se pasea por la pieza. Se asoma a las ventanas. Está oscuro y mira desde el piso doce. Abajo, las luces movedizas de los autos y las inmóviles de los faroles de la Costanera.

–¿Ves el cerro de día, no?

–Sí.

–¿Pinos y aromos?

–Sí.

–El sol sale ahí, ¿no?

–Sí.

Se sienta a la mesa del comedor. Es pequeña. Cuatro personas. Se levanta y sigue dando vueltas.

–Me gustaría sacarte fotos –me dice.

Su nariz recta, sus cejas prominentes, pobladas, intensas. En la frente, una pequeña cicatriz. Pequeña, pero fea. Esa astilla, la noche en que entró a la pensión del Espartano y lo trató de coger vivo.

–Es imprudente –le digo–. En la vida que hacemos no conviene que queden fotos dando vuelta por ahí.

–Correcto. Las rompemos.

–No te creo.

–No confías en mí.

–Por supuesto que no.

Se sonríe bajo su bigote.

–Tú estás acostumbrado.

–¿A qué?

–A esta vida en la que nada es lo que es.

–Hay cosas a las que uno no se acostumbra nunca.

–¿A qué, por ejemplo?

–A sentir, al pisar, los cuajos de sangre bajo las suelas de los zapatos. –Y, como si nada–: Vi hace años una película en la que un agente francés le sacaba fotos a una mujer. Era una película vieja, en blanco y negro. La vi en un video que encontramos en un allanamiento. Estaba en francés. Entendí pocazo. No recuerdo el nombre. Me acordé de ella al entrar a este departamento. La mujer era bella, bella, naturalmente bella.

–¿Te gustan las películas policiales y de espionaje, entonces?

–No. Las mujeres naturalmente bellas.

Nos reímos.

–¿Por qué no te gustan las películas de espionaje?

–Si tuvieran olor, nadie iría a verlas. –Y, como si nada–: Mañana sábado a las cuatro pásame a buscar a la calle Libertad número 86. Es una academia de aikido. Entra y pregunta por Luis José Calvo. ¿De acuerdo? Vamos a sacarte unas fotos.

–Nunca supe que fueras un samurái –reí–. ¿Desde cuándo haces aikido?

–Unos once años.

–¿Y? ¿Eres bueno?

–Es el problema: no.

–¿Cinturón negro?

–No; no lo he podido obtener. Cristóbal será un sexto Dan antes de que salga del colegio. Te lo aseguro.

58

Y ahí estuve. CENTRO CULTURAL DE AIKIDO AKIKAI-CHILE. El letrero era pequeño. La casa, grandota, viejona y deteriorada. Toqué la campanilla, me abrieron y entré por un pasillo oscuro. Al final, un congelador con bebidas y más allá, un amplio patio de luz. Me atendió una señora gorda, de moño, brazos rellenos y más de setenta años. Estaba detrás del mesón y dejó su tejido para hablar conmigo. Le expliqué que buscaba al señor Luis José Calvo. Me indicó que continuara por la galería, doblara a la izquierda y ahí subiera la escalera. El señor Calvo estaba viendo una competencia en la que participaba su hijo, me explicó. Quedó entre los finalistas, me contó con una sonrisa. Un momento después me sentaba al lado del señor Calvo, que estaba de camisón blanco y pantalones amplios y negros mirando un combate de niños.

El Macha me señaló a su hijo. Cristóbal era menudo y moreno. No podía tener más de siete años. Él y su adversario volaban por los aires, caían rodando sobre el piso de tablas y se levantaban sin chistar para atacarse de nuevo. Parecían pájaros o gallitos de pelea. Alcancé a divisar una mano en el mentón del chico del Macha. La cabeza se le fue para atrás, creí ver su brazo arriba agarrado por el otro, un rápido movimiento giratorio y ya estaba de boca en el suelo, inmovilizado con un brazo estirado. El combate había terminado.

–Ryokatatori Ikkyo –exclamó el Macha–. Ejecución impecable.

–Perdió tu hijo...

–Qué se le va hacer. Salió segundo. Combatió bien. Su sensei es excelente.

Después de los saludos ceremoniales vi pasar una marea de niños y jóvenes con batas y pantalones amplios y blancos camino de los camarines. Cristóbal corrió a encontrarse con su papá, que lo levantó en el abrazo. A mí me saludó con buscada indiferencia. Le dijo que lo vendría a buscar su mamá. Lo felicitó y le dio un abrazo de despedida antes de perderse en los camarines. El Macha volvió a los cinco minutos de pelo mojado, polera y jeans negros, bolso colgado en un hombro y casaca de cuero en la mano. Vamos, me dijo y echó a andar con prisa.

Cristóbal venía corriendo y le tomó la mano. El Macha se despidió de nuevo de él, pero el niño lo quería dejar en la moto. Pasamos junto a la señora de la entrada y enfilamos por el pasillo oscuro, ellos adelante y yo detrás. Se abrió la puerta de la calle. El Macha se detuvo. Contra la luz exterior se dibujó la figura de una mujer que lo saludó apenas y abrazó a Cristóbal. Su perfume Chanel invadió mis narices. El Macha me presentó como «una colega» y ella me estiró su mano gorda casi con asco.

Representaba más edad que el Macha. Tenía el pelo castaño y ojos verdosos. Cristóbal había heredado esos ojos grandes y claros. En lo demás, comenzando por las pestañas, era puro papá. Ha de haber tenido buenos pechos, pero se le habían formado arrugas profundas y manchas de sol, y el ojo adivinaba una consistencia de gelatina. Cerca del cinturón se le formaba un rollo. No la ayudaba para nada, claro, el traje de dos piezas. Las pantorrillas, gruesas y muy blancas, terminaban en unos zapatos de medio taco de líneas severas. Ellos dos quedaron recortados en la luz, bajo el umbral. Cristóbal y yo nos devolvimos por el pasillo. Le estaba diciendo algo al Macha sobre el cumpleaños de su mamá, de que ya eran más de las dos... El tono era de ira apenas contenida. Me di vuelta y los miré. El Macha dijo algo que no alcancé a entender. A ella se le abrieron los orificios de las narices. Alzó el mentón y levantó un dedo acusador. Cristóbal me dio la mano y retrocedimos más por el pasillo. La voz pituda de ella iba subiendo. El Macha contestaba bajito.

Nos sentamos en un sofá color ratón, entre el congelador y la señora gorda de moño que controlaba el ingreso. Le pregunté a Cristóbal qué planes tenía para las vacaciones. Me dijo con su voz entera que quería ir con su papá en moto al Yelcho.

–Pasó algo malo la última vez que fuimos a acampar. Pero no fue en el Yelcho.

Me lo dice tras una pausa y con esa gravedad de la que son capaces los niños.

–¿Qué fue?

–Fuimos con mi papá a la Cordillera. Mi papá me llevó. Fuimos con unos arrieros. Tomamos mate. Todos con la misma boquilla y no había que moverla. A mí me dio asco eso. Uno de los arrieros tenía una costra en un labio. Me dio mucho asco eso. El tipo era sucio y tenía mal olor. Pero mi papá me dijo que había que aperrar y, bueno, aperré. Fue una excursión de rehartos días a caballo. Subimos por la Cuesta de las Lágrimas y había un acantilado inmenso, inmenso. Se llega a resbalar el caballo y te caes al barranco y no queda nada. Eso nos dijeron. El caminito para el caballo era así, así de angostito.

–Peligroso, ¿no?

–Pero eso no fue lo malo. Lo malo fue que llegamos a una laguna y había unos patos.

–¿Y? ¿Eran bonitos los patos?

–Eran rebonitos los patos, tenían en las alas unas plumas verdes. Y estaban tranquilitos en el agua. No nos tenían miedo, nada. A mí se me ocurrió cazarlos. Le pedí a mi papá la escopeta. Le pedí que probáramos a disparar de verdad. Mi papá no quería. Entonces ese arriero de la costra asquerosa en el labio, dijo: Dele no más, patrón. Venga pa cá, que yo le enseño. Y fue a agarrar la escopeta de mi papá. Pero cuando la quiso tomar, ya mi papá la tenía sujeta. Ya, ya, yo le enseño, dijo. Me explicó cómo apuntar. Yo había disparado con mi papá en el polígono. Revólver y pistola. Nunca escopeta. Me costó harto. El gatillo era duro y se me movía la escopeta y el pato al que le estaba apuntando se me escapaba. De repente se oyó el disparo y la culata me pegó en el hombro. Los patos salieron volando y se perdieron en el cielo. Miré a la laguna y quedaba uno solo. Levantaba un ala, pero no la otra. Seguía flotando así, ladeado.

»–¡Papá! El pato...

»Mi papá me miró muy serio.

»–Hay que matarlo, hijo.

»–¡No! –grité desesperado.

»–Ese pato está sufriendo. Se va a morir de todas maneras, Cristóbal. Así no va a poder buscar comida. ¿Quieres hacerlo sufrir? Hay que matarlo.

»Entonces me tiré al suelo y me puse a llorar. El pato, ladeado, seguía nadando en redondo. No se quejaba. Seguía tan tranquilito... Retumbó un tiro. El pato se tumbó. Mi papá bajaba la escopeta. Me fui encima de él dándole patadas y combos. Yo estaba loco. Yo lo quería matar. Lloraba gritando. Después, en la noche, cuando me estaba quedando dormido mi papá se acercó a mi saco. Me dijo otra vez que habría sido peor dejar sufriendo al pobre pato.

»–¿Cómo sabes tú? A lo mejor se habría mejorado –le contesté y no le hablé más hasta que llegamos de vuelta a Santiago.

Cristóbal me mira y todo lo que es está en sus ojos.

En el umbral seguía el alegato. No escuchábamos bien lo que se decían, pero ella se veía fuera de sí. Le palpitaba una vena roja en la frente. El Macha estaba cabizbajo.

–¿Por qué discuten tanto?

–Es que mi mamá no quiere darme permiso para ir al Yelcho con mi papá en las vacaciones. Pero no te preocupes. Esto pasa siempre. Voy a tener que convencerla yo después.

Un amigo de Cristóbal se le acercó y yo aproveché para despedirme. El Macha y su ex señora se habían alejado de la puerta y seguían enfrascados en su discusión. Él temblaba como un conejo. No tuve ninguna dificultad para salir sin que me vieran. Llegando a mi departamento, abrí una lata de cerveza, me tiré en la cama y prendí el televisor. Una película lenta, aburrida. Mi mente divagaba.

59

Pensé que el ruido de la cerradura venía de esa mala película. Por eso me aterró sentir pasos en el living. Se abrió la puerta de mi dormitorio: el Macha. Mientras mi corazón daba brincos me mostró su ganzúa y se sonrió. Preparó unos sándwiches de queso derretido y jamón, bien ricos, que nos devoramos con un par de cervezas, y yo hice un café turco.

Le pregunté por qué la bruja esa le daba tanto miedo. Estábamos en el sofá de cuero negro y sentía su olor animal. Me dijo que era por el niño, por Cristóbal, que su madre trataba de apartarlos, que le tenía rabia al pobre niño porque quería estar con su padre. Entonces lo castigaba de puro rencor y, claro, más ganas tenía el pobre Cristóbal de estar con su papá. Pero no había nada que hacer. La ley le daba la custodia a la madre.

Me dijo que ella llevaba su casa con una eficiencia «gerencial». Cristóbal estaba muy solo, me dijo. Casi no tenía amigos. A él le daba miedo el poder de daño que tenía ella, aunque se dañara a sí misma. No le importaba un carajo. Era una mujer vengativa y agriada. Así la veía él. Y Cristóbal tenía insomnio, tenía pesadillas espantosas. Y él no estaba nunca ahí para acompañarlo. Le había regalado una radio de onda corta. La tenía sobre su velador. Le encantaba esto de ser radioaficionado. Así podía comunicarse con él a cualquier hora de la noche. Pero Cristóbal, cuando venía el insomnio o las pesadillas o los problemas con su madre, no lo llamaba, me dijo. No entendía por qué.

Me pidió otra cerveza que se tomó rápido. Entonces empezó a sacarme fotos. Yo circulaba por el departamento perseguida por el foco de su Minolta. Me sentaba, corría, miraba por la ventana, apoyaba la cabeza en el respaldo del sillón, me encuclillaba, me miraba en el espejo del baño, me subía al sofá. Detrás de su Minolta la barba afeitada a ras de piel, una barba cerrada, pareja, azulada, y el mentón partido. Le tocaba de repente un brazo para decirle algo o le decía «tú» clavándole un dedo en el pecho. Por el cuello de su polera se asomaban algunos pelos largos. Su olor ahora me acogía. Su intimidad. Como haber entrado a su cueva. Su mirada se quedaba en la mía. Yo sabía lo que iba a pasar. Quizás.

Y él me seguía y me decía: Tómate el pelo, eso, sujétatelo arriba. Y me decía: ¿Qué hará que una cara como la tuya sea bonita? Y: ¿Qué sientes al andar rápido en moto? Y: No te rías. Y yo sujetaba mi risa un instante luchando con ella hasta que me entregaba. Y apenas se me escapaba la carcajada, de nuevo, con voz suave y muy baja, saliendo debajo de sus bigotes negros como el carbón: No te rías. Y ésas fueron, me diría después, las mejores fotos.

–Me gustan tus botas, esa cosa tosca...

–De búfalo –dice–. Argentinas.

Y de repente:

–¿Qué sabes del Hueso?

–Quizás algo, quizás nada –digo. Su mano ancha sacando el lente–. Sé que es el que coordina a la orga –digo.

–Eso lo sabemos todos. Dame otra cerveza –me dice dejando la cámara sobre la mesa del living. Estamos frente a frente. Chocamos los vasos. Siento que en ese instante yo le importo.

–Confiésame algo –le digo–. Yo sigo siendo una intelectual, ¿ves tú?, una espectadora de la vida. Nunca he matado a nadie. ¿Cómo es, qué le pasa a uno por dentro?

Fíjate que me atreví a hacerle esa pregunta cándida. El Macha Carrasco, tú sabes, daba la impresión de ser una de esas personas que no tienen dudas. Sus actos no emanaban de una deliberación cerebral sino que de un pálpito, una fuerza oscura. Por eso le hice esa pregunta. No se la habría hecho jamás a un banal burócrata del exterminio estilo Eichmann –por supuesto, la Central estaba llena de esas pequeñas hormigas grises al servicio del espanto.

–Depende –me dice el Macha tranquilamente. Yo estoy mirando sus pestañas de potrillo–. La primera vez que matas, matas a dos hombres con la misma bala. Al que uno mata y al que uno era hasta entonces. Eso no te lo enseñan en la Escuela de Inteligencia.

–¿Y después?

–¿Después? Después nada te hace sentirte más que vivo que volver a matar. Al mismo tiempo: es sucio, no hay nada romántico en eso. Nunca. El enemigo, una vez muerto, no fue jamás tu enemigo. Parece un pobre atropellado.

Me clava sus ojos. Cuando te mira así no hay nada más que tú y él en el mundo.

–Oí una vez una historia. Me la contó Canelo.

Y yo sé que no debo contar lo que voy a contar. ¿Por qué? Me contradigo. Trato de controlarme. Es un vértigo que ya conozco el que me domina. No puedo resistir la tentación de decirle algo que sé, que me contó Canelo, que Canelo no debió contarme a mí, tal como yo no debo contarle a él ese secreto ahora. Pero revelar un secreto es delicioso. Me habló una noche de un tipo extraordinario, le digo. Atrayente y brillante, le digo. Un líder nato. Recién titulado de médico, me dijo Canelo, fue seleccionado para ir a Cuba. Década de los sesenta. Fue la primera antigüedad de su promoción en la Escuela Militar Camilo Cienfuegos. Todos los que lo conocieron en ese tiempo coinciden en que era un cuadro al que se reservaba un destino grande. Su madurez pese a lo joven que era, su conocimiento teórico y estratégico, sus cursos de especialización en lucha clandestina y sabotaje, su destreza física, su habilidad política, su integridad, su inteligencia natural, su simpatía. Era el mejor de todos nosotros, me dijo Canelo. Hasta la noche del accidente. Nadie, dicen, tenía su carisma.

Fue en una fiesta, la fiesta de graduación de su curso en el

Hotel Habana Libre. Tú sabes, el antiguo Hilton de tiempos de Batista, con su gran hall, su gigantesca cúpula iluminada sobre la pileta. Su destino era la sierra boliviana. Partía al día subsiguiente a luchar junto al Che. Iba como médico militar, nada menos. Conversaba animadamente –muy animadamente– con una mujer guapísima. De repente estaban bailando. De repente bailaban abrazándose y se miraban y se sonreían porque sí, de repente pareció que se iban a besar o quizás ya se estaban besando.

Rodó por los suelos una mesa de caoba con su viejo mantel de buen algodón remendado y aquello fue un puro crujir de platos y copas estrellándose. Se oyó un tiro y la quebrazón de un ventanal. Un capitán de las FAR tenía encañonado al chileno. Hubo un movimiento demasiado violento y veloz para ser descrito, un amago, un salto y una patada experta, y el celoso cayó al suelo. Su Makarov PMM de 9 mm se deslizó por el piso.

El silencio podía mascarse. Todas las pupilas se clavaron en el acero que esperaba recostado sobre el piso. El joven oficial chileno se acercó pausadamente. Su adversario atrás, a un lado, se iba levantando con dificultad. Se oían las pisadas en la cerámica crema y rectangular del salón del Habana Libre. Iba a recoger la Makarov del capitán cubano con pasos seguros y tranquilos. Sus botas negras, nuevas, de oficial recién graduado, crujían.

Entonces, la pistola se apartó de su camino arrastrándose, veloz, sobre el brillo de la cerámica. Alguien la había pateado. Otro tiro estremeció el salón y el chileno se dobló y cayó desplomado. La bala le había roto una vértebra. Los médicos cubanos le salvaron la vida.

Nunca supe su nombre. Canelo no me lo dijo. Sólo sé que sobrevivió, que estuvo dos años hospitalizado en Cuba, quedó paralítico y regresó a Chile cuando recién comenzaban los mil días de Allende.

–Es nuestro hombre –dijo el Macha. Y sus ojos negros brillaron como puede brillar el mármol negro. Y tras un silencio–: Que esto quede entre nosotros. ¿Está claro? A nadie. ¿Está claro? A nadie.

Yo nunca vi las fotos que me sacó esa tarde.

60

El Mono Lepe me miró con sus ojos ojerosos, miró, luego, el poste hacia arriba midiendo la distancia, trepó sin dificultad y cortó con un alicate los cables telefónicos. Eso desconectó la alarma. Eran las tres y media. Había comenzado la operación «Noche de los jabalíes». El mismo Lepe cortó los cables de la luz. Habían conseguido los planos de la casa en la Municipalidad. Un par de minutos después divisé en la oscuridad de la noche unos golpes de luz de linterna. Se encendían arriba, del otro lado de la casa. El Mono se había juntado ya con Pancha, que traía radio. Ella había llegado un rato antes y se había ubicado en el techo de la casa vecina. Estaba tendido el cerco perimetral. Eso estaban diciendo esas luces que se prendían y apagaban desde los tejados y que contestaba el Macha con su linterna. En sus operativos no confiaba mucho en la tecnología el Macha. El Indio Galdámez se acercó a la sólida puerta de calle. No era para echarla abajo de una patada. Probó su ganzúa. No pudo. Sacó una segunda ganzúa: tampoco. Gran Danés lanzó un bramido de rabia.

–¿Cómo no probaron antes las ganzúas, Indio?

Galdámez no contestó. Intentó una tercera.

–Son chapas de estas españolas, Azbe, con cilindro de seguridad HS-6. Las ganzúas no funcionan –dijo.

–¡Conchaetumare! –gruñó Gran Danés–. ¿Cómo crestas no...?

–Nos pasamos al plan B –interrumpió el Macha–: Traigan la gata.

Miró la hora, se metió a su auto y tomó la radio. Yo estaba muy cerca, muy excitada.

–Me despertaste, papá –alcancé a oír–. ¿Algo malo? Cambio.

–¿Estás medio dormido, hijo? ¿Me copias? Cambio.

–Sí, te copio. No, ya voy despertando. ¿Pasa algo grave? Dime, papá, ¿cómo estás? Cambio.

–Muy rebién y tú. ¿Cómo te fue en el colegio? ¿Ganaron el partido? Cambio.

–Empatamos a uno. Y yo casi metí un segundo gol. Cabecié un corner, papá. Un cabezazo que dio en el travesaño... Hubiéramos ganado, papá. Cambio.

–¡Bien hombre! En la revancha ese cabezazo será gol. Cambio.

–¿Tú crees que eso puede pasar? Cambio.

–Claro, por supuesto que pueda pasar. Escúchame, Cristóbal: ¿Me copias? Cambio.

–Sí, papá, te copio.

–Te felicito. Y ahora debes seguir durmiendo, ¿bueno?

–¿Pero tú crees que puede salir otro corner igual en la revancha y que yo esté ahí mismo, papá, y lo cabecee?

–Difícil, pero sí, puede pasar. La cosa es que en el próximo partido harás un gol. Estoy seguro. Y ahora duérmete.

–Oye papá: ¿Y por qué me llamaste tan tarde? ¿Pasa algo?

–No. Quería saber cómo había andado ese partido, nada más. Y ahora, sigue durmiendo. Cambio.

–Sí. Ahora voy a seguir durmiendo. Cambio.

–Buenas noches. Cambio y fuera.

Gran Danés acezaba. El pelo largo y rubio se movía como las plumas de un casco con plumas de avestruz. Le arrebató al Indio Galdámez la simple gata de auto que traía y con sus manotas la acomodó a media altura entre dos barrotes de una ventana. Al dar vuelta la manivela y presionar los barrotes la gata emitía un pequeño crujido metálico que turbaba. Poco a poco los barrotes se fueron combando. Ahora Gran Danés sonreía.

–A ver, Chico, mete tú la cabeza.

Faltaba.

–Unas cuatro o cinco vueltas más y ya está –dijo.

–¿Seguro que pasái, Chico? –le preguntó Gran Danés–. ¿Estái seguro?

El Chico Marín dijo que sí con sus ojos movedizos y el Indio Galdámez guardó la gata con esa calma con que hacía todo. El Chico trazó en el vidrio un rectángulo con la punta de diamante. Gran Danés sostenía la ventosa. El Macha y yo observábamos fumando. Me llevó aparte. Estaba serio y sombrío, más que de costumbre.

–¿No le comentaste nada a nadie de Análisis, no es verdad?

–No, por supuesto que no. Ni a ellos ni a nadie. Me extraña: ¿Por qué me lo preguntas?

Gran Danés retiró el vidrio con la ventosa. El Macha botó la colilla que brilló al caer. Me tomó por los hombros.

–No me falles –me dijo pegando sus ojos funestos a los míos.

–¿Por qué? –le pregunté–. ¿Por qué quieres herirme?

–Es que no podemos fallar. Esta vez sí que no.

–¿Por qué?

–Porque violé los procedimientos –dijo burlón.

–¿Cuándo? ¿Lo del «Príncipe de Gales»?

–Sí, bueno, la gota que rebasó el vaso. –Y en serio–: Ésta es mi última misión. Me dieron de baja. Me mandaron a la mierda. ¡Jefes aculaos!

61

No esperó mi reacción. Dio sin mirar a nadie la orden de entrar por la ventana y saltó. Detrás venía Gran Danés, pero era muy corpudo y no cupo. Trató el Chico Marín. Gran Danés lanzó otro bramido.

–¡Apúrate, hueón! Mete la cabeza y el culo de una vez.

El Chico Marín estaba más asustado que nunca y de su cara se había ido todo el color. Aunque bajo, era macizo y muy re-cabezón, un dado, te he dicho.

–¡Saco de hueas! –gritó Gran Danés conteniendo el grito en un murmullo. Le dio un golpecito en la frente con el canto ca-lloso de su mano. La cabezota rapada del Chico rebotó contra los barrotes de la ventana. Unos centímetros más abajo y descargado con la precisión y fuerza de Gran Danés ese golpe era mortal.

–Jefe, no la cague, pues –se quejó el Chico.

Sentimos ruido en la puerta de calle. El plan B era abrirla por dentro. Yo pasé rápido entre los barrotes, después de Iris, que había desenfundado su temible CZ. Afuera Gran Danés, ra-biando, le ordenaba a Galdámez colocar de nuevo la gata para agrandar el hueco. La luz de un farol de la calle iluminaba el sa-lón de esa casa anticuada. Me detuve. Me protegí detrás del sofá imperio que era lo que tenía más cerca. Distinguí unos sillones de felpa rojo oscuro, un gran espejo ovalado de marco dorado contra el muro empapelado en tono verde claro, creo, lámparas en forma de flores de bronce adheridas a la pared, un borroso cuadro de cacerías, una inmensa araña de cristal que colgaba del techo artesonado... Entonces oímos un grito. Un grito de mujer y un rugido.

–Mierda. Perros.

Es Iris.

–¡Hueón tarao!

Es Gran Danés. Él y el Indio Galdámez todavía están en la calle, parece.

–¿Cómo no dijiste ninguna cosa del perro, ahueonao?

–Aquí no había ningún perro –se disculpa el Indio.

–Te di la orden, hueonazo, de chequear cada detalle.

–Cumplí la orden, pero no había ningún perro... En la casa de al lado sí, pero...

–¡Gil! No cachaste que tenían perro, Indio conchaetumare. No cachaste, ¿no es verdad? ¿Qué tenís tú adentro de la cabeza? ¿Aserrín con meado de gato?

Gran Danés, antes de partir, nos había explicado que en esa casona dormían el Hueso y dos guardaespaldas entrenados y con armas. Sus mantos eran chofer y mozo. El chofer dormía en la pieza contigua a la del Hueso, al fondo del pasillo. El mozo en un cuarto exterior, pegado al garaje, en el patio. Una puerta conectaba el patio con el pasillo que daba al dormitorio del Hueso y otra a la cocina. Las vimos en el plano. Estaban ellos tres y su madre. Su cuarto quedaba en el segundo piso. Más la cocinera, que dormía abajo, en una pieza del lado de la cocina. De perros, nadie dijo nada.

Yo, detrás del sofá imperio, apretaba mi cara, apretaba mi cuerpo entero al suelo. Se oyó un balazo. Otro, y la ráfaga de un AK. Vi correr a Iris. Algo voló de su mano al techo. Se hizo una luz potentísima y violenta que iluminó la enorme araña de cristal y se reflejó en el gran espejo de marco dorado del salón. Vino la explosión con su ruido ensordecedor. La sala se llenó de humo. Desde entonces todo fue repentino, simultáneo e imposible de seguir. Cada décima de segundo es un minuto, cada minuto, una hora. La balacera llenó mis oídos y borró el mundo. Sentía ráfagas y trozos de yeso y molduras desprendiéndose y agujereando los muros de ladrillo, mesas, lámparas, si es que eran lámparas, que se despaturraban, todo muy cerca. El estruendo de las balas colmaba mis oídos. Podía reventarlos. En mi cerebro no cabía ese tableteo enloquecedor.

El Macha, debe haber sido el Macha, pasó corriendo hacia el dormitorio del fondo. Lo seguía la melena rubia de Gran Danés. Me pareció presentir una sombra moviéndose cerca de mí, en la zona del muro. Miré esa sombra y entonces saltó. Se elevó del suelo. Y de inmediato se hundió, dejando tras sí un leve halo rosado y tejidos pulverizados que flotaron en el aire un brevísimo instante. Iris venía hacia mí disparando. Me aterré. Saltó por encima del sofá imperio y de mí y se deslizó por ese muro. Se hizo un silencio de tumba. Los gases me picaban en la garganta y las narices. El humo se iba aclarando.

El Chico Marín cortaba la pasada a la cocina y al patio, Iris controlaba el pasillo que daba al dormitorio del fondo, el del Hueso, y observaba hacia arriba. Nadie se movía. La balacera no había durado más de tres segundos. Cuando vino la orden, salí gateando de mi refugio detrás del sofá y me arrastré siguiendo una linterna. Estaba planificado así. Entonces distinguí clarito, a la luz del farol de la calle, un Kalashnikov que casi pisé en el suelo, y a no más de dos metros míos, un bulto, y avanzando sobre el parqué, una papilla pastosa y rojiza con grumos blancos.

En ese momento yo intentaba comprender lo que sucedía, interpretar la realidad según el plan. No podía. Y sabía por qué: la explosión de luz arriba, cerca del techo, su tremendo estrépito, la humareda, las carreras rápidas rigurosamente simultáneas de varios atacantes en direcciones opuestas y disparando paralogizan al observador, lo dejan perplejo. Con la atención fatalmente dividida a lo único que atina, si es que atina, es a tirar al bulto. Nos lo habían explicado muchas veces y lo habíamos ensayado en la Rinconada de Maipú, pero otra cosa era vivirlo. Te lo relato ahora en orden: Iris, que se me perdió con el ruido y el humo de la explosión, neutralizó al primero de los defensores. El hombre salió, como era una de las posibilidades previstas, por la puerta de la cocina. Pero ya el Macha pasaba corriendo con la pistola sujeta a dos manos hacia el pasillo del fondo, seguido de Gran Danés. El Chico Marín cruzó disparando hecho una exhalación a ocupar el lugar de Iris. Y ahí veía yo ahora su cabeza rapada, junto a la puerta de la cocina. Mientras tanto Iris se lanzó hacia el muro a mi espalda. Había aparecido un inesperado combatiente haciendo fuego con un AK. Iris le vació su CZ. Desde allí dominó el acceso al dormitorio del Hueso. Iris me había salvado la vida.

Me detuve junto a la ventana. Iris se acercó a la escala moviéndose pegada a la pared. Me ordenaron subir. Vi entonces un pie suelto, despegado, con su zapatilla Nike negra en una poza de sangre espesa, una mano con el puño celeste de la camisa intacto y a la que le faltaban tres dedos. El olor era insoportable. Me olvido de mucho de lo que vi. No me olvido de ese olor. ¿Qué contendría ese olor que no podía dejar de respirar? Mierda, por supuesto, y sudor de miedo y polvo y yeso y pólvora y pintura y ladrillos chascados y humo y gases, supongo, y diminutas partículas de sangre y de fibras humanas en suspensión. Todo eso hedía buscando en mi cuerpo un nicho. Al fondo del pasillo se oían tiros y silencios. Nada se oye con más intensidad que el silencio entre dos tiros. Una bala mucho más cercana me paralizó. Creí que me había rozado el brazo. La cabeza rapada del Chico Marín se azotó contra la pared. Me miró moviendo sus ojos espantosamente abiertos. Abrió la boca para decirme algo, pero enmudeció de golpe y se derrumbó ensuciando el papel verde agua del muro. Lo que queda de un muerto en combate es imposible de compaginar con lo que era esa persona viva. Algo cambió en ese momento. Ya era claro que nada correspondía al plan. Estaban esperándonos y había más combatientes. Nos disparaban del segundo piso y los tiros del fondo del pasillo se hacían más y más frecuentes.

–¡Cúbranme, cúbranme! –gritaba Iris.

Empecé a disparar mientras ella subía agazapada la escalera. Un arma corta rodó al piso. Venía de arriba. Esperé. ¡Sube! Era Iris. Reconocí el perfil aindiado de Galdámez en el descanso de la escala. ¡No todavía! ¡No subas todavía!, gritó Iris. El ruido era insoportable. Caían trozos de vidrios que se destrozaban al golpear el suelo, fragmentos de estuco y molduras de yeso que volvían a ser polvo blanco. La enorme araña de cristal del salón de pronto se desplomó con estruendo de metales y cristales despedazándose. Con ese estallido, el Indio Galdámez se abalanzó disparando. Subí tras él. Seguían disparándonos. Reconocí el tableteo de un AK-47. Alguien resbaló escaleras abajo y pasó a mi lado dejando un hilo de sangre. Era una mujer. No era Iris. Nuevo silencio. Esperé. Nada. ¡Ahora!, me gritó Iris. Ella, iluminada nítidamente por el farol de la calle, estaba en el umbral. Acezaba con ojos de miedo. Había manchas de sangre en su pantalón y en su zapatilla izquierda. Galdámez recorría el segundo piso dando portazos y golpes.

Pasé por encima de una pierna con un Levi's azul que se prolongaba en una bota de cuero natural. Había belleza en ese viejo contacto de la tela de jeans con el cuero de la bota tejana. Vi eso, donde cayeron mis ojos. Me acordé del Gringo muerto en la plazoleta de Concha y Toro, la noche en que entregué a Rafa, de sus botas vaqueras. La mitad del torso de ese hombre había quedado bajo un vidrio de color. Y en la piel de la cara anémica, las astillas brillaban incrustadas como si fueran hielo picado. Se ha destruido la claraboya, pensé. Un pensamiento idiota, ¿no? Se movían todavía sus dedos y brazos. Chispazos, reflejos eléctricos.

No costó nada reducir a la pobre vieja. Estaba casi desmayada. No queda nadie más en el piso, gritó el Indio Galdámez. De la casa de al lado han de haber entrado esos tres que nos daban, gritó de nuevo con su voz alta y destemplada. Y trajeron los perros, seguro.

Ella estaba acostada, pero vestida con ropa de calle. Iris le vendó los ojos, la amarró con nudos expertos, yo le metí un trapo en la boca y una tira de plástico engomado le selló los labios. Esperamos. Ya no se oían tiros. Yo todavía estaba acezando y tenía unas ganas locas de fumar. Iris me dijo que no, que por ningún motivo.

62

¿Me quieres creer? Porque estamos aquí en este hogar de enfermos, en Ersta, Estocolmo, y si tú no quieres, no soy yo la que te va a tratar de convencer. No tengo cómo. Lo que es a mí, la verdad me importa un carajo. ¿Te digo la verdad cuando te digo que la verdad me importa un carajo? Es mi historia. Pero, ¿existirá tal cosa? Mientras te hablo, te miro y calibro tus reacciones. Lo que te voy contando está pensado para ti. A Roberto le estaría diciendo esto de manera diferente, en otro tono, con otros énfasis y otras omisiones. ¿Comprendes? Lo que tú quieres hacer a partir de mi relato y sobre todo tus gestos –cómo de repente levantas las cejas o tuerces la boca o entrecruzas los dedos de tus manos– se incorporan a mí y le van dando su forma y contenido a lo que hablo y lo que callo. Lo mismo ocurre en un interrogatorio. Quién pregunta, qué y cómo va moldeando lo que tú vas respondiendo y ocultando.

Yo no supe del ataque mismo, del objetivo, la fecha y la hora, hasta media hora antes de partir. El Macha nos citó esa noche en el patio de la Central, nos ordenó que fuéramos armados para una misión. Pancha, al llegar, recuerdo, sacó su frasquito Christian Dior y se perfumó. Creo que lo hizo por joderme y lo consiguió. Me sentí mal. Una vez que estábamos todos en el estacionamiento, el Macha nos dijo que comenzaba la operación «Noche de los jabalíes» y explicó, desplegando el plano de la casa, qué íbamos a hacer. Él tomaba sus precauciones. ¿Entonces? ¿Quieres que te cuente o simplifico y voy al grano? Tú sabes, en la realidad todo esto pasa muy rápido y se cuenta después muy lento. Uno no se imagina todo lo que cabe en un minuto.

Sentí al Indio Galdámez caminando en el techo. ¿Por qué tenía que ser Galdámez? ¿No eran el Mono Lepe y Pancha López los encargados de controlar la techumbre? Tenía que haberse encaramado por el hueco dejado por la claraboya despedazada. Sus pasos resonaban en las planchas de zinc. La octogenaria trató de decir algo. Lo supe por el movimiento de la cabeza y la contorsión de la boca oprimida por el trozo de tela negra. Iris la mantenía encañonada. Una ráfaga claveteó mis oídos. Hubo un ruido sordo. Me acerqué a la ventana y miré por la juntura de las cortinas. Un motor en marcha. Iris se aproximó de costado a la ventana. Un furgón Volkswagen blanco que yo conocía venía retrocediendo por el patio a toda velocidad. Encajó su cola en una puerta de la casa.

–¡Cuidado! –me gritó Iris–. ¡Cuidado!

Me empujó atrás, abrió la cortina y de un rafagazo deshizo la ventana. Arrastró a la vieja encañonada hasta el borde de la ventana.

–¡Dame luz! ¡Dame luz con la linterna!

La madre del Hueso se movía y se desesperaba y se quejaba, pero Iris, flaquita como era, tenía a su rehén bien sujeta. Obedecí. Iris estaba gritando que la iba a matar, que iba a matar a la mamá del Hueso si no botaban las armas y se entregaban altiro. Creo que les dio un plazo, creo que se puso a contar hasta siete. Un hombre corrió pegado al muro del patio y abrió las puertas del furgón. Iris contaba más y más fuerte. Nadie la oyó. Eso no pasa en las películas, ¿ves?

Y, claro, el portón ahora se empezaba a descorrer. Obedecía a una orden inalámbrica. Se veía la luz de la calle. El corazón me dio un salto de alegría. Se escapaban. ¿Por qué? Me contradigo. Pero fue lo que sentí en ese instante. Oí a Pancha en la radio pidiendo refuerzos de la Central. Debe de haber estado cerca de la claraboya rota.

Pensé: fue ella. Y no me cupo duda. Llegó la primera y alcanzó a avisarle a alguien, a algún contacto de Hacha Roja apenas llegó. Fue antes que el Mono Lepe se juntara con ella en los techos. Claro, sólo tuvieron tiempo de preparar el escape, no de consumarlo. La madre a la que vistieron, ¿eso los demoraría? ¿No quisieron abandonarla? ¿Y quién será su nexo con Hacha Roja? ¿Desde cuándo? ¿Habrá sido Pancha, entonces, la que dio la dirección de la amante del Macha y resultó un dato equivocado y le costó la vida a un agente sin importancia? ¿Y habrá sido Pancha la de la dirección –verídica, en cambio– del kinder donde estudiaba Cristóbal? ¿Cuánto sabrán de mí? ¿No habrán sido sus informaciones, incompletas y todo, las que causaron la reticencia del Espartano conmigo? ¿Y cuánto le habrá sonsacado de mí al Flaco? ¿La ayudará alguien de la Central, otro topo?

Y entonces pensé: si hay alguien de verdad sospechosa de haberle avisado al Hueso del ataque de esta noche, ésa soy yo. No Pancha. Obvio: todos tienen que estarlo pensando en este mismo instante.

Un estruendo me hizo volver la vista. Se había desmoronado una cornisa llevándose una canaleta y la polvareda se levantaba justo en el medio metro que separaba la casa del Volkswagen. El furgón dio un brinco y se lanzó con los neumáticos rechinando hacia el portón entreabierto. Pero llegó demasiado pronto y chocó contra el metal negro que aún no terminaba de retirarse. Iris arrojó a la vieja sobre la cama, me ordenó vigilarla, cambió el cargador y, puesta en cuclillas, empezó a disparar tiro a tiro. Quería darle a una rueda, pero no tenía ángulo. Lo mismo tenía que estarles sucediendo a los de los techos. ¿Era el Mono Lepe ese resto de animal humano caído, las carnes abiertas, expuesto e inmovilizado en una posición extraña, allá abajo?

–¡Por qué no llegan refuerzos! –exclamó Iris.

Sus balas astillaban los vidrios traseros del furgón, pero sin lograr destruirlos o rebotaban, quizás, en su carrocería.

–¡Es blindado, hueona, hueona caída del catre! –me dijo cuando le pregunté.

El Volkswagen seguía detenido y se le acercaban dos sombras pegadas al muro de la casa. Por fin, el portón terminó de abrirse. Pero el furgón no partió. Me sorprendió el súbito silencio. Iris bajó su CZ. Las sombras se quedaron quietas contra los muros. Nadie se atrevía a dar un paso. Entonces se abrió la puerta del conductor y un cuerpo inerte fue arrojado fuera. El Volkswagen se puso en marcha. Las balas hicieron añicos ese silencio tenso. Fuego cruzado. Vi correr a uno, a dos hombres. Iris me apartó de la ventana.

–¡Vigílala! –me ordenó y siguió disparando sin atolondrarse.

Acomodé a la señora en su cama como mejor pude sin dejar de encañonarla. Trataba de imaginar. En mi vida de combatiente clandestina me había tocado hacerles su mantención a unos M16A1 calibre 5.56. Como eran demasiado largos –986 milímetros– a algunos les habían recortado la culata. Se guardaban en bolsas selladas con tape que metíamos en un tambor lleno de grasa Motrex. Escondíamos el tambor en un barretín oculto en el muro, tras un librero, en una casa de seguridad. Era un M16 como ésos el que ahora destrozaba la noche. Algún combatiente de Hacha Roja. Estaba segura que sí. El tableteo no cejaba. Y de repente esos breves silencios que te chupan. Y seguía tratando de imaginar qué diablos sucedía allá abajo en el patio.

Iris, demacrada, se sentó en la cama sin mirarme. Se oía el rumor de gente hablando. Las balas de pronto habían cesado. Nos quedamos calladas. Qué bueno, qué bendito era el silencio.

–¿Sabís? –me dice Iris súbitamente en paz–. Eran dos los perros pitbull. ¿Cómo no nos dieron el dato?

–Los tenían en la casa de al lado –le digo–. Eso fue lo que le escuché al Indio. Tenían un equipo de refuerzo ahí.

–Ésos atacan sin aviso y en silencio. Estuvieron a centímetros del Macha. –Me miró con ojos fríos y una vaga sonrisa felina–: Yo los tumbé en el último segundo.

63

Voces. Me asomé desde la baranda del pasillo del segundo piso. Estaban adentro de la casa. Iris se quedó en la pieza con la vieja. Abajo, en el salón, había un hombre en silla de ruedas. Un señor de pelo canoso revuelto, nariz distinguida, en piyamas. Estaba esposado con las manos atrás. Al frente, el Macha, su CZ en la mano y la cabeza entierrada y medio blanca por el yeso caído. Que dónde estaba el comandante Joel, que si estaba en Chile o afuera, que le mostrara una foto actual... El Macha no gritaba. El otro negaba con la cabeza.

En un trozo del espejo de marco dorado que inexplicablemente seguía en su lugar vi, como si fuera un insecto estampado en el parabrisa de un auto, lo que quedaba de uno de los pitbulls. Y vi un trozo de cabeza humana junto a la pata del sofá en el que me había escondido. El pelo estaba sin sangre. Lo demás era un cuerpo hecho vómito. De repente me pareció entender que ese pobre señor canoso, en la silla de ruedas y esposado, era el Hueso. Nada menos. Pero, ¿sería él realmente? La camisa del piyama estaba desabotonada y abierta, se le veía la mata de pelo blanco del pecho. El estómago se le estaba inflando. Bajo la rueda de la silla se acumulaba una poza oscura que se iba extendiendo.

–Te vas a morir –le estaba diciendo el Macha–, te estás desangrando. Eres médico; lo sabes. –Se llevó la mano a la cintura, arriba de la cadera–. Todavía te puedo llevar al hospital. Habla. ¿Quién es el comandante Joel? ¿Quién? ¿Quién te da las órdenes a ti? ¿A quién se las transmites tú?

–Vamos, Macha –dijo Gran Danés precipitándose a empujar la silla–. Esto se acabó.

Su pelo rubio se manchaba por detrás con sangre. Algún corte en la cabeza, no sé. Al chorrear iba oscureciendo la espalda de su polvorienta casaca de tela de jeans.

—Saquémoslo de aquí de una vez. Pueden regresar a recuperarlo. ¡No perdamos tiempo!

El Macha no aflojó la silla. El hombre seguía negando con la cabeza.

—¡Macha! —Una mancha de tierra o un hematoma, no estaba segura, se iba prolongando del ojo hacia abajo por la mejilla del Macha—. ¡Hay que pararle la hemorragia a este chuchaesumare y pasárselo al Gato, no más! Ahí cantará todo. La guata se le está hinchando de sangre, viejo. ¡Vamos!

El sonido de una sirena acercándose acuchillaba la noche. Debía de estar a menos de un par de cuadras. Miré alrededor. Los demás habían bajado. Salvo Iris, que custodiaba a la madre silenciada por la tira engomada. Oí el charchazo. La cara dio un brinco. Un hilo de sangre corrió de la nariz a los labios. La cabeza se le fue para atrás. Pero la enderezó. El hombre se pasó la lengua por los labios. Estaba pálido. Estaba muy mal.

—Tenís sed, ¿no es cierto? —le dijo el Macha cambiando el tono—. Es porque se te está yendo la sangre, hueón. Nada sirve ahora. Habla y te salvamos. ¿Existe el comandante Joel? No existe, carajo, murió el 73, ahogado en el río Pillanleufú y tú te inventaste que estaba vivo... ¡Contéstame, mierda! ¿O preferís que te llevemos a la Central? Te salvaremos la vida. Fue todo teatro, todo un montaje tuyo, ¿no es cierto? Un paralítico como tú no podía ser renunca el líder, ¿no es verdad? Por eso... ¡Dímelo! Se encargarán de ti los de Análisis y terminarás cantando, como todos. ¿Querís esa humillación? Entregarás lo que queda de la orga enterita. ¿O creís que te dejaremos morir aquí? Eso sí que no. Tan rehueones no somos... Estái perdido. Te capturamos vivo. Habla. Aquí es mejor. Allá, tú sabes...

—Me capturaste y me muero, carajo... —dijo—. Pero te metí un tiro, Macha. También tú estái sangrando, hueón...

—Ya. Saquémoslo, Macha —insistía Gran Danés—. Este hombre se nos va a ir antes de que se lo pasemos al Gato, está sangrando remucho.

El Macha soltó el mango de la silla y se miró su mano con el Rolex ensangrentado. Se la llevó al costado y volvió a mirársela. Se oía la sirena insistente de la ambulancia. Estaba ahí mismo, parece, detenida. Afuera, voces.

–¿Veís? Estái herido, Macha. Aunque no es una herida grave, me temo. Me das lástima, hueón. De tus envalentonadas no quedará nada. Serán borradas. Quedarás solo y morirás solo. Se desharán de ti tus propios jefes. ¡Llegará el momento en que se limpiarán el culo con vos, hueón, te culparán de todo por pelotudo, quedarás para siempre con el hocico y las orejas tapados de mierda! Te llegará ese momento. –La bolsa de su vientre seguía creciendo–. Comprenderás entonces que dedicaste tu vida al servicio de una causa que ni lo merecía ni te necesitaba. Será la última misión que te ordenen: servir de bacinica donde tus jefazos puedan dejar caer sus meados y mojones y quedar ellos limpios. Cristóbal, tu hijo, se enterará algún día de quién eres. Se apartará de ti. Vivirá marcado a fuego por la vergüenza de ser hijo tuyo...

Otro golpe le remeció la cabeza. Movía y estiraba la lengua para sacarse la sangre que le molestaba en los labios.

–Hay cosas, Macha, que no podrás comprender nunca: derrotas que valen más... El sacrificio es, a veces, más humano y más bello que el triunfo.

Estaba segura: era él. Reconocía la voz. Era la voz del comandante Iñaqui que nos había hablado del color rojo: *krasnyi*. Todo cambió para mí en ese instante. Fue su voz insinuante, íntima y serena. Fue su voz la que me hizo recobrar, como puede hacerlo un aroma aún años después, mi pertenencia a esa comunidad de soñadores que cantaban acompañados por un par de guitarras junto a una fogata en la cordillera de Nahuelbuta. Me pareció sentir el chisporroteo de ese fuego rojo: *krasnyi*.

Quiso agregar algo, pero se lo impidió un vómito de sangre negra. Su guata seguía hinchándosele como a una embarazada.

–¡Macha! –gritó Gran Danés fuera de sí...

–El MIR, el Frente, tienen líderes reales –le estaba diciendo el Macha, ahora calmado e ignorando el grito–. Pero en Hacha Roja el jefe no existió, ¿verdad, Hueso? El comandante Joel erai tú. ¿O no?

–Ganaste, Macha Carrasco, pero sin honor. Un hombre como tú... –Escupió otro poco de sangre. Y encarándolo–: Llévate tu victoria, asesino cabrón, llévala a tu fétido cuartel. La gloria queda aquí, con nosotros.

El Macha se lo quedó mirando impertérrito.

–Palabras bonitas, Hueso, pero... sólo palabras.

Reflejos de la baliza de la ambulancia teñían con haces rojos el viejo salón. El Macha hizo una seña y el Indio Galdámez se acercó por detrás. Vi a los enfermeros acercando una camilla con el suero. Tenían poco tiempo. Vi la espalda enorme forrada en tela de jeans sucia y ensangrentada de Gran Danés cubriendo al Macha. De golpe, la cabeza calva del Hueso rebotó con violencia hacia delante vaciándose sobre el muro como una taza rota. Me aparté de inmediato de la baranda escondiendo el arma. Aunque alcancé a encontrarme con ese negro que succionaba en los ojos del Macha. Parecía que iba a tragarse mis ojos.

–¿Quién disparó? –gritó el Indio Galdámez–. ¿Quién fue? –Y la rabia sofocó su maldición.

64

Me escapé por el hueco de la claraboya rota y trepando y resbalando por las techumbres logré descolgarme en la calle Maturana. Llegué antes del amanecer a la casa del consejero cultural de Suecia, el que nos convidaba a almorzar con Clementina. Horas después, en el auto del consejero, entrábamos a la embajada de Suecia. Anita venía conmigo en uniforme de colegio.

Y me veo en el avión hablándole de Suecia, tierra de los vikingos que buscaban ámbar, las «lágrimas de los pájaros del mar», le digo. Le conté que era la única piedra preciosa de origen vegetal, que provenía de la resina fosilizada de coníferas antiquísimas que existían hace cuarenta millones de años y se extinguieron hace más de diez millones de años cuando el mar avanzó y se tragó esos bosques. Hay insectos de ese tiempo, ya desaparecidos de la tierra, le digo, que quedaron adentro de un trozo de ámbar. Todavía están ahí. ¿Vivos?, me pregunta con sus ojos muy abiertos.

65

Cuando las condiciones hubieron cambiado, cuando la maldita dictadura por fin terminó y el país recuperó la democracia, un par de abogados se presentaron sin aviso a mi departamento en Estocolmo. Eran chilenos. Los dejé pasar resignada. Tal como aquella vez en que se detuvo una Mazda blanco y reconocí la voz del Ronco, me senté con ellos como un buey cansado. Conocían mi historia. Yo era una víctima, insistieron, y debía entregar mi testimonio completo. Me convencieron. Roberto –en ese entonces estaba todavía con él– me animó mucho a hacerlo. Pensaba que era un deber, pensaba que me haría bien.

Viajé a Chile de incógnita, con una nueva identidad falsa y protección, y declaré por horas y horas ante un juez. Declaré durante varios días. Los delaté. Conté lo que vi, lo que me hicieron, algo, lo mínimo, de lo que yo misma hice. Me carearon con algunos cenachos, los relacionados con las causas de ese juez. Di pelos y señales en esas causas. Omití lo que no me preguntaron, omití todo lo relativo a otros crímenes, omití mi propia participación en esos hechos. Cuando trajeron a un señor alto, muy calvo, el poco pelo totalmente blanco sobre las orejas y en la nuca, delgado aunque ya barrigón, la cara con arrugas profundas, y reconocí en él la sonrisa del Flaco Artaza, me dio pena. Entró esposado. Recién ahí supe su nombre verdadero.

Llevaba mucho tiempo procesado y preso. Me saludó con dignidad y un resto de cariño. Estaba entero. Mientras yo contestaba las preguntas del juez, él callaba. Se fue hundiendo poco a poco en sí mismo. Pero nunca perdió la calma. Aguantó con nobleza. Nunca pensé que tú querías destruirme la vida, me dijo al salir. No estaba enrabiado sino entristecido, decepcionado, me pareció. ¿Por qué a mí? ¿Por qué así?, me dijo. Cuando ya estaba a punto de desaparecer, rodeado de gendarmes, volvió la cabeza y me lanzó una última mirada solitaria.

Dudé: ¿No debiera contarlo todo y entregarme a la Justicia de una buena vez? Había otras causas en las que tal vez me buscaban a mí, aunque no lo supieran a ciencia cierta o en las que yo podía aportar datos. ¿No era justo que también yo pagara en la cárcel por lo que hice, aunque eso significara separarme de Anita, del mar Báltico, de mi libertad?

En ese momento alguien me habló y pegué un brinco aterrorizada. A mi lado se había sentado un viejo esmirriado, de pelo apelmazado entre blanco y colorín, orejas alargadas. Estaba vestido con un traje café oscuro, casposo en los hombritos estrechos, camisa amarilla y corbata de visos dorados.

–Soy el Rata –me dice–, el Rata Osorio. ¿Te acordái de mí?

Y por supuesto que me acordaba y acordaría siempre.

–Te conocí en la Central, ¿te acordái?

Y al ver mi cara de extrañeza y temor:

–Soy el inspector Pedro Ortiz, de Policía de Investigaciones.

Deslizó entre mis dedos una tarjeta de visita. Me dominó una vergüenza que no había sentido jamás. Vergüenza de haber estado sometido a ese rati, vergüenza de que sus insultos hubieran podido herirme. Oprobio. Eso era. No vergüenza: oprobio. Contuve apenas ese sentimiento.

–Siempre fui inspector de Investigaciones, en ese tiempo «negro» estaba en la Central sólo en comisión de servicio. Estuve destinado, nada más. Ahora estoy a cargo de varias causas criminales en las que están directamente comprometidos ex agentes de la Central, ¿me entendís? Mi deber es que se haga justicia.

Por los ojos inquietos y astutos del Rata pasaban luces rápidas. Hubo una leve vibración en sus narices. ¿Me olfateaba? De nuevo en el bando de los vencedores, un delator, estaba pensando yo ahora, este miserable, mi igual, mi hermano, estaba pensando yo.

Me pregunto por qué estoy aquí, por qué he delatado al Flaco y a los demás que conocí. ¿Estoy tratando de ser perdonada? ¿Y quién podría perdonarme? Él me sigue observando, me espera, quiere descifrar cualquier signo. Bajo la vista.

Me estoy diciendo una vez más, que lo que hice no tiene justificación. ¿Se pide perdón, entonces, por lo injustificable? Y si es así, ¿qué justificación tendría pedirlo? Estaría pidiendo un regalo. Porque el perdón es eso, un regalo. ¿Por qué debe pedirse este regalo y no los demás que, simplemente, se reciben? Y si yo lo pidiera, ¿qué pasa si no me lo dan?

—Iris, ¿tú te acordái de Iris?: se suicidó. —Se metió en la boca dos dedos simulando la pistola—. Con su propia CZ, fue. Pero a mí no me hacen leso tan fácil, pu... No nací ayer, pu. —Dobla los labios hacia fuera. Un gesto de desdén—. Pa mí que se la... se la pitiaron ellos mismos. Sabía demasiadas cositas esa tipa, ¿no es cierto?

—¿Y qué es del Macha, del Gato? —le pregunto.

—Al Macha lo busca la Justicia y su brazo, tal como se dice, es laaargo. Cosas gordas, feas. Cayeron sus dos chapas, ¿sabís? Jacinto Hermosilla Ruiz es el nombre real del Macha Carrasco. —Me lo dice con orgullo—. Lo que es Lisandro Pérez Olmedo figura en viejos expedientes declarando en treinta y cuatro procesos: hechos de sangre, ¿sabís, tú? Por ejemplo, en la muerte de un joven que cayó, según su deposición, por desobedecer la orden de detención y proteger con un AKM la fuga del Espartano. Lo ultimó el Macha, quiero decir, Lisandro Pérez Olmedo, desde un tejado vecino, según atestiguó él esa noche. Y no lo han encontrado al Macha. Salió del país. Clandestino, por supuesto. Pero ya le van a echar el guante a ese hueón... Hay tres hombres, te digo, tres agentes experimentados que fueron de la Central, y que ahora andan a la siga de él. Desconocemos su identidad verdadera. No sabemos si obedecen a grupos sueltos de ex agentes buscando protegerse de la Justicia o si, más bien, Inteligencia Militar los envió y les está dando apoyo encubierto. Es posible. Por supuesto, lo niegan. Pero Inteligencia Militar debe de estar tratando de borrar huellas y testigos de lo que se hacía en la Central. Por salvar a los de arriba, ¿me entendís?

Esos tres ex agentes se dieron maña, pese a nuestras prevenciones, para cruzar la frontera y partieron con la orden puesta: cocerle el hocico a balazos al Macha antes de que lo agarre Investigaciones, antes de que lo traigamos aquí esposado y vamos cantando, mierda. Se jodió el Macha: o se pasa la próxima primavera tapado con tierra o en cana...

–¿Y el Gato?

Un brillo en sus ojos pequeños.

–De él no se habla ná. Se dio vuelta, oí decir. –Y ahora en un murmullo y mirándome con sus ojos apretados hace un gesto con los dedos indicando dinero–: Está protegido, pu. Colabora. Lo venía haciendo desde mucho antes. Está vendiendo información. Él habló de ti y dio tus datos.

En ese viaje vi por última vez a mi papá y a mi mamá, cada uno por su lado, cada uno enfermo. Mi madre me recibió muy quieta, una calma nueva, producto quizás de los remedios. La tenían con suero. Me preguntó por Anita, a la que veía tarde, mal y nunca. De mí, casi nada. No derramó una lágrima cuando me despedí. Pero me apretó fuerte. Mi padre, en cambio, lloró desde que me vio entrar a su pieza. La quimioterapia le había botado todo el pelo y su piel era de un blanco verdoso. En sus brazos, la jalea de sus antiguos músculos de tenista. Yo quería ir a El Quisco. Él quería que fuéramos juntos. Su casita de veraneo todavía estaba ahí, esperándome. Como el mar. Lo repitió varias veces. Al final no fui.

¿Quieres ir al baño? ¡Claro! Mira, es fácil: al fondo del pasillo a la izquierda. Imposible perderse. ¿Por qué te quedas mirando así tu bloc de notas? ¿Desconfías? Llévatelo, toma, llévatelo si quieres. ¿No?

66

¿Encontraste el baño? ¿Ves? No había cómo perderse... Y tu bloc sigue ahí, ¿ves?

¿Y Anita? Bien, con pareja, un danés que conoció en Chile mochileando en las Torres del Paine. Vivieron un tiempo en San Francisco y luego se fueron a Santiago. Él trabaja en el Banco Santander y ella en Seguros EuroAmérica... Parecen felices. Trabajan mucho, demasiado, pienso yo. Para Anita es natural que me esté muriendo; estoy vieja y las viejas se mueren. Pero la que se está muriendo soy yo, por la misma mierda. Eso lo cambia todo para mí. Mi muerte para mí no es natural.

Y ahora tú que has venido desde Chile a abrirme y a cerrarme, ¿verdad, *mon chéri*? Un cangrejo se ha adueñado de mi estómago. Crece como un feto. Ya nada funciona bien en mi organismo. Daré a luz mi propia muerte. Nunca fui llorona. Desde niña me cargaba eso de que «los hombres no lloran», queriendo decir: las mujeres, sí. Bueno, yo no. Pero ahora sí. Vuelven recuerdos: Anita ha llegado de Chile y mi mano acaricia la puerta cerrada de su pieza mientras duerme. ¿Sabes que con Roberto después del equinoccio empezábamos a ir al mar? Nos recostábamos desnudos en esas rocas perfectamente pulidas por el hielo inmemorial y que guardan el calor del sol. Saltábamos al agua y no había nadie más que nosotros.

Los atardeceres del Báltico en mi ventana son muy largos, muy paulatinos. Como si la luz quisiera quedarse otro ratito más. Desde hace un tiempo a menudo se me mojan los ojos y hay una lágrima solitaria que resbala. Me paso un dedo para que no corra por mi cara. Saco de la cartera el espejito de plata repujada que me dejó mi abuela y me seco con papel tissu. Me pongo un poco de sombra, repaso las pestañas. Miro el Báltico, algún barco viene o se va, y ya está. Es sólo un momento. No quisiera que las demás señoras del Hogar se dieran cuenta. Aunque a muchas, te diré, las veo de repente llorando en silencio, quizás por qué.

¿Qué? Sí; me río con las enfermeras, converso con estas viejas chuñuscas, hago algunos trabajitos de traducción que todavía me encargan, y, a lo lejos, hablo por teléfono con mi hija. Pienso harto en ella. Me la voy imaginando: Por ejemplo, a esta hora debe estar tomando su desayuno –su muesli con leche fría y miel de abejas–. ¿O habrá cambiado su desayuno? Fíjate que no se me ha ocurrido preguntarle. Siempre es ella la que me llama desde Santiago. Lo prefiere así ella. A veces me acuerdo de Roberto y me dan ganas de llamarlo por teléfono. El otro día lo hice. Me contestó una grabadora. Corté. Hablar contigo, no sé. Me han dado ganas de llamarlo de nuevo. Estoy tan segura de que quiere verme... ¿Tendremos nieve este año antes de Navidad? La nieve trae la luz.

¿Y? ¿Me he ganado ya mi platita? Un secreto: con lo que tú me darás por mi historia hoy completo treinta mil dólares. Herencia para Anita. Bonita suma, ¿no te parece? Bueno, no es gran cosa pero para mí... Ella apreciará que yo haya ahorrado ese dinero para dejárselo. Así es que aquí estoy, contándote mi puta historia. A veces, te he dicho, un extraño es el mejor confidente. Pero mejor, no la escribas. Transforma, inventa otra cosa, busca una metáfora. Nadie te entenderá. Ni los de aquí ni los de allá. Ni siquiera mi hija si llegara a enterarse. Sabe poco de esto. Nunca quise contarle la historia tal como fue. Demasiado cruda para ella. Pensé: no quiero hacerla sufrir. También: algún día debe conocer la verdad, soy su madre. Algún día. Nunca me llegó el momento. Hasta ahora.

¿Sabes? Me entrecorté, ¿lo notaste, no? Acaba de detenerse una carcajada que venía de adentro y no alcanzó a formarse. ¿Qué la atascó? ¿Cómo habría sido esa carcajada que abortó? Por mí no hablan los felices. Yo hablo por boca del odio sagrado. Por mí habla alguien a la que persigue como sombra la vergüenza y el rencor. Aunque ni la muerte ni el olvido lograrán borrar el hecho de que viví y ésta fue mi insignificante puta vida. Nadie la vivió por mí. Ni lo hará. Soy irrepetible. Existí. Se vive una sola vez. Y de manera única. Y para siempre. No logré ser la combatiente que me había prometido ser. «Por la causa, todo, Irene: todo.» No fui capaz de cumplir esa máxima. Ya lo sabes. Traté y no pude. Después hice lo que hice contra mis hermanos. Pero fui yo, yo sola, aunque nadie lo sepa, la que impidió que ellos pusieran al Hueso en manos del Gato. Yo sabía lo que era eso. Y a mi hija la salvé yo de sus fauces. Fui forzada a escoger: combatiente o madre. Siento que recién ahora, por fin, estoy lista para empezar a vivir. Fui la que fui en la única oportunidad que tuve de estar viva. Me ha tomado toda una vida aprender a vivir. Quizás.

Te llevas tu bloc bien lleno... ¿Para mis citas? ¡Ja, ja! Mi yo es un hoyo lleno de puras citas... ¡Ja, ja! Lo que te cuento, insisto, no te sirve. Para tu novela, digo. Olvida a esta Lorena. Una buena novela deja entreabierta la esperanza. Yo no. ¿Sabes quién es la mujer que te habla? Soy una pregunta para ti. Soy tu Lorena, nada más.

¿Qué hora es? ¡Caramba! Ya se pasaron las cinco horas que habíamos acordado. Dame mi platita y lárgate. Mejor contarlos, ¿no? ¿Sólo billetes de cien dólares, no? Me parece... Están por traerme mi merienda. Así me dice el cura español: Ya te traen tu merienda, hija. Van tres mil... Me pica la nariz. No sé por qué me viene ahora esta picazón en la nariz y la arrugo así, ¿ves?, y me rasco y se pasa. Ya. Está justito. Sí, aquí, déjamela aquí debajito, por favor. Gracias.

Lo que es tú regresa a Santiago y haz lo que quieras con esos apuntes que has estado tomando. Pero no se te ocurra acercarte a mí de nuevo, ¿está claro? No quiero tu condescendencia; ni la tuya ni la de nadie. No te contestaré el teléfono. No quiero verte nunca más. Ni siquiera leeré lo que escribas, si es que escribes algo. Lo prefiero así. Déjame en paz. Ándate de una vez. Ya lo sabes: la verdad es imposible, *la verdad se inventó para no decirse.*

Mira, ¿ves cómo se sigue quedando la luz sobre el Báltico?

Fuentes

Aunque los personajes y episodios de esta novela son ficticios, el autor tomó como punto de partida hechos e historias reales. Aparte de conversar con diversos protagonistas y testigos de la época, hizo uso de la siguiente bibliografía documental: Eduardo Anguita y Martín Caparrós, *La Voluntad,* Norma, Buenos Aires, 1998; Luz Arce, *El Infierno,* Planeta, Santiago, 1993; Miguel Bonasso, Roberto Bardini y Laura Restrepo, *Operación Príncipe,* Planeta, México, 1988; Carmen Castillo, *Un día de octubre en Santiago,* LOM Ediciones, Santiago, 1982 (Título original: *Un jour d'octobre à Santiago,* Éditions Stock, París, 1980); *La Flaca Alejandra* (documental), 1993, y *Calle Santa Fe* (documental), 2007; Ascanio Cavallo, Manuel Salazar, Óscar Sepúlveda, *La historia oculta del régimen militar,* Editorial Sudamericana, Santiago, 1998; Comité Memoria Neltume, *Guerrilla en Neltume,* LOM Ediciones, Santiago, 2003; Daniel De Santis, *A vencer o morir,* Editorial Nuestra América, Buenos Aires, 2004; Régis Debray, *Alabados sean nuestros señores,* Editorial Sudamericana, Buenos Aires, 1999 (título original: *Loués soient nos seigneurs,* Éditions Gallimard, París, 1996); John Dinges, *Operación Cóndor,* Ediciones B, Santiago, 2004; Diamela Eltit, «Perder el sentido», *La Época,* Santiago, 30 de julio de 1995; «Vivir ¿dónde?», *Revista de Crítica Cultural,* n.º 11, Santiago, 1995; «Cuerpos nómades», *Debate Feminista,* año 7, vol. 14, México, 1996, ensayos reproducidos en *Emergencias,* Planeta/Ariel, Santiago, 2000; Nancy Guzmán, *Romo,* Planeta, Santiago, 2000; Max Marambio, *Las armas de ayer,* La Tercera Debate, Santiago, 2007; Marcia Alejandra Merino, *Mi verdad,* impreso en A.T.G. S.A., Santiago, 1993;

Pedro Naranjo, Mauricio Ahumada, Mario Garcés, y Julio Pinto, *Miguel Enríquez y el proyecto revolucionario en Chile. Discursos y documentos del Movimiento de izquierda revolucionaria, MIR*, LOM Ediciones, Santiago, 2004; Ricardo Palma Salamanca, *El gran rescate*, LOM Ediciones, Santiago, 1997 y *Una larga cola de acero (Historia del FPMR 1984-1988)*, LOM Ediciones, Santiago: 2001; Cristóbal Peña, *Los Fusileros*, Debate, Santiago, 2007; Roberto Perdía, *La otra Historia. Testimonio de un jefe Montonero*, Editorial Grupo Ágora, Buenos Aires, 1997; Cristián Pérez, «Salvador Allende, apuntes sobre su dispositivo de seguridad: el Grupo de Amigos Personales (GAP)», *Estudios Públicos*, n.º 79, Santiago, 2000, «El Ejército del Che y los chilenos que continuaron su lucha», *Estudios Públicos*, n.º 89, Santiago, 2003, e «Historia del MIR. Si quieren guerra, guerra tendrán...», *Estudios Públicos*, n.º 91, Santiago, 2003; Patricio Rivas, *Chile, Un Largo Septiembre*, LOM Ediciones, Santiago, 2007; Ricardo Uceda, *Muerte en el Pentagonito*, Planeta, Lima, 2004; Hernán Valdés, *Tejas Verdes*, LOM Ediciones, Santiago, 1996; Hernán Vidal, *Chile: poética de la tortura política*, Mosquito Editores, Santiago, 2000; Hernán Vidal, *Frente Patriótico Manuel Rodríguez*, Mosquito Editores, Santiago, 1995; Patricio Verdugo y Carmen Hertz, *Operación Siglo XX*, Las Ediciones del Ornitorrinco, Santiago, 1990.